내가
아직 살아있을
때

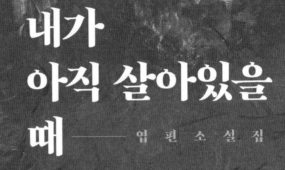

내가 아직 살아있을 때 ——— 엽편소설집

박무진 지음

바른북스

"더러운 거라도 먹고 살아.
악착같이 살아.
살아있는 건 더러운 게 아니야."

혐오의 벽장에서 숨어 지내는 사람들,
나오려는 사람들, 빠져나온 사람들

그리고 혐오에 상처받은 괴물이 원했던 단 하나의 존재에 대하여

목
차

1부

2부

3부

1부

1. 찐[1]

"그 새끼는 찐이야."

정국이 시간을 확인하며 말했다. 군대에서 백 일 휴가를 받아 나온 정국이 일분일초를 아까워하는 게 느껴졌다. 현수는 더 말하기 싫어 인상을 찌푸렸다. 눈치를 보던 정국이 다시 입을 열었다.

"너는 예전부터 안 믿었지만."

"은오가 지 입으로 게이 아니라고 했잖아."

현수 말에 정국이 코웃음을 쳤다. 세심하고 예민한 성정이야 그렇다 쳐도 은오는 목소리가 가늘고 톤이 높았다. 예쁘다고까지 할 수는 없었으나 선이 가는 얼굴형을 보면 현수도 은오를 다시 한번 쳐다보게 되었다. 2차 성징을 거친 후 대부분의 남자아이들은 목소리가 걸걸해

---

1 찐: '진짜'라는 뜻의 속어

지고 체격이 우람해졌는데 은오에게서는 그런 징후가 거의 나타나지 않았다. 동급생들의 의심과 놀림이 심해졌을 때 은오를 감싸준 건 현수였다. 덩치 크고 싸움 좀 하는 현수가 아니었다면 은오는 무사히 학교를 졸업하지 못했을지도 몰랐다.

"그나저나 군바리, 치킨 먹을래? 급한 대로 초코파이 먼저 사 줘?"

"이래서 미필들은 티가 난다니까. 요즘 군대에서 스마트폰 쓰는 세상이야."

입대를 앞두고 있는 현수가 모를 리 없었다. 그렇다고 군대 식사가 바깥세상만큼 좋을 수는 없었다. 세상보다 항상 늦게 변하는 곳이 군대였다.

"피엑스가 있잖냐. 군대도 돈만 있으면 되더라."

정국이 말하는데 은오가 헐레벌떡 달려왔다. 라운드 컬러의 노란색 남방과 스키니진을 입고 있는 은오를 본 정국은 고개를 절레절레 내저었다.

"알바가 늦게 끝나서……."

숨을 고르느라 말을 끝맺지 못하는 은오의 등을 현수가 토닥여 주었다.

셋은 고깃집에 자리를 잡았다. 종업원이 상차림 메뉴를 가져왔다.

"고맙습니다."

말하며 은오는 냅킨을 깔고 수저를 놓았다. 현수와 정국의 눈이 마주쳤다. 이래도 은오가 게이가 아니냐, 정국은 눈빛으로 묻고 있었다. 수저를 놓는 건 누군가 해야 할 일이었다. 물론 현수나 정국이었다면 냅킨을 깔 생각은 하지 않았을 게 분명했다. 흔히 여성적이라고 말하는 행동의 특징이 은오에게 자주 나타나는 건 사실이었다. 거울을 자주 본다거나 캐릭터 문구류를 수집한다거나 손을 씻고 핸드크림을 바르는 행동 들이었다. 현수는 여성적인 행동이 따로 있는 게 아니라는 말로 반박을 하곤 했다. 그럴 때마다 은오는 눈물까지 글썽이며 현수에게 고마워했다. 그렇게 고등학교를 마칠 때까지 은오는 현수 없이 못 살 것만 같았는데 대학에 들어가고 나서 은오는 바쁘다며 두 사람과 거의 만나지 않았다. 은오는 확실히 고등학생 때에 비해 여유로운 모습이었다.

"그나저나 정국아, 군대 적응하기 어렵지는 않았니?"

은오의 질문에 정국은 거만하게 웃었다.

"사내대장부가 그 정도를 어려워하면 쓰겠냐."

은오 얼굴에 근심이 가득했다. 입대를 앞두고 있는 현수도 걱정이 많았지만 입대를 미루고 있는 은오는 생각이 더 많아 보였다. 여린 성정만으로도 군대는 험지인데 은오처럼 정체성에 의혹을 받는다면 최악의 상황까지도 상상할 수밖에 없었다.

"너는 언제쯤 입대할 생각이야?"

현수의 질문에 은오는 인상을 찌푸렸다. 멀쩡한 몸뚱이로 입대를 피할 수도 없었고 미루는 데에도 분명히 한계가 있었다. 입영을 신청

하기 전 현수는 은오에게 동반입대 의사를 물어보았다. 가능만 하다면 현수는 군기가 센 데라도 같이 가서 은오를 지켜주고 싶었다. 고민해 보겠다던 은오는 계속 답을 미뤘다. 오래 고민한다고 답이 나오는 문제가 아니었다. 동성 간의 성관계를 처벌하는 군대에서는 퀴어의 성정체성을 무조건 부인하는 게 가장 현명한 처신이었다. 은오가 입대를 결심하면 현수는 그렇게 조언해 줄 생각이었다. 현수가 동반입대에 대한 답을 채근하자 은오는 화를 냈다. 자기한테서 떨어지라는 말도 했다. 마음이 상해 그 이후로 현수는 은오에게 군대 얘기를 꺼낸 적이 없었다. 군대 이야기를 하는 중이 아니었다면 현수도 굳이 묻지 않았을 텐데 은오는 기어코 못마땅한 기색을 드러냈다.

"넌 대체……."

은오가 입을 여는 순간 현수는 팔을 은오 앞으로 뻗어 휘휘 내저었다. 휴가 나온 정국을 위한 자리였다. 둘 사이의 사소한 감정 다툼으로 분위기를 망칠 수는 없었다. 술이 오르자 정국은 군대의 선임들을 욕하기 시작했다. 세상의 모든 성격파탄자가 군대에 모여있는 것만 같았다.

"그게 어떻게 가능하냐고? 군대니까."

혀가 꼬부라져서도 정국은 한이 맺힌 듯 말을 쉬지 않았다. 주변에서 현수 테이블을 흘깃거렸다. 현수와 은오는 눈짓을 하고선 돌아가며 정국에게 술을 먹였다. 정국은, 나는 군대가 싫긴 한데 체질에는 잘 맞는 것 같다, 고 비장하게 외친 뒤 테이블 위로 고꾸라졌다. 그제야 현수와 은오는 안도의 한숨을 내쉬었다.

"쟤 찐 군바리네."

은오 말에 현수는 웃음을 터뜨렸다. 은오는 다음 날 일찍 수업이 있다며 자리를 정리하려 했다. 현수는 은오와 이야기를 더 나누고 싶기도 했고 취해 널브러진 정국에게 술 깰 시간을 주고 싶기도 했다.

"너 대학 들어가더니 이제 나를 동네 똘마니 취급하냐?"

취기를 빌려 현수는 평소보다 과격하게 말했다. 멈칫하던 은오는 대답 없이 정국의 몸을 흔들었다. 정국은 기절이라도 한 듯 아무 반응도 보이지 않았다.

"너 왜 자꾸 나한테 선 긋는데!"

현수는 목소리를 높이고 말았다.

"그걸 몰라서 물어?"

은오가 되묻자 현수는 움찔했다. 늘 조곤조곤하게 말하던 은오에게서 그토록 날카로운 목소리가 나올 줄 몰랐다. 현수는 한주먹 거리도 안 되는 은오를 어쩐지 똑바로 쳐다볼 수 없었다. 현수는 괜히 정국의 등짝을 후려쳤다.

"이 군바리 새끼, 이래가지고 나라 지키겠냐?"

벌떡 몸을 일으킨 정국은 두 사람을 번갈아 보더니 비실비실 웃었다.

"너네 꼭 부부 같다."

그리고선 정국은 다시 테이블 위로 엎어졌다.

"정국이 어떡하지."

현수는 은오 눈치를 보며 말했다. 정국을 깨우면서도 계속 현수를 보고 있던 은오는 도로 자리에 앉더니 빈 소주잔을 내밀었다. 현수는 은오 잔에 소주를 채웠다.

"내가 우리 집 사정 얘기했니, 안 했니."

현수의 입이 서서히 벌어졌다. 잊고 있었다. 어렵고 갑갑한 상황인 것까지는 떠올랐지만 현수는 은오 집의 구체적인 문제가 떠오르지 않았다. 현수는 무턱대고 사과했다. 은오는 고개조차 끄덕이지 않았다.

"너 나를 진짜 게이라고 생각하는 건 아니겠지?"

연이은 은오의 질문에 현수는 헛기침을 했다. 솔직하게 얘기해야 하는지, 은오의 기분을 상하지 않게 해야 하는지, 술김이라 더욱 판단되지 않았다. 현수는 제 잔에 든 소주를 벌컥 들이켰다.

"좀 솔직해져 봐."

은오의 말에 현수는 소주잔을 소리 나게 내려놓았다.

"무슨 소리야?"

현수가 인상을 쓰고 되물었지만 은오는 조금도 주눅 든 표정이 아니었다.

"이제 그만 좀 해, 현수야."

"무슨 소리냐고!"

"이 디나이얼 게이 놈아. 나 좀 그만 좋아하라고!"

정국을 부축한 현수는 내내 입을 다물고 있었다. 그 와중에 은오에게 디나이얼이 뭐냐고 물었던 게 머릿속을 떠나지 않았다. 조금만 생각했더라면, 영어의 원뜻만 떠올렸더라면, 디나이얼 게이가 가짜 게이라는 뜻이냐며 덧붙여 물어 창피를 살 일은 없었다. 은오의 설명으로는 현수가 내내 은오를 오해했던, 어쩌면 기대했던, 자신의 성정체성을 부정하는 존재는 은오가 아닌 현수였다. 절대 아니라고 현수가 말하자 은오는 그럼 클로짓²이냐고 묻더니 현수의 대답도 듣지 않고 고개를 내저었다. 은오도 클로짓이 뭔지 설명해 주지 않았고 현수도 무슨 뜻인지 묻지 않았다. 현수는 아무래도 억울했다. 은오가 게이인 걸 부정하려고 자신에게 뒤집어씌우는 것만 같았다. 두 사람의 길고 어색한 침묵을 깬 건 정국의 토악질이었다.

정국을 집에 들여보내고 나자 현수와 은오 사이에 또다시 어색한 기류가 흘렀다.

"은오야, 내가 너를 좋아하는 거 같긴 한데, 그러니까 네가 남자라서가 아니라 그냥 너라서야. 남자들 사이의 우정, 의리 같은 거."

"너 여자 좋아해 본 적 있어?"

현수는 대답할 말을 떠올리지 못했다. 내 이상형은 왜 나타나지 않느냐 큰소리를 치긴 했지만 여자에게 관심이 없다는 건 스스로도 알고 있었다. 다만 그게 게이의 징표가 된다는 걸 납득할 수 없었다.

"너 내 손 잡고 조물락거린 게 한두 번인 줄 알아? 장난처럼 내

---

2 클로짓: 벽장 속에 갇혀있는 성소수자

입술에 뽀뽀한 건 기억 안 나? 너 그때 얼굴 얼마나 빨개졌는지 모르지?"

"야 그건 민망하니까……."

"너 그때 심장 두근거리는 소리가 나한테까지 들렸어. 너도 이제 좋은 남자 만나 연애도 하고 그래야지."

"그만 좀 몰아가. 나도 생각할 시간이 필요하다고."

은오가 킥킥댔다.

"네가 찐 게이라는 건 내가 비밀로 할게. 알지? 난 찐 헤테로[3]라서 너의 사랑을 받아줄 수 없어."

은오의 목소리는 평상시처럼 곱고 예뻤다.

"새끼야, 내가 게이라 해도 너처럼 게이 비주얼은 안 만날 거다."

화난 것처럼 터벅터벅 걷던 현수가 갑자기 걸음을 멈췄다.

"그런데 은오야, 나 군대에서 괜찮을까?"

"군대에서는 찐 디나이얼로 지내는 게 안전할 것 같아."

현수는 웃음을 터뜨렸다. 현수가 해주려던 조언을 은오가 그대로 되돌려주었다.

---

3 헤테로: 이성애자

2. 달

거래처 담당자에게 포트폴리오 설명을 마친 후 해주는 옆자리에 앉아있는 팀장을 봤다. 팀장은 흡족한 미소를 지으며 표시가 날 듯 말 듯 고개를 끄덕였다. 노랑, 파랑, 빨강의 잔 속에 든 커피는 식어버린 지 오래였다.

"신입 직원이 참 꼼꼼하네요."

맞은편에 앉은 거래처 담당자도 만족한 표정이었다.

"여성스러운 면이 좀 있지요, 우리 해주 씨가."

팀장은 대답하며 해주에게 미묘한 눈짓을 했다.

"일 잘한다는 칭찬을 돌려서 하시네요."

거래처 담당자가 민망한 듯 말을 바꾸자 팀장은 웃음으로 대답을 대신했다. 구면인 두 사람이 서로의 안부를 묻는 동안 해주는 등으로 손을 뻗었다.

"등 가려워? 내가 긁어줄까?"

팀장 말에 해주는 두 손을 휘휘 내저었다. 사실 가려웠지만 아닌 척 하느라 해주의 얼굴은 부끄러움을 타는 것처럼 벌게졌다.

팀장이 동행 출장을 요청했을 때 해주는 선뜻 대답하지 못했다. 거부할 수 있는 위치가 아니었다. 언젠가 겪을 일이라는 것도 알고 있었다. 트랜스젠더 커뮤니티에서 제공한 팁이 아니었다면 모든 걸 포기하고 싶었을지도 몰랐다.

"이 회사가 당신을 채용해야 하는 이유를 말해보세요."

단독 면접을 진행하던 사장은 당혹감을 감추려 애쓰고 있었다. 이력서상에는 남자였고 실제 모습은 여자인 해주를 마주했을 때의 반응치고는 양호한 편이었다. 해주는 사장이 유학파에다 젊다는 데에 기대를 걸었다.

"저는, 제가 여성이라는 걸 전혀 의심하지 않습니다."

해주는 성장기의 혼란을 굳이 설명하지 않았다. 여성 용품을 살 때 받았던 시선에 대해서도 말하지 않았다. 해주가 겪은 고통의 대부분은 법적 성별이 여성이 아니라는 데에 있었다. 취업 시장은 성별 정체성이 이분법적으로 적용되는 곳이었다. 스스로 여성이라 생각해도, 남에게 그렇게 주장해도, 주민번호를 적어 내야 하는 이력서에서부터 해주는 남성이었다. 호르몬제는 해주를 흔한 여성의 모습으로 바꾸는 중이었다. 물론 호르몬제만으로는 한계가 있었다. 이 간극은 성전환 수술로 해결할 수 있었다. 남성기를 제거하지 않으면, 대부분의 사람이 여성이라 인식하는 외모와 성향을 보여주지 않으면, 법적인 여성이 될 수 없었다. 그러기 위해서는 해주가 살고 있는 원룸 보증금의 네 배가 넘는 비용이 필요했다.

"저는 오늘 제 정체성에 충실한 복장을 하고 면접을 보러 왔습니다. 여성으로 살고 싶어서입니다. 그러기 위해서는 큰돈이 필요합니다. 한 직장에 오래 다녀야만 가능한 일입니다. 제가 가진 능력을 충분히 발휘할 기회를 얻을 수만 있다면 회사와 저는 윈윈게임을 할 수 있습니다."

해주의 말을 듣는 사장의 표정은 미묘했다. 가능하다면 해주는 사장의 머릿속에 들어가 보고 싶었다. 남성으로 취업하지 않겠다고 마음먹은 후 해주는 별의별 반응을 다 경험했다. 제 입을 손으로 막고 헛구역질을 하던 사람, 신기한 동물인 듯 눈을 떼지 못하던 사람, 고개조차 들지 않던 사람, 종교의 힘으로 극복하라던 사람, 더럽다며 이력서를 내던지던 사람, 왜 이력서를 거짓말로 썼느냐며 호통치던 사람도 있었다. 무심한 표정으로 자리를 빠져나왔지만 해주는 매번 명치가 시큰해졌다.

"제안을 하겠습니다."

사장이 입을 떼자 해주는 마른침을 삼켰다.

"입사가 결정되면 회사에서는 법적 성별로 지내도록 합시다."

해주는 사장을 쳐다봤다. 여태 일했던 모든 곳에서 해주는 법적 성별인 남성으로 살아야 했다. 그게 싫어 모욕을 감수하면서도 여성으로 면접을 보러 다니는 중이었다.

"성별 정정을 한 후에 여자로 지내시라는 말입니다. 그때까지 해주 씨의 정체성은 숨겨주세요. 조직의 안정을 먼저 생각해야 하는 제 입장을 이해해 주시리라 생각합니다."

산업디자인을 전공했고 입상 경력도 화려했던 해주는 처음 입사했던 회사에서 아웃팅을 당한 후 단기 아르바이트를 전전했다. 아르바이트 하는 곳에서도 지내는 시간이 길어지면 어김없이 의혹의 눈길이 들러붙었다. 해주가 먼저 커밍아웃을 한 적도 있었다. 결과적으로는 마찬가지였다. 해주를 대놓고 따돌리는 사람도 지나치게 호기심을 드러내는 사람도 틈만 나면 해주의 몸을 시선으로 훑었다. 철저하게 남성인 척하거나 처음부터 여성으로 정체화하지 않으면 피할 수 없는 일이었다. 사장의 제안은 둘 중 하나만 선택하는 것보다는 분명히 좋은 조건이었다.

팀장은 자리에서 일어서려는 해주의 팔을 붙들었다. 거래처 담당자와 같이 술 한잔하자고 했다. 해주가 술을 마시지 않는다는 걸 팀장도 분명히 알고 있었다. 술김에 작은 실수라도 한다면 모든 게 어그러질 수 있었다.

"해주 씨 술 못 먹는다는 거, 거짓말은 아니겠지?"

한두 번도 아니고, 팀장은 술자리가 있을 때마다 같은 질문을 했다.

해주는 유리로 된 벽 너머로 시선을 옮겼다. 어두워진 밤하늘에 상현달이 떠있었다. 반달로 보일 뿐 실제 달은 둥근 형태라는 걸 모르는 사람은 없었다. 그런데도 사람들은 보이는 모양에 따라 달을 구분했다. 보름달은 상서로우니 소원을 빌고, 달이 안 보이면 달이 없다고 말했다. 해주는 '달은 거짓말쟁이'라는 라틴어 격언을 이용해 초승달과 그믐달을 구분했던 로마인의 이야기가 떠올랐다. 달이 거짓말쟁이인지, 달을 보는 사람들이 거짓말쟁이인지, 해주는 팀장에게 묻고 싶었다.

"술 먹고 호흡곤란으로 응급실 간 적 있어요. 알코올 알레르기래요."

팀장은 혀를 찼다.

"사내자식이 술도 못 먹고."

해주의 팔을 놓으며 팀장은 불만스럽게 말을 내뱉었다. 자신이 보통 남자들과 다른 인상을 준다는 걸 해주도 알고 있었다. 불만인 경우도 있었고 몰래 훔쳐보는 경우도, 호기심에 무례한 질문을 하는 경우도 있었다. 정체성이 드러날 만한 질문에는 거짓말로 답하는 게 가장 안전했다. 디자인팀이라고 복장과 두발이 자유롭지는 않다. 규정은 없었지만 팀원들은 전형적인 직장인 차림새였다. 어깨를 넘긴 해주의 머리카락은 팀원들에게 호기심거리였다. 결국 팀장이 말을 꺼냈다.

"머리 일부러 기르는 거야?"

해주의 머리카락을 쓰다듬는 팀장의 손길은 습하고 뜨뜻했다. 해주가 여성이라는 걸 모르는 팀장에게 불쾌하다는 표현을 할 수도 없었다.

"소아암 환자들에게 기부하려고요."

다들 궁금했던지 여기저기서 아, 하는 탄식이 터져 나왔다. 해주가 염색도 파마도 하지 않은 건 이럴 때를 대비해서였다. 덕분에 컬러스 프레이 뿌리는 기술과 고데기 기술이 늘었기에 해주는 부정적으로만 생각하지는 않았다.

"묶기라도 해 좀. 기생오라비처럼 생겨가지고."

해주는 웃으면서 고개를 끄덕였다. 기생오라비는 해주에게 익숙한 단어였다. 해주는 자신을 여성으로 인식하게 된 것이 생김새 때문이라고 여겼었다. 그 생각은 MTF⁴ 모임을 나간 후 바뀌게 되었다. 어떻게 봐도 여성으로 보이는 사람, 어떻게든 여성으로 보이기 위해 애쓰는 사람, 어떻게 해도 여성으로 보이지 않는 사람……, 외모는 천차만별이었다. 호르몬제를 투여해도 이목구비까지 달라질 수는 없었다. 연예인 중에는 예쁘게 생긴 남자도 많았고 주변을 둘러보면 투박하게 생긴 여자도 수두룩했다. 대부분의 트랜스젠더는 전환 성별로 보이기 위해 엄청난 노력을 했다. MTF는 남들이 여성으로 봐주기만 해도 만족했다. 힘들고 불편한 건 그다음 일이었다. 복장만 잘 갖춰 입으면 여성으로 패싱되는 해주는 그나마 편한 축에 속했다.

숙소로 올라온 해주는 가슴에 두른 압박붕대부터 풀었다. 퇴근 후 집에 도착하면 늘 그랬다. 그다음엔 스트레칭을 했다. 스트레칭만큼은 무슨 일이 있어도 빼먹지 않았다. 유산소운동이나 근력운동을 하

---

4 MTF(Male-to-Female): 트랜스젠더 여성, 즉 남성에서 여성으로 전환한 사람

면 테스토스테론이 분비된다고 들은 후부터였다. 사실이든 아니든 정기적으로 투여하는 호르몬제 비용을 생각하면 거듭 조심해야 했다.

다음 날의 프레젠테이션을 준비하다 해주는 시간을 봤다. 팀장이 언제 숙소로 돌아올지 알 수 없었다. 팀장과 숙소 하나를 잡으면서 해주는 입술을 깨물었다. 술에 취하지 마라. 침대를 내주고 바닥에 이불을 깔고 자라. 모든 이가 잠들었을 때 겉옷까지 들고 욕실로 들어가 씻어라. 남성용 화장품을 준비해 가라. 정체성을 숨기고 살아가는 MTF들이 해준, 출장을 대비한 조언이었다. 숙소 문제를 사장에게 읍소해 볼 생각도 해보았다. 따로 숙소를 잡는 이유를 팀장에게 그럴듯하게 둘러댈 자신이 없어 해주는 관두고 말았다. 사장이 트랜스젠더를 불편 유발자로 인식할까 두렵기도 했다. 이번 직장에서 해주는 수술비용 마련을 목표로 삼았다. 그걸로 충분하다고 여겼는데 점점 욕심이 났다. 수술 후 여성으로 돌아와 적응해 내고 싶었고 트랜스젠더에 대한 이미지를 개선해 보고 싶었다. 해주의 정체성을 존중해 주는 사장을 생각하면 불가능한 목표는 아니었다.

호텔 복도가 소란스러워지더니 누군가 요란하게 문을 두들겼다. 몸을 제대로 가누지 못하는 팀장을 해주에게 넘겨준 거래처 담당자는 인사도 제대로 하지 않고 내빼버렸다.

"너! 사내자식이 말이야. 술도 먹고 상사 기분도 맞춰줄 줄 알아야지. 그래서 사회생활 잘하겠냐!"

"네네, 잘 알겠습니다."

"그럼 한잔 더 할까?"

"팀장님 몸 해쳐요. 오늘은 그만하세요."

"자식이, 예쁘게 생겨가지고 대답도 예쁘게 하네."

해주는 웃으며 팀장을 부축해 침대에 뉘였다. 아무렇지 않은 척, 모른 척, 넘어가는 것조차 거짓말이라면 해주는 거짓말이 일상인 사람이었다. 잠시 고민하던 해주는 팀장의 셔츠와 양말을 벗겼다.

"저한테 왜 이러세요, 꼴리게."

팀장은 장난스럽게 두 팔로 자신의 몸뚱이를 보호하는 제스처를 취했다. 해주는 얼굴에서 웃음기를 거둔 후 바닥에 이불을 깔았다.

형광 불빛에 온몸이 투시당하고 있었다. 불빛을 피해 달아나려는데 거센 악력이 해주를 붙들었다. 벗어나기 위해 발버둥 치던 해주는 자신의 유방을 주무르는 거친 손길에 눈을 번쩍 떴다. 침대에서 잠들었던 팀장이 어느새 해주 등 뒤에 바짝 붙어 자고 있었다. 해주는 팀장의 손을 떼어내고서야 씻으며 다시 둘렀던 압박붕대가 풀려있었다는 걸 깨달았다. 웅얼대던 팀장은 해주에게서 등을 돌리더니 이내 고른 숨소리를 냈다. 해주는 거칠어지는 호흡을 심호흡으로 내리눌렀다. 팀장이 술김이나 잠결에 그랬는지, 멀쩡한 정신의 의도된 행동이었는지, 해주는 궁금해하지 않기로 했다. 커튼을 열고 창문가에 선 해주는 바쁜 시선으로 달을 찾아보았다. 보이지 않았다.

'어딘가에 있겠지, 동그란 모습으로.'

아침이 되면 해주는 팀장에게 밤새 잘 주무셨냐고, 자신도 덕분에 잘 잤다고, 아무렇지도 않게 거짓말하기로 했다. 해가 솟아오르자 붉은 가로등 불빛이 거짓말처럼 사라졌다.

3. 벽장 속으로

내 나이 쉰, 남들은 이 나이를 어떻게 생각할까. 열 살에겐 죽을 날이 가까운 노인일 테고, 서른 살에겐 자기 걸 지키기에 급급한 기득권 세대일 테고, 일흔 살에겐 무서울 것 없는 젊은 시절일 테지. 어쨌거나 내가 생각하는 쉰은 삶의 방식을 바꾸기는 어려운 나이다. 예를 들면 살던 집을 팔고 아무도 나를 모르는 동네로 이사하는 것 같은 일들 말이다.

수도권이긴 해도 토박이가 많은 변두리 동네는 텃세만큼 다정이 넘쳤다. 신혼 때 나는 전세 계약이 만료되기도 전에 이사를 고민했다. 남편은 어느 직장을 다니는지, 출산 계획은 어떤지, 우리 부부의 원가족 관계까지, 이사 떡을 돌리면서부터 시작된 이웃들의 지나친 관심이 점점 부담스러워졌다. 이사를 포기하게 된 건 간섭만큼 이웃들의 도움이 많았고 유순한 우리 부부는 그에 쉽게 감동받았다. 밑반찬을 해서 나눠주는 엄마도 있었고 속상할 때 맥주 한잔 마실 언니도 있었다. 육아 정보를 공유하는 친구도 있었고 철딱서니 없지만 귀여운 동생도 있었다. 이십 년이 넘는 세월, 나는 혈연보다 이웃에 더 의지해 살아왔다. 나는 이제 쉰이 된 전업주부이고 남편은 삼십 년간 같은 직장을 다니고 있는 평범한 남자다. 아들은, 그러니까 하나밖에 없는 스물넷의 내 아들은……, 동성애자다.

아들이 커밍아웃했다는 사실을 나는 이웃들보다 늦게 알았다. 커밍아웃이 뭔지도 모를 때였다. 이미 이웃들 사이에 돌고 돌고 돌아버린 동영상 속에서 아들은 믿기지 않을 정도로 환하게 웃고 있었다. 흰 셔츠를 입은 낯선 남자와 빛바랜 빨강 셔츠를 입은 낯익은 남자가 나란히 서서 두 사람이 연인 관계라고 선포했다. 그리고 키스했다.

"이건 내 아들이 아니야. 닮은 사람이야."

이웃들은 내 등을 토닥였다. 나는 그 손을 쳐냈다. 모두가 작당해서 나를 정신병자로 몰고 가는 것만 같았다.

"아니라고! 내가 내 아들도 모를까 봐 그래!"

이웃들이 내게서 한 걸음 물러났다. 나는 그들이 동영상 속의 두 남자인 양 사납게 노려보았다. 그들은 등을 돌리더니 뿔뿔이 흩어졌다.

어린 시절을 지나면서부터 아들은 잘 웃지 않았고 말수가 적어졌다. 천성이려니, 부모 내력을 받아 수줍음이 많으려니, 여겼다. 학창 시절 여자애들한테 한눈팔지 않는 걸 기특해했다. 남자애들과 몰려다니며 사고 치지 않는 데에 안심했다. 명문대는 아니어도 수도권 소재 대학에 들어간 거로 만족했다. 이웃들은 나를 부러워했다. 나처럼 속 안 썩고 아들 키우는 사람 실제로 드물었다. 대학에 들어가고 나서 잠깐 밝아지는 듯했던 아들의 얼굴은 이전보다 더 어두워졌다. 여자친구 없느냐 물으면 아들은 실소로 대답을 대신했다. 왜 여자친구를 사귀지 않느냐 캐물으면 아들은 관심이 없다고 했다. 아들이 여자들에게 호감을 주지 못할까 봐 내심 걱정되었다. 이웃들은 호강에 겨워 걱정을 사서 한다고 나를 타박했다. 남자 말수 적은 건 흉이 아니라 자랑이고, 행동이 가볍지 않은 건 쉬운 호감 대신 믿음을 준다고 했다. 구구절절 옳은 말이었다. 그래도 아들의 얼굴이 어두운 건 늘 마음에 걸려있었다. 내 아들은 영상 속에서처럼 환하게 웃는 사람이 아니었다.

아들은 동영상의 주인공이 자신이라고 바로 인정했다. 나는 웃었다. 엄마 놀리는 괘씸한 녀석이라며 등짝을 때려주었다. 아들은 웃지 않았다. 내 웃음도 증발해 버렸다. 나는 대체 아들에게 무슨 일이 일어났는지 궁금해졌다. 아들은 아무 일도 일어나지 않았다고, 그저 남자를 사랑하게끔 태어난 거라고 했다. 우리 부부는 그런 유전형질을 물려주지 않았다. 아들은, 그건 유전의 문제가 아니라고 했다. 그럼 바꿀 수 있는 것 아니냐고 나는 되물었다. 바뀌는 경우도 있지만 의지로 바꾸는 건 불가능하다고, 아들은 그에 설명을 길게 덧붙였다. 무슨 말인지 하나도 알아들을 수 없었다. 말을 많이 하는 아들이 낯설었다. 내 눈앞에 있는 아들은 내가 알던 아들이 아니었다. 혼란스러워하는 나를 보며 아들은 미안하다고 고개를 수그렸다. 그러자 애써 내리눌렀던 울분이 차올랐다.

"뭐가 미안해?"

내가 소리 지르자 아들은 한참 대답을 망설였다.

"네가 동성애자인 게 미안해?"

"그건 아니고."

"그럼 대체 뭐가 미안하냐고!"

엄마를 힘들게 해서 미안하다고 아들이 말했다. 그럼 동성애자가 아니면 안 미안해도 될 거 아니냐고 나는 억지를 부렸다. 자식 하나 있는 게 어째서 부모 삶을 망치려 드느냐며 악을 썼다. 그때는 동성애자여서 아들 역시 힘들었을 거란 생각을 못 했다.

부모는 자식을 다 알 수 없다 말하면 이웃들은 고개를 끄덕이면서도 내게 물었다. 정말 몰랐느냐고, 조짐이 보이지는 않았느냐고. 짐작조차 못 했다고 나는 맹세까지 했다. 아들을 의심해 본 적은 없었느냐는 질문에는 조금 고민이 되었다. 아들이 밖에서 나쁜 짓을 하고 다니지 않을까 싶어 어릴 적부터 엄격하게 가르치고 조심시켰다. 그런 게 의심이라면, 그런 의심이라면, 수없이 해보았다. 어떤 이웃은 아들에게 교회를 다니게 하라고, 다른 이웃은 정신과 상담을 받아보게 하라고, 또 다른 이웃은 아들을 죽기 직전까지 두들겨 패라고 했다. 모두 나와 내 아들과 내 가족을 위해 하는 말이었다. 그들이 우리 가족을 왜 그토록 위하는지 의문이 들었다. 그들은 우리 집에 큰 화가 들었다고들 했다. 화가 들다니, 우리 집이 망한 것도 아니었고 우리 집에서 사람이 죽어나간 것도 아니었다. 그들은 내 아들을 화로 여기며 나를 붙들고 연신 말을 쏟아냈다. 내 귀에 문짝이 있었다면 조용히 닫아버리고 싶은 심정이었다.

정작 조용한 건 남편이었다. 집에 오면 남편은 말없이 소주만 들이켰다. 심사가 복잡한지 얼굴이 예전 아들만큼 어두운 데다 아무 말도 할 생각이 없어 보였다. "동성애는 정상이 아닌 거지?" 물어도, "다른 동네로 이사 갈까?" 물어도, 남편은 대답 없이 한숨만 내쉬었다. 나혼자 만든 자식이냐고 악다구니를 쓰고서야 남편은 입을 열었다.

"애를 어떻게 키웠으면 동성애를 해!"

"그럼 당신이 키우지 그랬어?"

"내가 놀았냐? 회사 다녔잖아. 지금 이 새끼 때문에 회사에서 내가 무슨 수모를 겪는지, 당신이 알기나 해?"

몰랐다. 쉰이 넘은 남편의 세상도 쉰의 내 세상만큼이나 달라졌다는 걸. 내가 먼저 바뀌어야 했다. 나는 동성애가 장애를 갖고 태어나는 것처럼, 살다가 장애가 생기는 것처럼, 불행하지만 어쩔 수 없는 거라고 여기기로 했다. 그렇게 생각하는 것도 결코 쉽지 않았다. 아들은 절망스러운 표정이었지만 내 말에 반박하지 않았다. 이웃들에게 나는 조금 더 당당해지기로 했다. 세상엔 인력으로 안 되는 일이 있다고 말하자 이웃들은 고개를 끄덕였다. 이웃들은 그 일을 '자식 일'로 생각했다. 나는 '동성애'를 염두에 두고 한 말이었다. 이웃들의 오해를 나는 굳이 바로 잡지 않았다.

동영상을 찍었을 때도 그랬지만 아들은 예고도 없이 남자친구를 집으로 데려왔다. 오면서 이웃들과 마주치지 않았는지 묻고 싶었는데 차마 입이 떨어지지 않았다. 아들의 남자친구는 내 아들처럼 지극히 평범했다. 퇴근 후 집에 온 남편은 아들과 남자친구를 보고선 그만 폭발해 버렸다. 부모가 어디까지 참아야 하느냐며 소리를 지르고 아들에게 손찌검을 했다. 나는 몸으로 남편을 막아섰다. 다른 이유는 없었다. 내가 낳아 내 손으로 키운 내 자식이 맞는 꼴을 보기 싫었다.

"차라리 나를 때려."

남편은 기가 막힌다는 얼굴로 헛웃음을 쳤다. 나는 뒤를 돌아 아들과 아들의 남자친구를 번갈아 봤다. 두 사람은 고개를 떨어뜨렸다.

"고개 들어."

고개를 들고서도 두 사람은 내 시선을 피했다.

"너희들이 사람을 죽인 것도 아니고 물건을 훔친 것도 아닌데 왜 이런 꼴을 당하고 있어."

그제야 두 사람은 나를 봤다.

"뭐라더라, 옷장을 나온다고 했나? 어차피 이리된 거, 당하고 살지 말고 숨어 살지 말아. 고개 빳빳이 들고 살란 말이야. 그러려고 옷장에서 나온 거 아니었어?"

웃음 짓는 아들들 눈에 눈물이 맺혔다. 좋아서 웃는지, 웃겨서 우는지, 알 도리가 없었다. 보고만 있던 남편이, 에이, 싫은 소리를 내며 현관 쪽으로 걸어갔다. 나는 남편을 잡지 않았다. 남편도 나만큼, 어쩌면 나보다 더 많이 진통을 겪어야 했다. 소주라도 마시면 통증이 덜하겠지, 어떻게든 자기 방식으로 겪어내겠지. 나는 남편을 낙관했다. 등 뒤에서 현관문 열리는 소리가 들렸다. 한참을 기다렸지만 현관문이 닫히는 소리가 들리지 않았다. 나는 몸을 돌려 현관을 봤다. 남편의 등이 먼저 보였고 그 뒤로 새카맣게 몰려든 이웃 한 덩어리가 보였다. 누가 누군지 구분도 안 가는 그 덩어리 속에 촘촘히 박힌 수많은 눈알이 유흥가의 조명처럼 빛나고 있었다.

사람들은 쉰이라는 나이를 어떻게 겪는지 궁금하다. 쉰이나 먹고서도 변해야 살 수 있다고 여기는 사람이 얼마나 되는지도. 어쨌거나 나는 이사를 하지 않았다. 내 인생의 절반을 살아온 내 집에서 나는 한 발자국도 나가지 않기로 했다. 대신 도어락을 최신형으로 바꾸고 잠금 보조 장치까지 달아 그 누구도 우리 집에 함부로 들어오지 못하도록 했다. 가끔 이웃들이 문을 두드리지만 나는 대답하지 않는다. 이웃들의 번호는 물론 모르는 번호로 오는 전화도 받지 않는다. 필요한 물건은 인터넷으로 사고 아들이 쓰레기를 버린다. 아들의 남자친구는 내 술친구이자 말벗이다. 자청해 지방 한직으로 발령받은 남편은 나와 아들의 존재를 잊은 듯 아예 집에 오지 않는다. 나 역시 바꾼 도어락 비밀번호를 남편에게 알려줄 생각이 없다.

내 나이 오십에 장만한 회색빛 커다란 벽장은 지나칠 정도로 안전하고 완벽하다.

4. 웨딩마치

"신부님, 이쪽으로 오세요."

"어떤 신부요?"

현정이 되묻자 안내하던 직원의 눈동자가 흔들렸다. 짧은 원피스형 웨딩드레스 차림인 현정이 옆으로 물러서자 길고 장식 많은 웨딩드레스를 입은 해주가 직원을 향해 수줍게 미소 지었다. 직원은 그제야 생각난 듯 환하게 웃으며 두 사람 모두를 신부대기실로 안내했다. 현정은 잠시 멈춰 서서 예식홀 앞에 붙은 안내판을 봤다.

신부: 김현정, 신부: 선해주, 에메랄드홀

현정의 눈가가 축축해졌다.

예식장을 구하는 것부터 난관이었다. 아니, 두 사람이 결혼을 하겠다고 결심한 것, 어쩌면 커밍아웃을 한 것, 애초에 두 사람이 레즈비언인 것부터가 난관이었다.

"신부가 둘이라고요?"

"네."

"신랑은 하나고요?"

현정은 대답 없이 예식장의 예약실 직원을 쳐다보았다.

"아……, 아, 여자끼리……."

규정을 알아보고 오겠다던 직원은 선례가 없었다며 곤란한 표정을 지었다. 예상했던 반응이었다.

"선례가 없으면 만들면 되죠."

"한 커플에 배당되는 드레스가 한 벌이고……."

"따로 대여할 거예요."

"죄송합니다, 고객님. 저희 매니저님이 기독교인이시라서요."

직원이 한숨을 길게 내쉬었다. 말문이 막힌 현정은 허탈하게 웃기만 했다. 이후로도 다섯 군데 예식장에서 퇴짜를 맞았다. 혼인 신고도 못 하는데 남들 하는 결혼식이라도 해보고 싶다는 해주를 위해서라도 포기할 수 없었다. 결국 현정은 비수기를 기다려 변두리 작은 웨딩홀을 계약할 수 있었다.

"여보옹."

신부대기실에 들어선 해주가 콧소리를 내며 안기자 현정은 얼굴이 벌게졌고 안내 직원은 눈길 둘 데를 몰라 허둥거렸다. 신부대기실 의자는 세 명이 앉을 수도 있을 만큼 길이가 넉넉했다. 현정은 의자에 해주를 앉히고 드레스를 넓게 펴주었다. 마침 도착한 레즈비언 친구들이 신부대기실을 가득 채웠다. 뒤이어 출장 사진사가 도착했다. 여성 사진사로 보내달라고 당부하고 강조하고 재차 확인까지 했건만 남성 사진사를 보낸 무심함에 현정은 부아가 치밀었다.

"오시려던 분이 갑자기 배탈이 나가지고……."

사과를 전하는 입과 달리 사진사의 눈초리엔 멸시가 가득 담겨있었다. 현정이 해주와 연인임을 숨기지 않고 다닐 때 흔하게 받는 눈초리였다. 현정이 입술을 깨물었다.

"괜찮아요. 예쁘게 잘 찍어주세요."

평상시보다 한 톤 높은 목소리로 말한 해주에게 사진사가 무표정하게 고개를 끄덕였다. 해주의 기분을 망치고 싶지 않은 현정도 더는 말을 얹지 않았다. 사진사는 전형적인 포즈를 요구했다. 해주는 즐거워 보였지만 지루하게 느낀 현정이 장난스러운 표정과 자세를 잡았다. 친구들도 합세해 거의 반은 난장판 같은 분위기 속에서도 사진사는 능숙하게 촬영했다.

"여자들밖에 안 보이네."

뒤늦게 신부대기실에 고개를 들이민 사람은 해주의 언니였다.

"남자도 있는데……."

사진사의 말에 모두에게서 웃음이 터졌다. 현정이 벌떡 일어났다.

"형님!"

해주 언니는 경악하는 표정으로 신부대기실 안을 훑어보았다.

"무서운 사람들 아니에요. 어서 들어오세요, 형님."

"형님이라고 좀 하지 마세요."

해주 언니는 울 것 같은 표정이 되었다. 현정은 뻔뻔하게 미소 지었고 해주는 웃음을 참았다.

해주가 현정과 언니를 소개시키는 자리에서였다. 현정은 부모 없이 치르는 결혼이니 예법 같은 건 따지지 말자고 말했다. 그래도 위아래가 있는 거라며 해주의 언니가 못마땅한 표정을 지었다.

"그럼 앞으로 깍듯이 형님으로 모시겠습니다."

현정보다 다섯 살이나 아래인 해주의 언니는 호칭이 너무 이상하다며 울상을 지었다.

"손위 시누이에게는 형님으로 부르는 게 맞습니다. 족보가 좀 이상하긴 하지만 제게 시누이 노릇 단단히 하셔도 됩니다. 어린 신부 맞으면서 그 정도는 각오했습니다."

해주의 언니는 고개를 갸웃했다.

"우리 해주가 신부면, 그럼 현정 씨가 신랑이에요?"

"여자가 어떻게 신랑을 합니까. 저도 신부입니다."

"아 뭐야……."

해주 언니는 인상을 찌푸렸다. 부모가 외면하는 결혼을 하는 동생에 대한 안쓰러움일 뿐 해주 언니는 성소수자에 대한 이해가 거의 없는 사람이었다. 어쨌건 해주 언니는 형님이라는 호칭이 싫다고 했다.

"그럼 언니라고 부르겠습니다."

"말도 안 돼요. 저보다 나이도 많으신데."

오히려 해주 언니가 현정에게 언니라고 부른다고 했고 현정은 극구 사양했다. 그 모든 과정이 현정의 넉살과 장난이었다는 걸 해주 언니만 모르고 있었다. 말끝마다 해주 언니에게 형님이라는 호칭을 붙이는 현정을 보며 해주는 현정의 등을 주먹으로 살짝 때렸다. 영문을 모르는 해주 언니는 두 신부와 기념사진을 찍고선 허둥거리며 신부 대기실을 빠져나갔다. 해주가 안쓰러운 표정으로 현정의 손을 붙잡았다. 모든 혈연과 관계를 끊은 현정에 대한 걱정이었다.

"괜찮아. 난 너만 있으면 돼."

두 사람이 마주 보며 미소 짓자 대기 중이던 사진사가 플래시를 터뜨렸다.

현정과 해주는 행진을 위해 똑같은 부케를 들고 예식홀 밖에서 대기하고 있었다. 엘리베이터 쪽이 갑자기 소란스러워졌다. 진짜? 완전 대박. 설마. 웬일이니. 세상이 미쳐 돌아가네. 현정과 해주는 소리 나는 쪽으로 고개를 돌리지 않고 서로를 쳐다보았다. 소란스러운 감탄사가 점점 두 사람에게 가까워졌다. 현정은 해주의 팔짱을 풀고 뒤를 돌아보았다. 나란히 선 두 신부를 구경하던 사람들은 움찔하거나 뒤로 물러나거나 고개를 돌렸다.

"축의금은 이쪽입니다."

현정이 고개를 수그리며 손짓하자 구경하던 사람들은 모른 척 돌아서 엘리베이터 앞으로 갔다. 직원이 신호를 보냈다. 두 사람이 예식홀 안으로 들어서자 잔잔한 피아노 연주곡이 시작되었다. 흔하고 뻔한 결혼식을 원했던 해주의 뜻에 따라 가장 흔히 쓰이는 웨딩마치였다. 현정과 해주는 걸음마다 서로의 얼굴을 쳐다보며 웃었다. 하객석에서 악의 없는 야유가 이어졌다. 두 사람이 입장을 마치자 예식홀 뒷문이 닫히며 웨딩마치가 변주를 시작했다. 해주는 놀라 자리에 우뚝 서버렸고 현정은 무대로 뛰어나가 마이크를 잡았다.

"내가 제일 잘나가."

개성 강한 걸그룹 노래를 시작으로 현정은 무대를 활보하며 걸그룹 노래 메들리를 불렀다. 해주의 반대를 무릅쓰고 현정이 끝까지 짧은 원피스형 웨딩드레스를 고집한 건 이때를 위해서였다. 노래가 끝나도록 해주는 울다, 웃다, 노래를 따라 부르다, 춤을 따라 추다 했다. 현정은 해주를 홀로 세워두고 주례석으로 올라갔다.

"신부 선해주 양은 신부 김현정 양을 사랑합니까?"

해주가 수줍게 네, 대답했다.

"신부 김현정 양에게는 물어볼 것도 없습니다. 평생 따라다니던 몸치, 음치, 박치라는 별명에 굴하지 않고 신부 선해주 양을 위해 반년이나 춤과 노래를 연습하는 걸로 사랑을 증명했기 때문입니다."

하객석에서 박수가 쏟아졌다. 보통의 예식처럼 예법을 따를 필요가 없는 두 사람의 결혼식은 절차가 너무 간단했다. 식장을 빨리 비워줄 수도 있었으나 현정은 그러고 싶지 않았다. 경계 밖에서 경계 안을 경원하는 해주의 마음을 현정은 이렇게나마 달래주고 싶었다.

"긴말 필요 없습니다. 저희 둘이 알아서 잘 살겠습니다. 이상 셀프 주례를 마칩니다."

웃음이 터진 하객석을 한번 쭉 둘러본 현정이 손가락을 치켜 올렸다. MR담당자가 오래전 유행했던 테크노댄스 음악을 틀자 식장의 조명이 순식간에 클럽처럼 바뀌었다.

"소리 질러!"

현정이 마이크를 하객석으로 향하자, 예에- 하객들이 화답했다.

"모두 자리에서 일어서!"

몇 안 되는 하객들이 쭈뼛거리며 일어섰다.

"형님도 일어서!"

현정이 해주의 언니를 손가락으로 가리켰다. 부끄러워하면서도 해주의 언니는 자리에서 일어섰다.

"이제 모두 놀아봅시다!"

현정은 하객석으로 뛰어들어가 사람들을 무대로 끌어냈다. 금세 흥이 차오른 사람들은 목소리를 높여 노래를 따라 부르고 아무렇게나 춤을 추고 옆에 있는 사람을 끌어안았다. 촬영을 포기한 사진사가 하객석으로 빠져나가려고 하자 해주가 그를 끌어당겼다. 그렇게 현정과 해주, 사진사와 해주 언니, 레즈비언 친구들과 다른 친구들은 퇴장하라는 안내 방송이 나올 때까지 함께 웨딩마치를 연주했다.

5. 아무튼 사랑

준규를 노려보는 해주의 얼굴은 왼쪽 광대뼈에서 턱까지 퉁퉁 부어 있었다. 경찰이 두 사람의 신경전을 제지했다.

"조서부터 씁시다. 피해자부터. 이름, 주민번호."

해주는 주변을 흘금거리며 작은 목소리로 이름과 주민번호를 말했다.

"안 들려요."

"이해성. 팔오공육이구, 일삼······."

준규는 헛기침을 했고 조서를 쓰던 경찰이 피식 웃었다. 지나가던 젊은 경찰이 조서를 들여다본 후 경악하는 얼굴로 해주를 보았다.

"신참인가비. 이태원에서 이런 걸로 놀래는 거 보이."

준규가 허공을 보며 혼잣말처럼 중얼거렸다. 이태원에서 트랜스젠 더는 희귀한 존재가 아니었다. 트랜스젠더 입장에서 이태원은 다른 곳보다 불편한 시선이 한결 덜했고 해주처럼 성노동이 목적인 경우도 흔했다. 준규가 갑자기 해주에게로 고개를 돌렸다.

"그런데 니, 내 속였네? 팔오면 몇 살이고."

"어쨌건 오빠보다는 엄청 어리거든."

"이기 마, 이러니까 처맞지."

"이 개새끼가 뭘 잘했다고."

"둘 다 감방 처넣어 버릴까?"

조서를 쓰던 경찰이 소리 지르자 두 사람은 서로를 향해있던 눈을 다른 데로 돌렸다.

"왜 싸웠어?"

"마, 대한민국 갱찰이 국민한테 막 말까고 그라시믄 안 되지예."

준규가 항의하자 경찰이 바로 사과했다. 재수 없는 새끼들. 해주는 속으로 욕을 하며 닮아 보이는 중년의 두 남자를 번갈아 보았다.

준규는 해주의 오래된 단골이었다. 아무리 거리를 둔다 해도 시간이 쌓은 정까지 밀어낼 수는 없다. 해주에게 스케줄이 없는 날엔 둘이 같이 식사를 하거나 술을 마시기도 했다. 비전환 트랜스젠더[5]의 성을 구매하는 사람은 여러 부류였다. 준규처럼 취향인 부류, 호기심이 강한 부류, 유사 동성섹스를 원하는 부류, 피가학 성행위가 목적인 부류 등. 성매수자들은 비전환 트랜스젠더의 특수성으로 인한 비용

---

5   비전환 트랜스젠더: 지향하는 성별로의 (성전환)수술을 하지 않은 트랜스젠더

증가를 당연하게 여겼다. 수술비 마련을 위해 시작한 성노동이었지만 해주는 수술비를 모으고도 일을 쉽게 그만둘 수 없었다. 수술 후의 생계가 막막했기 때문이었다. 해주를 주로 찾는 손님은 해주의 반반한 얼굴보다 보통 남자보다 사이즈가 큰 해주의 남성기를 더 좋아했다. 준규도 해주의 성기를 기어코 발기시킨 후에 자신의 성욕을 충족시켰다. 해주는 준규를 게이로 의심한 적도 있었다. 준규는 남자에게 성욕을 느낀 적이 없다고 단언했다.

"니는 여자 아이가. 여자한테 달린 자지가 을매나 신기하노. 아주 내는 몸살이 난데이."

"오빠 변태 같애."

"고추 달고 여자라카는 니가 그런 말 하믄 몬 쓴다. 사람은 마, 다 다른 기라."

해주가 성전환 수술을 하고 새 삶을 살아볼 생각을 하지 않은 건 아니었다. 달리 할 줄 아는 것도 없는 해주로서는 새 삶이라는 게 막연했다. 수술 후 다시 성노동자가 될 수도 있었다. 그렇게 생각하면 굳이 수술을 해야 하는지 고민이 될 수밖에 없었다. 성별 정정을 마친 트랜스젠더는 이태원에서는 그냥 여자로 취급되었다. 당연히 성노동 대가도 일반적인 성노동 수준으로 떨어지게 마련이었다. 나이도 적지 않으니 해주가 남성기를 없앤다면 성노동 판에서 수술 전보다 유리할 게 없었다. 준규는 해주의 고민을 알고 있었다. 그만큼 오래 보아왔고 속 얘기도 자주 나눴다. 해주가 남성기를 없애지 않길 바라는 준규는 해주의 얼굴이 어둡기만 해도 조바심을 냈다.

"니 또 수술하고 싶어 그카나."

"당연히 하고 싶지. 나도 여자로 살고 싶다고."

"내, 니 여자라 안 했나."

"오빠만 여자라고 하면 뭐해. 난 민방위 훈련도 받아야 하는데."

웃음이 터진 준규는 대답을 못 했다. 해주는 그런 준규의 팔뚝을 아프게 꼬집었다.

"니 그냥 이대로 살믄 안 되긋나."

"내가 얼마나 힘들고 불편하게 사는지 오빠가 알아?"

"그럼 방법이 이거삐 없네. 우리 확 갤혼해 삐자. 그라고 니 이 일 때 랴치아 뿌라."

해주는 준규를 쳐다봤다. 농담처럼 말했지만 준규의 표정은 결코 농담이 아니었다.

"미친놈아. 내가 수술 안 하면 우리는 둘 다 남자잖아. 우리나라는 동성 결혼 안 되는 거 모르나?"

"내는 그딴 거 모린다. 그냥 같이 살믄 갤혼 아이가. 어차피 남들 보기엔 니캉 내캉, 여자 남자일 건데."

준규의 얼굴은 진지하다 못해 비굴해 보였다. 허세를 부리듯, 장난을 치듯, 돈 많이 벌어 해주를 들여앉히겠다는 말은 전에도 한 적이 있었다. 진심이든 허튼수작이든 성매수를 하는 남자들의 말을 진심으로 알아들을 만큼 해주가 순진하지는 않았다.

내가 아직 살아있을 때

"싫어."

"니 고생하는 거 보믄 내 속이 디비진다 카이. 수술받지 말고 그냥 내랑 밥만 묵고사는 건 성에 안 차긋나."

나이 차이는 좀 나지만 해주도 준규가 싫지 않았다. 그렇다고 넙죽 그 마음을 받을 수는 없었다. 나이 든 남자와 무엇도 증명할 수 없는 사이로 밥만 먹으면서 사는 것도 싫었고 해주의 남성기를 좋아하는 준규와의 관계가 지속되려면 성전환 수술을 향한 희망과 기대를 버려야 했다. 그런 삶이라면 지금보다 편할 수는 있어도 행복할 수 있을지, 확신이 없었다. 흔들리는 마음을 붙잡고 자라나는 감정의 싹을 잘라버려야 했다.

"돈 내고 씹하는 새끼들을 내가 믿을 거 같아? 다 똑같아, 지만 다르다고 하는 것까지."

준규는 김치찌개에 담겼던 숟가락을 빼서 바닥으로 집어 던졌다.

"이 가스나가 오냐오냐하니까네."

"원래 서비스를 해주는 사람이 오냐오냐하는 거거든. 그리고 오빠보다 돈 잘 버는 나한테 밥만 먹고 살자고? 내가 그지 새끼냐?"

그 순간 해주는 뺨에 불쏘시개가 닿는 기분을 느꼈다. 충격과 공포가 동시에 뺨에 새겨졌다. 말리려고 달려온 주인장은 아무 말 없이 서로를 노려보고 있는 두 사람 곁에서 이러지도 저러지도 못하고 있었다.

"신고할 거야."

"해라."

이후 파출소로 두 사람이 이동하기까지 시간은 단 30분도 걸리지 않았다.

"거 웬만하면 합의해요."

"뭐라고요?"

해주는 경찰에게 눈을 치켜떴다.

"이해성. 네가 뭐 하는 앤지 우리가 모를 거 같아? 이 동네에서 장사 그만하고 싶어?"

준규가 벌떡 일어섰다.

"갱찰이 이래 사람 협박해도 되는 기가?"

"어이, 폭력 가해자 양반. 당신도 가만히 있는 게 좋을걸.「성매매특별법」……, 야, 신참. 이번에 새로 내려온 공문 좀 가져와 봐라."

"증거 있나?"

준규의 주눅 든 저항에 경찰이 웃음을 터뜨렸다.

"증거? 내가 삐끼 애들 몇 잡아 올까? 당신 둘 스마트폰만 압수해도 증거가 넘쳐날 텐데."

준규가 슬그머니 자리에 앉자 경찰이 고개를 절레절레 내저으며 말했다.

"사내새끼가 여자 놔두고……."

"야는 여잔데예."

준규는 이번엔 목소리에 반항기를 싹 빼고 말했다.

46   내가 아직 살아있을 때

"지금 주민번호를 듣고도⋯⋯."

"여자 맞심더. 잠자리 같이하는 내가 야를 여자라 카는데 왜 딴말을 하는교. 지가 여자라면 여자인 깁니더. 경찰 나리께서 젠더감수성이 영 떨어지시네예."

해주는 허벅지를 꼬집으며 웃음을 참았다. 젠더감수성이 떨어진다는 말은 언젠가 해주가 준규에게 쏘아붙였던 말이었다. 헛웃음을 치면서도 경찰은 그에 반박하지는 않았다.

"합의해 줄게, 오빠."

놀랐는지 잠시 해주를 가만히 보던 준규가 씨익 웃었다. 준규와 해주는 합의서에 지장을 찍고 합의금을 송금하고 확인까지 했다. 재미있는 시트콤 보는 듯 담당 경찰과 신입 경찰은 두 사람에게서 시선을 떼지 못했다.

경찰서를 나오자마자 준규가 해주의 팔을 붙들었다.

"소주 한잔하자."

"왜. 또 때릴라고?"

"어데."

고개를 얼마나 세차게 내젓는지 살도 없는 준규의 두 볼이 출렁거렸다.

"그럼 또 같이 살자고 할라고?"

"정 싫으나?"

늙어가는 남자의 눈엔 미련한 기대가 서려있었다.

"응."

"니 싫으면 안 한다."

준규의 목소리가 기어들어 갔다.

"진짜지?"

내친김에 해주가 목소리를 높였다.

"내 구라까는 거 봤나."

해주는 칫, 콧방귀를 뀌며 준규를 앞서나갔다.

"야 이 가스나야. 말해본나. 내 언제 구라치드나."

"옛날에 그렇게 잘 나갔대매. 입벌구드만 뭐."

"참말이다. 내가 남색한다꼬 소문만 안 났어도 지금……."

준규는 말을 마치지 못한 채로 헐레벌떡 해주를 따라갔다.

6. 전화벨이 울릴 때

전화벨이 울리자 해주는 화들짝 놀랐다. 소음에서 멀어져 산지 반년이 지났는데도 빈빈이 그랬다. 두려움이 사그라지자 주문 전화일지도 모른다는 생각이 들었다. 기대는 또다시 두려움으로 바뀌었다. 전화 통화의 경우 주문보다는 반품이나 교환 요청이 훨씬 많았다. 어쨌거나 저장되어있지 않은 번호였다. 해주는 스마트폰의 수신 버튼을 누르며 노트북을 열었다.

"혹시 고정숙이란 이름을 들어보셨습니까?"

의례적인 인사말조차 생략하는 상대방에게서 해주는 묘한 공격성이 느껴졌다.

"잠시만요."

해주는 노트북에서 주문자 명단을 확인했다.

"저는 박준규입니다."

명단에 두 사람 이름은 없었다.

"무슨 일이신가요?"

"저는 고정숙 씨의 조카입니다."

목소리로 짐작해 본 남자의 나이는 장년을 넘긴 듯했다. 해주는 전화를 끊고 싶었다. 소이캔들, 디퓨저, 수제비누 등에 나이 든 남자가 관심을 보이는 일은 흔하지 않았다. 잘못 건 전화일 확률이 높았다.

"그러시군요."

대답해 놓고 해주는 나지막이 한숨을 내쉬었다. 습관이 된 친절은 쉽게 떨쳐지지 않았다. 대형마트 고객센터에서 오래 일한 탓이었다. 하소연을 늘어놓는 고객에게는 지루한 위로로, 화를 내는 고객에게는 비굴한 사과로, 매뉴얼과 다른 주문을 하는 고객에게는 난감한 감사로, 억지를 부리는 고객에게는 안타까운 거절로 대응했다. 내부에서는 그런 요령을 테크닉이라고 했지만 공식적으로는 친절이었다. 고객과의 실랑이에, 업무 환경과 고객들에 대한 불만을 끊임없이 늘어놓는 동료들에, 행사를 알리는 방송에, 물건을 나르고 진열하며 나는 모든 소음에 해주는 점점 지쳐갔다.

"그러니까 고정숙 씨를 모르시는 거죠?"

해주는 남자 목소리가 점점 소음으로 느껴졌다.

"네. 그럼 이만."

"아는 사람이 분명히 있을 텐데……."

"끊겠습니다."

해주는 통화정지 버튼을 누르고선 창밖을 봤다. 외진 골목 끝의 초라한 작업실 밖은 어두운 회색 벽뿐 행인 하나 없었다. 이런 곳이면 가짜 친절에서도, 소음에서도 자유로운 삶이 가능할 줄 알았다. 직업을 바꾸며 전화 통화를 할 일은 많지 않았지만 홈페이지를 수시로 관리해야 했다. 화가 난 고객의 글은 소리로 변형되어 해주의 귓속을 두들겨 댔다. 잘못 배송되거나 파손된 제품 때문에 배송 기사와 통화를 할 때는 목소리가 커져 해주 스스로 소음을 만들기도 했다.

판매 품목 중에서 불면증에 좋은 라벤더, 심리 안정에 좋은 미모사, 기억력과 집중력을 높이는 블루베리 향초가 가장 인기 있었다. 실제 얼마나 효과가 있는지는 알 수 없었다. 해주도, 구매자도, 믿을 뿐이었다. 해주는 일손을 놓고 원기회복에 좋은 노란색 레몬 향초를 켰다. 표면이 긁혔다며 반품이 들어온 제품이었다. 발송할 때는 분명히 아무 문제도 없었다. 포장을 뜯다가 긁혔을 가능성이 높았지만 해주는 친절하게 응대하며 환불 처리를 해주었다. 아무리 친절하게 굴어도 고객은 끝까지 소리를 지르며 화를 냈다. 스스로 고립을 자처한 이후 해주는 그때 처음으로 응대가 아닌 대화를 하고 싶었다. 억지로 웃지도, 가짜로 친절하지도 않고 속마음을 그대로 드러낼 수 있는 진짜 대화가 그리웠다. 오는 연락조차 반년 넘게 외면했던 해주는 막상 저장된 목록에서 누를 수 있는 번호가 하나도 없었다.

핸디청소기를 돌리던 해주는 스마트폰에 초록불이 깜박이는 걸 보았다.

"혹시 궁금하실까 봐 다시 걸었습니다."

굳이 번호를 확인하지 않아도 그 사람, 박준규였다. 사람 얼굴을 거의 보지 못하면서부터 해주는 목소리만으로 사람을 구분할 수 있었다.

"고정숙 씨는, 그러니까 제 이모는 텔레비전에도 나온 적이 있어요."

박준규는 다급히 말을 이어갔다. 해주는 대답 없이 검색창에 '고정숙'을 입력했다. 노래교실 강사, 르포작가, 약사회 임원 등 다양한 사람이 나왔다. 무시하고 전화를 끊어야 한다는 생각과 이 대화를 이어가고 싶다는 생각 사이에서 해주는 갈피를 못 잡고 있었다.

"오래전이긴 하지만 남장 여인 고정숙이라고 하면 어지간한 사람들은 다 알았어요."

남장 여인이 대통령 선거에 나온 적이 있다는 건 해주도 들어 알고 있었다. 그 사람의 이름이 떠오르진 않았지만 고정숙은 분명히 아니었다. 해주가 입을 열려는 순간 남자가 먼저 치고 들어왔다.

"알아요, 고정숙 씨 모르시는 거. 그런데 말이죠, 남장을 하고 다니는 이모를 사람들은 미쳤다고 했어요. 친척들은 이모가 집안 망신을 시킨다고 했죠. 저는 어렸지만 이모가 남자 옷을 입든 여자 옷을 입든 무슨 상관인가 했거든요."

남자의 말이 길어지자 전화기를 대지 않은 해주의 귓속에서 이명이 울렸다. 고객센터에서 일하면서 생긴 증상이었다. 이명이 심해지면 머릿속에 붉은 비상등이 켜졌다. 그럴 때면 아무것도 들을 수 없었고 아무 생각도 할 수 없었다. 해주의 증상을 동료들은 믿지 못했다. 증상이 불거질 때 해주는 화장실을 다녀오거나 자청해서 향초나 디퓨저 진열을 맡았다. 향기로 소음을 덮으면 증상도 함께 잦아들었다. 그렇게 피하는 건 임시방편이었다. 계약직에서 정규직으로 전환되고 얼마 지나지 않아 해주는 사직서를 냈다. 동료들은 경악하며 미쳤냐는 말도 서슴지 않았다. 해주는 정말 미친 사람으로 취급될까 봐 정신과를 다니고 있다는 말은 하지 않았다. 무슨 상관이세요. 친절과 웃음을 말끔히 제거하고 그리 대답한 게 동료들과의 마지막이었다.

"그런데 저도 사실 궁금하긴 했어요. 이모가 왜 남자 옷을 입고 다니는지."

"물어본 적 없으세요?"

남자의 말을 끊어야 한다고 생각하면서도 해주는 결국 대거리를 하고 말았다. 남자는 신이 나서 말을 이어갔다.

"이모는 외갓집에 가질 않았어요. 동네 표지만 넘어서도 어른들이 몽둥이를 들고 가서 쫓아냈대요. 우리 집에 가끔 다녀가긴 했는데 밤늦게 왔다가 동트기 전에 떠났어요. 이모가 다녀가면 엄마는 며칠 한숨을 내쉬면서 대문 밖을 보곤 했어요. 제가 이모 어디 갔느냐고 물으면 엄마는 손가락을 입술에 대고선 고개를 내저었어요. 집안에서는 그렇게 이모에 대해 말하면 안 되는 분위기였는데 밖에서는 달랐어요. 니네 이모 자지 달렸다매? 니네 이모는 여자랑 씹한다매? 니네 이모 정신병자라매? 이모에 관한 헛소문은 셀 수가 없었죠. 그럴 때마다 저는 애들을 들이받았어요. 선생들이 절 문제아로 여겨도 상관없었죠. 엄마가 그 문제로는 절 혼내지 않았거든요. 것도 뭐 고등학생쯤 되니까 우습게 느껴져서 대응도 안 하게 되더라고요."

"제게 볼 일이 있으신 건 아니죠?"

남자가 숨을 고르는 사이 해주는 재빨리 준비한 질문을 던졌다. 남자는 대답이 없었다. 해주는 전화를 끊으려다 멈칫했다. 자신과 아무 상관도 없는 이야기, 친절하게 대응을 하지 않아도 되는 대화에 해주는 조금 더 붙들려 있고 싶었다.

"문의를 드리고 싶었어요."

습관적으로 떠오른 미소를 지우느라 해주가 대답을 못 한 사이 남자가 다시 말을 이었다.

"이모 이름으로 택배가 도착했어요. 폭탄이야 들었겠나 싶어서 상자를 열었어요. 가지런히 접힌 남자 옷이 한가득 들어있더라고요. 이모의 옷가지 속에, 정확히는 외투 주머니에 동전 몇 개와 옷핀 그리고 전화번호가 적힌 메모지가 있었어요. 영일일로 시작했고 중간번호는 세 자리였죠. 짐작이지만 이모의 소식을 알 수 있는 번호가 틀림없었어요. 걸어봤더니 없는 번호라더군요. 그래서 중간번호 앞뒤로 숫자를 붙여 전화를 해봤어요. 텔레비전에도 나온 남장 여인 고정숙 씨를 안다고 대답한 사람은 하나도 없었어요. 뒷자리 번호도 하나씩 바꿔가며 걸어봤어요. 열 통, 스무 통, 백 통을 걸어도 대답은 마찬가지였어요. 그런데 참 이상하죠. 사람들은 고정숙 씨를 아냐고 물어보면 모른다고 대답하고 바로 끊어버려요. 제가 다시 전화를 걸어 남장 여인 고정숙 씨를 정말 모르냐고 물으면 대답도 하지 않고 끊어버리거나, 모른다고 소리를 지르거나, 욕을 하더라고요. 이모는 그렇게 모르는 사람들에게까지 남장 여인으로 알려지고 만 거예요. 저 때문이죠. 이모가 남장을 하는 게 그렇게 이상한 일이냐는 질문을 해본 적은 한 번도 없어요. 그 말을 입 밖에 꺼내기도 전에 모두 제 전화번호를 차단해 버린 모양이더군요. 어쨌건 제가 가장 궁금한 건 고정숙 씨가 남장을 하는 이유예요. 이모가 자기 성별과 다른 옷을 입고 싶어 하는 이유를 세상의 누군가는 알고 있지 않을까요?"

해주는 박준규의 질문에 어떻게 대답을 해야 할지 난감했다.

"이모님 연락처를 알고 있는 사람이 없나요?"

대답이 곤란할 때 질문으로 되받는 건 고객센터에서 배운 요령이었다.

"아, 제가 말씀 안 드렸군요. 이모는 지금 어디 있는지 몰라요. 연락 안 하고 산 지 오래됐죠. 택배 상자에 적혀있던 주소도, 전화번호도 다 가짜였어요. 이모가 제게 보내준 옷은 오래됐지만 아주 비싼 거예요. 조금만 수선하면 충분히 입을 수 있도록 관리를 잘했더라고요. 남자 옷이니 저한테 입으라고 보낸 것 같은데 사실 저한텐 필요 없어요."

해주는 작업대 위에 놓아둔 파란색 머그잔 속에서 식어버린 커피를 한 모금 마셨다. 이명은 울리지 않았지만 피곤했다.

"이제 그만……."

"고정숙 씨가 남장을 하고 다닌 이유가 왜 궁금하냐면요."

끊겠다는 말을 하려던 해주는 한숨을 내쉬고 말았다.

"재밌더라고요, 그게."

"네? 무슨 말씀……."

"제가 화장도 해보고 여장도 해보니까 그렇게 재미있을 수가 없는 거예요. 미친 것도 아니고 남자랑 썹……, 아니 그 짓을 하고 싶은 것도 아니에요. 저를 여자라고 생각하지도 않아요. 그냥 기분이 좋아요. 이모도 그랬을까요? 아니면 여자처럼 보이기 싫어 남장을 했던 걸까요. 그도 아니면 다리에 커다란 상처가 있거나, 혹 옷값이 덜 들어 남장을 한 건 아닐까요? 저는 정말 궁금해요. 그리고 이모가 남장을 하고 다니는 게 정말 이상한 건지, 이모 스스로도 문제라고 느꼈는지도 궁금하고요."

해주는 리얼 다큐 프로그램에서 크로스드레서[6]가 희화화되어 나온 걸 본 적이 있었다. 왜 저럴까, 궁금했다가 남모를 아픔이나 색다른 즐거움이 있겠구나, 생각하곤 그만이었다.

"제 말이 이해 가십니까?"

"저는……, 잘 모르겠어요."

"상관없습니다. 어차피 대부분의 사람은 제가 여장하는 걸 이해하지 못할 테고 절 아는 사람에게 이런 말을 하고 싶지는 않으니까요. 이모 같은 꼴을 당하는 건……, 아니 어쨌건 전 철저하게 숨기면서 살

6　크로스드레서: CD. 지정성별에 반대되는 복장을 하는 사람

고 있어요. 걱정하지 않으셔도 됩니다."

해주는 실소했다. 걱정을 말라니, 제 걱정만도 넘칠 지경이었다.

"이만 끊어야겠습니다. 피곤하네요."

해주는 남자에게 공감, 위로, 추궁, 그 무엇도 할 수 없었다.

"그러시군요. 실례가 많았습니다. 아니, 제 말을 끝까지 들어주셔서 감사합니다. 그런데 이름이 뭐라고 하셨죠? 아, 아닙니다. 제가 선생님 이름을 알아야 할 이유가 없네요. 하하."

해주의 대답을 듣지도 않고 남자는 전화를 끊었다. 다행이다, 생각하면서도 아쉬움이 남아 해주는 다시 고정숙과 박준규를 검색해 보았다. 남자와 남자의 이모로 추정되는 인물은 보이지 않았다. 그제야 해주는 남자가 말한 이름이 실명이 아닐 수도, 남자의 이모가 실존 인물이 아닐 수도 있다는 생각이 들었다. 허탈해하며 고개를 놀리니 아직도 타고 있는 노란색 레몬 향초가 보였다. 긁힌 자국과는 무관한 상큼한 향으로 인해 해주는 피로가 싹 가시는 기분이 들었다. 그러자 누군가에게 아무 상관도 없는 자신의 이야기를 하고 싶어졌다. 해주는 마지막 통화 번호를 띄우고 발신 버튼을 눌렀다. 신호음이 두 번도 울리기 전에 박준규가 전화를 받았다.

"저는 김지영이라고 합니다. 사람들은 제가 엄살을 부린다고 하거나 거짓말을 한다고 했어요."

박준규는 대답 없이 듣기만 했다.

7. 윈윈게임

알림이 울렸다. 차가 아파트 주차장으로 들어오면 현정의 스마트폰에 메시지가 도착한다는 걸 남편은 몰랐다. 집 관련된 부분에 남편이 아는 건 거의 없었다. 현정은 그런 남편을 탓하지 않았다. 오히려 다행이라 생각했다. 미안한 마음과 억울한 마음의 무게가 같아 균형을 이뤘다. 현정은 식탁에 앉아 맥주 캔을 땄다. 현정이 맥주를 두 모금째 마실 때 현관문이 열렸다. 현정을 보고 놀란 남편이 그대로 멈춰 섰다.

"맥주 한잔할래?"

쭈뼛거리던 남편은 옷을 갈아입고 오겠다며 방으로 들어갔다.

보통 때 현정은 현관문이 열리기 전 불을 끄고 침대에 누웠다. 굳

내가 아직 살아있을 때

이 알림이 아니더라도 현정은 남편에 관한 한 아주 작은 소리까지 감지할 수 있었다. 방으로 들어온 남편은 현정을 먼저 살폈다. 눈을 감고 있어도 현정은 남편이 움직이는 방향까지 알 수 있었다. 남편은 들으라는 듯 한숨을 쉬거나, 무슨 잠이 저렇게 많냐며 구시렁거리거나, 스마트폰을 손에 쥔 채 재빨리 욕실로 가버리거나 했다. 욕실에서 나온 남편은 세 가지 화장품을 정성스럽게 바른 후에야 침대에 누웠다. 그때부터 현정은 초감각까지 동원해 남편이 잠들기를 기다렸다. 남편이 아무리 등을 돌려 불빛을 막아도 스마트폰 자판을 치느라 생기는 매트리스의 진동은 막지 못했다. 그리고서도 무슨 생각을 하는지 남편이 고른 숨소리를 내기까지는 적지 않은 시간이 걸렸다. 그렇게 남편이 깊이 잠든 후 현정이 몸을 일으켜 방을 빠져나오는 게 원래의 패턴이었다.

남편이 욕실에 들어갔다 다시 식탁으로 나온 건 20분이나 지나서였다. 씻느라 그랬다지만 그뿐만은 아니라는 걸 현정은 알고 있었다. 현정이 냉장고에서 맥주 두 개를 꺼내 남편 앞으로 하나를 내밀었다.

"어쩐 일이야, 여태 안 자고."

남편이 하품하며 말했다. 억지로 하는 게 너무 티 나서 현정은 조금 웃었다.

"할 얘기가 있어."

현정의 말에 긴장하는 듯하던 남편이 만면에 미소를 띠었다.

"왜. 오랜만에 생각이 났어?"

현정은 맥주를 한 모금 삼켰다. 남편이 성관계를 언급하기만 해도 현정은 마음이 불편해졌다.

현정이 남편과 성관계를 하지 않은 건 아이를 가지면서부터였다. 임신은 성관계를 피할 수 있는 좋은 핑계였다. 현정은 성관계를 좋아했던 적이 없었다. 첫 연애에 실패했던 이유였다. 성관계를 안 하려면 연애를 왜 하냐며 남자는 현정을 세상에 없을 사람처럼 취급했다. 남자의 말을 이해하지 못한 현정은 결국 차이고 말았다. 먼저 결혼한 친구들은 성경험 없는 여자가 성관계를 두려워하는 건 특별한 일이 아니라고 했다. 심지어 처음 몇 번은 아프고 괴로울 수도 있었다. 성관계를 즐기게 되기까지 걸리는 시간은 사람마다 달랐다. 어쨌거나 남자를 만나려면 성관계가 당연하다는 데에는 현정 외엔 이견이 없었다. 성관계를 각오하지 않으면 평생 외롭게 살아야 한다고 생각하니 현정은 막막해졌다. 오래전 영화에서 여배우가 오르가즘을 연기하는 장면이 화제가 된 적이 있었다. 성관계를 진짜로 즐기지 못하는 여성이 적지 않다는 뜻이었다. 고통을 각오하고 연기를 하면서까지 성관계를 하는 건 즐거움보다는 아이를 가지기 위해서라는 게 현정에겐 오히려 합당하게 느껴졌다. 아이가 있는 삶을 꿈꾸면서 만난 남편에게 현정은 영화에서의 그 배우처럼 연기했다. 그가 손을 잡고 키스하면 흥분이 되는 척, 성관계를 할 때는 오르가즘을 느끼는 척했다. 다른 영화에서도 숱하게 보아왔던 장면들을 재현하는 건 어렵지 않았다. 현정이 연기보다 어려웠던 건 성관계를 거절하는 일이었다. 가끔은 거절할 수도 있다는 걸 알고 있었지만 현정은 그가 거절을 어떻게 받아들일지 두려웠다. 현정은 결혼을 서둘렀다. 신혼을 만끽하고 싶어 하는 남편과 달리 현정은 결혼만큼이나 임신도 서둘렀다. 임신 판정을 받고서 현정은 눈물을 쏟았다. 난임도 노산도 아닌 현정에게 무슨 사연이 있는가 싶어 의료진은 호기심 어린 눈길을 거두지 못했다. 현정은 기뻐서 운다고 그들을 안심시켰다. 죽도록 성관계가 싫었다고 그들에게 말할 수는 없었다.

"병원에 다녀왔어."

현정이 말하자 남편이 맥주를 내려놓았다. 남편 눈빛이 예사롭지 않았다. 병원을 가보라고 한 건 남편이었다. 아이를 낳은 지 얼마 안 됐을 때였다. 너무 오래 참았다며 집요하게 성관계를 요구하는 남편에게 현정은 벌컥 화를 냈다. 육아는 그 무엇보다 피곤한 일이었다. 가사와 육아에 참여는커녕 도움조차 주지 않는 남편의 성관계 요구는 파렴치하게 느껴졌다. 어쨌건 임신과 마찬가지로 갓난아이를 키우는 일은 성관계를 피할 수 있는 좋은 핑계거리였다. 이후로 남편의 귀가가 점점 늦어졌다. 현정은 남편에게 아무런 불만을 표시하지 않았다. 성관계를 피할 다른 핑계가 생기지 않아 어쩔 수 없었다. 아이가 밤에 길게 자면서부터 현정은 아이를 재우며 같이 잠든 척을 했다. 오르가즘을 연기하는 것보다 훨씬 쉬웠다. 남편은 현정에게 성관계를 요구하는 대신 재차 정신과 상담을 권유했다. 아이가 생긴 이후로 사이가 나빠지고 성관계 횟수가 줄어드는 부부가 많다고 했다. 왜 그런 현상이 생기는지 가사와 육아를 전담하는 여성들은 이미 알고 있었다. 차라리 그런 경우라면 큰소리라도 칠 수 있겠지만 현정의 정신적인 문제를 의심하는 남편에게 현정은 아무 말도 할 수 없었다. 애초부터 성관계를 싫어했고 친구들의 말과 달리 조금도 좋게 느껴지지 않는, 욕구조차 없는 자신에게 문제가 있다고 여겼다. 남편이 맥주를 한 캔 더 가져왔다.

"무성애자래. 성욕을 느끼지 못하는 사람."

남편은 맥주를 마시는 대신 마른세수를 했다.

"아니 어떻게……, 당신 신혼 때는 안 그랬잖아."

"성정체성은 변하기도 한대."

현정은 남편에게 원래부터 성욕이 없었다는 말은 절대로 하지 않을 생각이었다. 자신도 아직 온전히 납득하지 못한 정체성을 남편에게 제대로 설명하기는 불가능했다. 최악의 경우 사기결혼으로 몰려 이혼을 당할 수도 있었다. 남편에게 너무 솔직해지면 안 된다고 조언한 건 레즈비언 카페에서 친하게 지내는 회원들이었다. 현정이 스스로의 성정체성을 의심하며 가입한 카페였다. 정신과에 가는 건 도무지 내키지 않았다. 그들은 현정의 고민을 비웃지 않고 진지하게 대응해 주었다. 남성은 물론 여성에게도 성적인 매력을 느낀 적 없는 현정이 레즈비언이 아닌 건 확실했다.

"아니 그게……, 말이 돼?"

"전문가 소견이야."

물론 레즈비언 카페에 있는 사람들은 전문가가 아니었다. 성정체성에 대해 많이 알고 있는 사람들일 뿐이었다. 그들과 함께 고민한 결과 현정은 에이섹슈얼[7]이거나 그레이에이섹슈얼[8]이라는 답이 나왔다. 현정이 성관계를 싫어하는 건 문제가 있는 게 아니라 그저 특징일 뿐이라는 뜻이었다. 현정은 사람이 먹고 싶고 자고 싶고 성관계를 하고 싶은 게 당연하다고 알고 살아왔다. 그렇게 살아온 시간이 억울했지만 현정의 성정체성을 이해하지 못하는 남편 입장에서 얼마나 황당할지, 상상하고도 남았다.

"그럼 나는 어쩌라고."

허공을 보며 세상 잃은 표정을 짓는 남편의 연기는 대배우 못지않았다. 예상한 시나리오 중 하나였기에 현정은 준비한 대로 대답했다.

"당신은 스마트폰에 빠져 살잖아. 그걸로는 해소가 안 되나?"

"무슨 말 같지도 않은 소리를……."

남편이 왜 스마트폰을 손에서 놓지 못하는지, 왜 매일 약속이 있거나 야근을 하는지, 절대 아는 척하지 말라고들 조언했다. 목적을 달성하기 위해서는 바닥까지 긁어내선 안 된다는 데에 현정도 동의했다.

---

7   에이섹슈얼: 무성애
8   그레이에이섹슈얼: 드물게 성적 끌림이 있는 사람

알고 있는데도 현정은 눌렀던 분이 올라왔다. 남편이 다른 여자를 만나고 있다는 사실 때문이 아니었다. 아이를 갖기 위해서라고 자신을 설득했지만 억지로 남편과 성관계를 할 때마다 현정은 자신이 성노동자가 된 듯한 기분을 떨쳐내기 힘들었다. 다시 그 참담함을 겪어내는 건 죽어도 못 할 짓이었다. 현정의 잘못이 아니지만 역시 남편의 잘못도 아니라고, 성소수자를 배제하는 사회의 문제라고 카페 회원들이 냉정하게 말해주지 않았다면 현정은 바닥의 부스러기까지 긁어내 버렸을지도 몰랐다.

"그냥 이혼할까, 우리?"

시나리오에 없는 진행이었다. 당신 하고 싶은 대로 살아, 나는 나대로 살게. 대신 아이에게 조금만 더 신경을 써줘. 이렇게 얘기해야 했다. 그렇게 얘기할 수 있었지만 남편에게도 기회를 주는 게 맞는다는 생각이 들었다. 시나리오대로 하지 않은 게 실수라 해도 뱉은 말을 주워 담을 수는 없었다.

"뭐 그런 걸로 이혼을 해. 섹스리스 부부도 많다는데. 내가 알아서……, 그러니까 잘 견뎌볼게. 스마트폰 많이 보는 것만 뭐라 하지 않는다면."

남편은 깊은 한숨을 내쉬었다. 현정은 코웃음을 참았다. 앞으로 더 당당하게 야근하고 스마트폰에 매달려 살 남편 속마음을 짐작하고도 남았다. 그때는 등을 돌리면 그만이다, 현정은 마음을 다잡았다. 남편은 기지개를 켜며 욕실로 들어갔다. 빠르게 자판 치는 소리에 담긴 흥분이 닫힌 욕실 문을 넘어 현정에게까지 고스란히 전해졌다. 현정은 맥주 한 캔을 더 땄다. 실수도 있었고 방향이 잘못될 뻔하기도 했지만 어쨌거나 시나리오는 거의 성공적이었다. 남편이 절망스러운 표정으로 무거운 발걸음을 질질 끌며 화장실에서 나오면 현정은 자는 아이에게 뽀뽀를 하라고 시켜야 했다. 그게 해주와 레즈비언 카페 회원들이 만든 시나리오의 결말이었다.

8. 문어

다시는 보지 말자고 엄포까지 놓았던 현정이 먼저 연락을 했다. 싸운 지 한 달 만이었다.

"맛있는 거 먹으러 가자."

거절하지 않았다. 해주는 마지막으로 현정의 얼굴 보고 해야 할 말이 있었다. 각종 물회, 숙회 전문이라고 쓰인 흰색 간판 앞에서 현정이 걸음을 멈추더니 해주의 손을 잡아끌었다. 기가 막혔다. 분명히 현정은 해주가 해산물을 좋아하지 않는다는 걸 알고 있었다. 문어숙회가 나올 때까지 해주는 한마디도 하지 않았다. 현정이 먼저 입을 열었다.

"안 비려. 날 믿어봐."

현정이 문어 한 점을 기름장에 찍어 해주 입에 넣어주었다. 냄새에 비해 비린 맛은 심하지 않았지만 맛있지도 않았다. 해주는 맛있게 먹는 현정을 쳐다보았다. 현정이 고개를 들었다.

"널 만날 때 나는 항상 네 입맛에 맞췄어. 너도 가끔은 나에게 맞춰봐."

현정의 말투가 꽤 공격적이었다.

"언니는 고기도 잘 먹잖아."

해주도 지지 않고 사나운 눈빛으로 현정을 쏘아보았다.

"난 고기보다 해산물을 훨씬 더 좋아한다고. 그렇게 태어난 건 어쩔 수 없다며. 왜 항상 나만······."

현정의 말이 끝나기 전에 해주는 문어를 직접 집어 노란 기름장을 찍은 후 제 입에 욱여넣었다. 이럼 됐냐고, 해주가 눈빛으로 말하자 현정이 코웃음을 쳤다.

해주가 현정을 만난 곳은 레즈비언 커뮤니티였다. 여자를 만나기 위해 다른 선택지는 생각할 수 없었다. 주변인들은 해주가 남자를 만나면 연애라고, 여자를 만나면 우정이라고 여겼다. 양성애자인 해주는 커밍아웃을 하지 않았다. 용기도 부족했고 경제력이 없는 학생 신분도 마음에 걸렸다. 성소수자에게 노골적으로 적의를 드러내는 사람이 너무 많았다. 안전하게 살기 위해서는 성정체성을 드러내지 않는 편이 나았다. 일상적으로 만나게 되는 여자들과의 연애 가능성을 해주는 완전히 배제할 수밖에 없었다.

현정을 처음 본 순간 해주는 입을 다물지 못했다. 단정하고 세련된 정장, 과하지 않으나 솜씨 있는 화장, 유행을 타지 않는 짧은 단발, 이십 대라고 해도 믿을 정도의 맑은 피부. 따르고 싶고 자랑하고 싶은 언니의 분위기였다. 해주는 담배 냄새를 극도로 싫어했지만 현정이 피우는 담배는 고소했다. 현정의 화려한 속옷을 입고 같이 춤을 췄다. 플레이팅을 중시하는 현정의 요리는 볼 때마다 감탄이 나왔다. 마냥 즐겁고 안전한 연애는 레즈비언들끼리만 가능하다고 현정은 말했다. 해주는 그 말이 좀 이상했지만 반박할 만한 사례가 얼른 떠오르지 않았다. 현정이 레즈비언 친구들을 해주에게 소개해 줬다. 둘에서 여럿이 되니 훨씬 든든했다. 해주는 제 인생에 남자가 없더라도 별문제 없을 것 같았다.

"별로 먹을 것도 없는데 되게 비싸네."

해주는 비어버린 문어숙회 접시를 보며 투덜거렸다. 여성으로, 그중에서도 성소수자로 사는 데는 비용이 많이 들기 때문에 절약하는 습관이 중요하다고 말한 건 현정이었다. 해주가 보기에도 그랬다. 여성 단독 세대의 주거 공간은 침입이나 관음에 철저히 대비해야 했다. 교통이 불편하면 늦은 귀가에 위험해질 수 있었다. 의복과 화장에 필요한 비용은 물론이고 대부분의 여성 용품은 가격이 비싸게 매겨져 있었다. 그럼에도 대부분의 여성은 남성에 비해 급여가 적었고 고용이 불안정했다. 진급은 뒤처졌고 나이 들면 해고 우선순위가 되었다. 레즈비언은 남자에 기대 살 수도 없었다. 불안을 운명처럼 짊어지고 살아야 하는 존재가 레즈비언이라고 현정은 말했다. 해주가 고개를 끄덕이자 현정은 되도록 커밍아웃하지 말고 부모 밑에서 악착같이 돈을 모으라고 해주에게 조언을 했다.

"그럼 게이들은 레즈비언보다 형편이 나은가?"

현정을 만나기 전까지 해주는 성소수자를 만난 적이 거의 없었다. 커뮤니티 가입이나 활동으로 아웃팅을 당할 수도 있다는 걸 알고 있었기 때문이었다.

"남자들은 결혼 안 하고 있으면 엄마가 반찬 해다 줘, 온 세상이 불쌍히 여겨, 막말로 택배라도 뛰면 먹고살 수는 있잖아. 낫고말고지."

해주는 고개를 갸웃했다.

"집에서 쫓겨나기라도 하면 살기 갑갑해지는 건 마찬가지 아닌가?"

현정의 눈이 새초롬해졌다.

"헤테로보다야 살기 힘들겠지만 어쨌거나 남자가 여자보다 살기 편한 세상이잖아."

현정의 심기를 거스르지 않으려 해주는 고개를 끄덕이고선 다시 입을 열었다.

"그럼 바이[9]는?"

"바이는 뭐?"

"레즈보다 살기 편하냐고."

---

9 바이: 바이섹슈얼, 양성애자

현정은 한참 동안 해주를 쳐다보았다.

"너 혹시……."

해주는 현정의 시선을 피해 돌아섰다. 자신이 양성애자라는 걸 굳이 밝히지 않아도 된다고 생각했다. 서로 사랑하는데, 충분히 좋은데, 정체성이 무슨 상관인가 싶었다. 현정은 해주의 몸을 돌려세웠다. 현정의 눈자위가 희다 못해 푸른 기를 띠었다. 그리고 지독한 싸움이 벌어졌다.

그날을 생각하니 해주는 입맛이 떨어졌다.

"이렇게 비싸고 맛도 없는 해산물을 꼭 먹어야겠어?"

해주가 또다시 툴툴거리자 현정이 사나운 표정을 지었다.

"내 고향이 바닷가라고 말했잖아."

싸움의 와중에 들었던 말이라 가물가물했다.

"바닷가 출신이면 뭐, 다 해산물 좋아하나?"

해주가 공격적으로 물었다.

"당연한 거 아니야?"

"당연한 게 어디 있어!"

"어쨌거나 난 좋아해."

해주는 좋아하는 걸 안 하고 말지 싫어하는 걸 억지로 하고 싶지는 않았다. 싫어하는 걸 피할 수 있는 삶이 훨씬 편하다는 생각에서였다. 현정은 좋아하는 걸 하기 위해서는 싫어하는 걸 감수해야 한다고 말했다. 그게 어른의 삶이라는 데에 해주는 현정과의 거리를 실감했다. 삼십 대 중반과 이십 대 초반의 나이 차이, 레즈비언과 바이섹슈얼의 성적 지향 차이는 생각보다 컸다. 해주가 먼저 결별을 선언하자 현정은 폭언도 서슴지 않았다. 그러면서 다시는 보지 말자고, 연락하면 가만 안 두겠다고까지 했다. 그때가 떠오르자 해주는 또다시 열불이 올랐다.

"언니 그때 나한테……."

"미안해."

현정은 고개를 떨어뜨리며 붉은 입술을 옴지락거렸다. 양성애자 모두를 양다리로 몰아붙이던 기세는 조금도 남아있지 않았다. 해주가 현정을 만난 건 사과를 받기 위해서였다. 현정을 만나는 동안 해주는 남자는 물론 다른 여자에게 마음이 흔들려 본 적이 없었다. 양다리로 몰린 건 아무래도 짚고 넘어가야 했다. 막상 현정이 너무 쉽게 사과를 해버리니 해주는 왠지 허탈했다. 현정은 해주의 시선을 피해 눈길을 돌렸다.

"어, 저기."

현정은 벽에 걸려있는 메뉴판을 손가락으로 가리켰다. 해주도 메뉴판을 돌아보았다. 아무것도 놀랄 만한 건 없었다.

"모둠 야채튀김이 있어."

현정은 정말 신기한 거라도 본 듯한 표정이었다.

"저거 시켜줄까, 해주야?"

"그러시든가."

현정이 추가 주문을 하자 종업원이 비어버린 문어숙회 접시를 가져갔다.

"우리 해주, 해산물보단 야채튀김이 좋잖아. 안 그래?"

현정이 친절한 미소를 짓고 있는 게 해주는 마뜩잖았다. 한마디로 사과와 화해를 해치우겠다는 심보로밖에 보이지 않았다.

"그래, 문어는 좀 그랬어. 바이는 양다리, 문어는 여덟 다리. 문어는 너무 나쁜 동물이잖아."

해주가 이죽거리자 현정의 얼굴에서 웃음기가 사라졌다.

"문어는 그냥 다리가 많고 맛있는 동물이야."

현정은 해주를 약 올리고 있었다. 해주도 물러설 수는 없었다.

"다리가 많으면 더러운 거 아니었어? 남자도 다리가 하나 더 있어서 더럽다며?"

해주의 재공격에 현정은 들고 있던 젓가락을 소리 나게 내려놓았다. 해주와 현정은 양보 없이 서로를 노려보았다.

"상상할 수조차 없었어."

한참 만에 현정이 입을 열었다.

"남자가 네 몸을 만지고 핥았다는 걸."

현정은 감정을 억누르느라 말을 잇지 못했다. 울지 않으려 콧물까지 들이켜 삼켰다. 해주는 웃음을 터뜨리고 말았다. 현정의 모습이 너무 유치한데 그게 싫지 않았다. 나이 차이에 의해 생겨난 현정과의 거리가 한결 좁혀진 기분이 들어서인지도 몰랐다.

"다른 여자가 내 몸을 만지고 핥는 건 괜찮아?"

"야!"

현정은 다른 테이블의 눈치를 보며 해주에게 고개를 바싹 들이댔다.

"아무도 안 돼."

"언니를 만나는 동안은 나한테 남자도, 여자도 없을 거야."

"나랑 헤어지면?"

해주는 대답하지 않고 그냥 웃기만 했다. 헛웃음을 친 현정의 눈매도 반달 모양이 됐다.

"우리 해주 내가 평생 데리고 살아야겠네."

"해산물 억지로 안 먹이면 생각해 볼게."

현정이 기가 막힌다는 표정을 지었다. 마침 두 사람 앞에 주문했던 모둠 야채튀김이 나왔다. 해주는 김이 모락모락 나는 튀김 하나를 집어 입에 넣었다가 바로 내뱉었다. 너무 뜨거웠다.

"나 입천장 홀라당 까졌어."

해주가 떼쓰듯 말하자 현정이 튀김을 입으로 식혀 해주 앞에 놓았다.

"그걸 못 참고 뱉어버리냐."

"누가 할 말을. 언니야말로 할 말 못 할 말……."

현정이 식혀놓은 튀김을 집더니 말하느라 벌어진 해주의 입에 넣어버렸다. 웃음이 터진 해주의 입에서 튀김 조각이 튀어나왔다.

"아 더러워."

"뭐? 언니 지금 나한테 또……."

"아, 미안, 미안. 우리 이제부터 더럽다는 말 금지다. 알았지?"

해주가 칫, 소리를 내자 현정이 윙크를 했다.

9. 추석

해주는 회사에서 나온 선물세트를 들고 은오와 함께 은오 부모의 집안으로 들어섰다.

"내가 한복 입고 오라고 분명히 말했는데?"

언짢은 표정의 시모는 해주와 은오에게서 고개를 돌려버렸다. 은오는 제 엄마 앞으로 바짝 다가갔다.

"아이, 엄마. 내가 까먹고 말 못 했어."

서른이나 먹은 아들의 애교에 웃음이 터진 시모를 보며 해주는 기분이 묘해졌다.

해주와 은오는 성소수자 단체가 주관한 토론회에서 만났다. 술과 담배를 좋아하고 동갑인 두 사람은 자연스럽게 친해졌다. 두 사람 사이에 별다른 긴장감은 없었다. 레즈비언인 해주와 게이인 은오 사이에서 긴장이 흘렀던 건 토론 중 의견이 달랐을 때뿐이었다. 서른을 앞둔 두 사람에게는 같은 고민이 있었다. 결혼하라는 부모의 압박이었다. 커밍아웃을 할까 고민해 보았지만 모아둔 돈도 없는 사회 초년생으로서 해주는 용기가 나지 않았다. 은오도 별다르지 않은 상황이었다. 두 사람은 긴 대화 끝에 계약결혼을 하기로 했다. 양가 부모는 그동안 뿌려놓은 경조사비를 회수할 수 있는 기회였고 두 사람은 부모로부터 독립자금을 얻어낼 수 있는 기회였다. 돈 문제부터 연애, 집안일까지 두 사람은 오래 상의해서 꼼꼼하게 계약서를 작성했다. 계약서에 도장을 찍고 공증을 받았다. 벌어서 집을 사는 건 불가능했다. 양가 부모에게서 최대한 지원을 받아야만 했다. 집을 판 후 각자의 부모에게서 나온 돈의 비율에 따라 재산을 분배해 미련 없이 헤어지는 게 두 사람의 최종 목표였다. 흔히 말하는 '정상성'에서 벗어난 두 사람은 그렇게 부모님을, 친인척을, 주변인들을, 세상을 속이면서 실속을 차리는 게 현명한 처신이라는 데에 동의했다. 퀴어 이론을 공부하고 토론회에 참석하고 각종 성소수자 단체에 후원을 하고 있지만 해주는 세상이 금방 달라질 거라고 믿지 않았다.

해주를 주방으로 부른 시모는 쌀 씻는 법부터 시작해서 야채 손질법, 조리의 기본과 순서 등을 가르쳤다.

"대체 뭘 해 먹고 사는 건지……."

내가 아직 살아있을 때

시모의 혼잣말 뒤로 거실에서는 시부와 은오의 웃음소리가 들려왔다. 해주는 이를 앙다물었다. 평범하게 사는 것처럼 보이려 시작한 계약결혼이었다. 생각과 달리 다른 사람 앞에서 다정한 부부의 모습을 연출하는 것조차도 쉬운 일이 아니었다. 농담처럼 두 사람 사이를 의심하는 사람들 앞에서 은오는 보란 듯이 해주의 입술에 뽀뽀를 하거나 해주의 어깨를 주물럭거렸다. 그 자리에서는 말하지 못했지만 해주는 성추행을 당하는 기분이 들었다고 은오에게 말했다. 은오는 황당해했다. 성적인 의도가 없는 접촉인 데다 연기가 필요한 상황이었다. 은오는 불쾌해하면서도 이후로 해주에게 살을 스치는 것조차 조심했다. 집안일을 반분하기로 했지만 막상 은오는 요리도 청소도 제대로 할 줄 몰랐다. 집안일은 점점 해주 몫이 되어갔다. 해주가 잔소리를 하면 은오는 그냥 대충 살자며 얼버무렸다. 해주는 자신의 방과 욕실만 청소했고 음식은 테이크아웃을 하거나 1인분만 요리해서 바로 먹어치웠다. 은오가 치사하다고 이죽거렸지만 남들에게 보일 때 말고는 부부처럼 살고 싶지 않았다. 결혼하고 첫 명절이 다가오자 은오는 당연하게 자신의 본가에 먼저 가자고 했다. 그게 이 나라 부부의 일반적인 모습 아니겠냐는 은오의 말에 해주는 반박하지 못했다. 겨우 1박 2일, 일 년에 두 번. 이성애자로 보이기 위해 애쓰며 사는 더 많은 날을 생각하면 못 견딜 일도 아니었다.

몇 시간, 해주와 시모가 주방에서 일한 결과 4인용 식탁은 음식으로 가득 찼다. 은오가 좋아한다는 나물류만 다섯 가지였다. 막상 은오는 계란말이와 햄에만 젓가락을 갖다 댔다.

"얘, 고사리나물 좀 더 가져오너라."

해주는 찌개를 입에 넣다 말고 세 사람을 둘러보았다. 얘, 라고 지칭된 건 해주가 분명했다.

"저는 더 안 먹어도 돼요."

"네 시아버지 잘 드시잖아. 애가 눈치가 없니."

얘, 라고 지칭된 이 역시 해주였다. 해주는 눈빛으로 은오에게 말했다. 우린 공정한 결혼생활을 약속했어. 은오가 쭈뼛거리더니 빈 접시를 들고 일어섰다.

"밥 먹다 말고 왜……, 아니, 너한테 시킨 거 아니잖아."

"누가 하면 어때서."

시모는 은오가 든 접시를 거칠게 빼앗았다.

"너는 이따가 설거지하면 되지. 왜 쓸데없이 나서고 그래."

시모는 헛기침을 하는 시부를 노려보며 고사리나물을 가지러 갔다. 입맛이 떨어졌지만 해주는 꾸역꾸역 음식을 삼켰다. 해주와 시모가 전을 부치고 잡채를 하고 생선을 찌는 사이 은오는 떡과 술을 사 오고 집의 낡은 곳을 손봤다. 내내 눈치를 보며 가만히 앉아있지 않는 은오에게 해주도 더는 싫은 티를 낼 수 없었다. 꼼짝 않고 티브이 앞에 앉아 과일 내와라, 커피 내와라, 하는 시부에게도 해주가 할 수 있는 말은 없었다. 오랜만에 집에 왔으니 친구들을 만난다며 은오는 저녁을 먹지 않고 나가버렸다. 어색하기만 한 시부모와 오래 앉아있기

내가 아직 살아있을 때

싫어 해주가 얼른 밥을 먹어치우고 일어서려 할 때였다.

"앉아봐라."

해주는 빈 밥그릇을 도로 식탁에 내려놓았다.

"네 나이가 적지 않은데 얼른 애를 가져야 되지 않겠니."

결혼 날짜를 잡으면서부터 은오의 부모는 여자 나이 서른 넘으면 노산이라며 출산을 서두르라고 압박했다. 은오는 집을 산 뒤에 아이를 낳기로 결정했다며 단호하게 대응했다. 출산 압박을 피하면서 목적을 이루기 위한 대비책은 해주와 은오가 함께 짜낸 아이디어였다.

"은오 씨 있을 때 말씀하시는 게 낫겠어요."

"여자가 애를 서두르면 남자는 따르게 마련이야."

"전셋집 옮겨 다니면서 애 키우고 싶지 않아요. 은오 씨도 같은 생각이고요."

해주는 이전에 했던 말을 반복했다.

"요즘 애들은 호강에 겨워가지고. 애, 우리 때는 어땠는지 아니?"

해주는 벌떡 일어섰다.

"설거지할게요."

거친 숨을 토해내는 시모와 혀를 차는 시부를 뒤로하고 해주는 주방으로 들어갔다. 해주는 잠시 싱크대를 붙들고 서있었다. 성소수자라는 걸 숨기고 살며 혐오의 농담에 같이 웃어야 했을 때도, 좋아하는 여자에게 고백했다 벌레 취급당했을 때도 이토록 비참한 기분이 들지는 않았다. 해주는 은오에게 빨리 들어오지 않으면 집에 가버리겠다고 문자메시지를 보낸 후 설거지를 시작했다.

산책을 다녀오겠다고 한 후 밖으로 나온 해주는 인적이 드문 골목 안에서 걸음을 멈췄다. 한나절 이상 참았던 흡연 욕구가 터져 나올 지경이었다. 급하게 담배 한 대를 피운 후 해주는 다시 담배에 불을 붙였다.

"거, 대추나무집 며느리 아녀?"

해주는 얼른 담배를 등 뒤로 숨겼다. 인기척도 없이 다가온 사람은 자그마한 체구의 중년 여성이었다.

"맞네. 내가 결혼식에 갔잖여. 허긴 뭘 정신이 있어서 알아보겠는감. 근데 여서 뭐 혀?"

"잠깐 바람 좀 쐬러 나왔어요."

해주는 묵례를 하고선 뒷걸음질을 치다 몸을 획 돌렸다.

"어떤 쌍것이 넘의 집 앞에다 담배꽁초를 버리고 지랄이랴."

해주를 향한 게 분명한 중년 여성의 욕설이 해주의 머리끄덩이를 잡는 기분이었다. 해주는 불붙은 담배를 가슴팍에 붙이고선 골목을 달려 나왔다.

은오는 이미 집에 들어와 있었다. 옹기종기 모여있는 세 사람의 표정이 심상찮았다.

"넌 애 가질 사람이 담배를 피우니?"

그새 소식이 전해진 모양이었다. 해주는 어쩌지 못하고 그대로 서있었다.

"끊는다고 했다니까."

"이 등신 새끼야."

시모는 주먹으로 은오의 등을 내리쳤다. 은오는 인상을 찌푸리며 해주를 노려보았다. 그새를 못 참았냐는 힐난이 은오의 표정에 고스란히 담겨있었다. 밥 먹고, 커피 마시고, 그냥, 심심해서, 은오는 수시로 밖에 나가 담배를 피우고 냄새를 고스란히 옷에 묻혀 왔다. 아무런 조심성도 없이. 해주는 그대로 등을 돌려 방으로 들어가 버렸다.

"저런 저런, 못 배워먹은……. 내가 죽었으면 죽었지 며느리 담배 피우는 꼴은 못 본다. 은오 너 당장 이혼하든지 엄마랑 연을 끊든지 해."

"너 이 자식 아무리 여자가 없다고……."

방 밖에서는 해주 들으라는 듯 목소리도 낮추지 않은 대화가 계속되었다. 해주는 씻고 싶었지만 씻으러 나갈 엄두가 나지 않았다. 그대로 이부자리 위에 드러누운 해주는 주머니 속의 담뱃갑을 움켜쥐었다. 같은 성소수자라는 데에 은오를 너무 쉽게 믿었던 건지, 겨우 1박 2일이라 생각했던 게 잘못이었던 건지, 가부장제에서의 결혼생활을 너무 몰랐던 건지 판단이 되지 않았다.

"애는, 애는 어쩔 거야?"

"집 사고 담배 끊고 가지려고 했어."

시모의 한숨 소리가 말소리보다 더 크게 들리자 해주는 눈을 감고 두 손으로 귀를 막았다. 한참 뒤 은오가 방으로 들어왔다.

"일어나 봐."

"말해."

"목소리 낮춰."

해주는 눈을 떴다. 은오는 손가락으로 방문을 가리켰다. 방 밖으로 소리가 새어나가지 않게 하라는 뜻이었다.

"목적을 달성하려면 이제 한 가지 방법밖에 없어."

해주는 대답 없이 은오를 쳐다보았다.

"애를 낳자."

해주가 벌떡 일어났다.

"시험관으로 하면 되잖아. 누가 섹스하자고 했어?"

"애를 누가 낳고 누가 키워?"

은오는 어이가 없다는 표정으로 해주를 봤다.

"애를 내가 낳을 수는 없잖아. 그리고 남자 혼자 애를 어떻게 키워. 애 낳으면 엄마가 집 사는 데 돈 보태주겠대. 우리 목적을 더 빨리 달성할 수 있게 되는 거라고. 이혼하면 내가 양육비는……."

"이혼하자."

해주의 목소리가 커졌다.

"그래, 이혼은 할 건데……."

"지금, 당장."

문이 벌컥 열렸다. 해주를 보는 시모는 아들을 잡아먹는 괴물을 맞

내가 아직 살아있을 때

닥뜨린 듯한 얼굴이었다.

"어디서 배운 데 없이 이혼 타령이야. 네 부모가 그렇게 가르쳤니. 내 아들 앞길을 막아도 유분수지. 혹시 너 애 낳을 생각이 없는 거 아니야?"

"엄마!"

해주가 짐을 싸서 나오기까지 10분도 걸리지 않았다. 그렇게 쉬운 걸 종일 시달리고 있었다는 게 믿기지 않았다. 해주는 머릿속으로 계산을 시작했다. 전세금을 빼서 나누면 각자 오피스텔 정도는 구할 수 있었다. 큰 가구와 거의 새것이나 다름없는 가전은 중고로 되팔 수 있었다. 온전한 성취가 아니라고 해서 아무 가치가 없는 건 아니었다. 결혼 전의 좁아터진 원룸에서 이혼 후의 분리형 오피스텔은 분명히 해주에겐 진일보였다. 살아갈 날이 많으니 성에 차지 않더라도 최종 목표를 향해 계속 움직여야 했다. 그렇게 생각하니 해주의 마음이 편해졌다. 해주는 성소수자 단체에 후원금을 송금한 후 차에 시동을 걸며 담배에 불을 붙였다.

10. 프랑켄슈타인

나는 프랑켄슈타인이다.

대학교 1학년 1학기를 마치고 휴학했다. 군 입대를 위해서였다. 재검 판정을 받았다. 정상적인 남자와 몸이 달랐다. 살려면 무조건 먹어야 한다는 약이 호르몬제라는 걸 나는 이미 알고 있었다. 살고 싶지 않아 약을 끊었던 적이 있었으니 모를 수가 없었다. 제출해야 할 의료기록을 적은 메모지는 쓰레기통에 처박아 버렸다. 이후로 일이 어떻게 진행될지 알고 싶지 않았다. 입영 허가가 날 것 같지는 않았지만 복학도 하지 않았다. 나의 무기력한 상태를 부모님 역시 무력하게 지켜보기만 했다. 나의 입영통지서를 기다리는 부모님은 군대가 모든 걸 해결해 줄 거라 믿고 있었다. 그로 인해 인생과 세상에 대한 훈계

내가 아직 살아있을 때

말씀을 듣지 않아도 되었다. 어차피 더 나아질 일은 없었다.

어릴 때는 남을 따라 살면 된다고 생각했다. 여자애들을 따라 하면 귀엽다는 말을 들었고 남자애들을 따라 하면 멋지다는 말을 들었다. 커가면서 여자애들을 따라 하면 게이라는 말을 들었고 남자애들을 따라 하면 사내새끼라는 말을 들었다. 게이보다는 사내새끼가 되는 게 놀림을 덜 받았고 부모님의 걱정을 덜어주었다. 그뿐, 나는 언제나 외톨이였다. 남자애들 무리에 끼고 싶어 축구공을 학교에 가져가면 볼 보이 노릇이나 해야 했다. 여자애들 무리에 끼려 들면 잠정적 성범죄자로 취급받았다. 학용품과 돈을 빌려 간 어느 누구도 내게 그것들을 갚지 않았다. 내가 애를 쓸수록 모두가 내게서 멀어져 갔다. 난 남들처럼 살 수 없는 사람이었다.

무위의 나날에 나를 유일하게 위로하는 건 영화였다. 영화를 가릴 처지는 아니었다. 사람과 섞여 사는 방법을 모르는 나는 아르바이트를 하지도 않았고 부모님에게 손 벌릴 염치도 없었다. 무료 영화 정보가 뜨면 바로 다운받았다. 잠을 자지 않는 한 영화를 내내 재생해 두었다. 어떨 땐 영화를 켜둔 채 잠들기도 했다. 거기서 거기인 무료 영화 중에 드물게 몰입하게 되는 영화가 있었다. 「프랑켄슈타인」도 그중 하나였다. 장르는 분명히 공포였는데 무섭지 않았다. 아무에게도 이해받지 못하는 존재라니, 누구에게나 끔찍하게 여겨지는 존재라니. 프랑켄슈타인이 나고, 내가 프랑켄슈타인이었다. 나는 윗도리를 벗고 근육이라고 우기고 싶은 유방을 거울에 비춰보았다. 나는 아랫도리까지 모두 벗고 남들에 비해 너무 작은 고추를 거울에 비춰보았다. 프랑켄슈타인을 보듯 나를 볼 남들의 시선을 생각하면 도망이라도 치고 싶었다. 막상 갈 곳도, 만날 사람도 없는 나는 프랑켄슈타인의 원작이 궁금해졌다. 책을 사달라고 하자 부모님은 의아한 눈길을 보낼 뿐 대답을 해주지 않았다. 안 하던 짓을 하려던 게 머쓱해서 나도 두 번 말하지 않았다.

의무의 힘을 빌려서라도 군대라는 조직에 들어가고 싶었다. 사람들 속에서 문제없이 섞여 살고 싶었다. 군대는 나를 거부했다. 그 거부를 공식적으로 인정받기 위해 의료기록을 제출해야 할 의무밖에 없었다. 내내 외톨이로 살아왔고 앞으로도 그렇게 사는 걸 당연하게 여기면서도 프랑켄슈타인의 자조에서 벗어나지 못하고 있던 차였다. 근사한 생일상과 함께 부모님은 내게 『프랑켄슈타인』 책을 선물해 주었다. 기분이 조금 나아졌다.

"너도 이제 성인이니 말해줄 때가 된 것 같다."

부모님의 표정이 여느 때에 비해 심상찮았다.

"너는 태어날 때 간성이었어."

"그러니까 간성은……."

이미 알고 있었다. 인터섹스. 양성구유. 한 몸에 여성과 남성의 특징이 모두 나타나는 사람을 칭하는 말이었다. 전체 인구의 1.7프로를 차지하는 인터섹스는 현실에서는 지워져 있는 존재였다. 내가 놀란 기색을 보이지 않자 부모님은 안도했다.

"아기 때 난소 제거 수술을 했다. 넌 온전한 남자야. 그러니 군대 가서도……."

제출해야 할 의료기록 중 수술확인서가 있었다.

"수술한 게 확실한가요?"

"네가 정상인으로 살길 바라면 그렇게 해야 한다고 의사가 그랬어. 그래서 호르몬 약도……."

"제가 정상적인 남자라고요?"

"너한테는 고추가 있잖아."

나는 일어서서 셔츠를 아래로 바짝 잡아당겼다. 정상이 뭔지, 온전한 게 뭔지 따지고 싶어서가 아니었다. 왜 나를 내버려두지 않았는지, 왜 내 스스로 삶의 방식을 선택하게 하지 않았는지, 이제 와서 원망을 하려는 것도 아니었다. 부모님은 내 뚜렷한 유방의 흔적을 똑바로 쳐다보지 못했다.

"남자도 여자도 아니에요. 나는 지금도 간성이에요."

나는 호르몬 약을 자주 빼먹었다는 말은 하지 않은 채 상 위에 있던 책을 집어 들고 방으로 들어갔다.

해가 뜨고 있었지만 책에 빠져든 나는 조금도 졸리지 않았다. 영화에서 보았던 끔찍하고 잔인한 괴물의 이름이 프랑켄슈타인이 아니라는 데에 먼저 충격을 받았다. 괴물을 만들어 낸 창조주의 이름이 프랑켄슈타인이었다. 그는 자신이 만들어 낸 괴물을 흉측하다는 이유로 혐오했다. 막상 괴물은 사람과 우정을 나누고 싶어 했다. 괴물의 우정을 순순히 받아들인 이는 눈먼 사람뿐이었다. 괴물에게 도움을 받은 이들조차 혐오스러운 외모 때문에 괴물을 배신했을 때 괴물의 서러움과 고통이 나를 파고들었다. 한참을 울고 난 뒤에야 나는 다시 책을 펼칠 수 있었다.

"은오야. 혼란스럽더라도 성별은 선택해야 해."

출근하는 아빠가 내 방문 앞에서 속삭였다. 나는 대답하지 않았다. 내 성별은 선택의 문제가 아니었다.

"엄마가 미안하다. 너를 그렇게 낳아서."

출근하는 엄마가 내 방문 앞에서 울먹였다. 역시 나는 대답하지 않았다. 내가 이렇게 태어난 건 그 누구의 잘못도 아니었다. 『프랑켄슈타인』의 괴물 역시 괴물의 잘못으로 혐오스러운 존재가 된 게 아니었다. 혐오에 상처받은 괴물이 원하는 건 하나밖에 없었다. 우정을 나눌 수 있는 존재. 다시 말해 괴물은 자신을 혐오하지 않는 단 하나의 존재를 원했다. 창조주에게 자신과 같은 존재를 만들어 달라는 괴물의 요구는 정당했다. 프랑켄슈타인이 그 정당성을 받아들이기만 했더라도, 자신이 만든 피조물을 두려워하지만 않았더라도 파국은 일어나지 않았다. 괴물이 사람들 속에 섞여 살기를 포기하고 생명체의 흔적마저 쉽게 찾을 수 없는 북극으로 향했던 마음을 충분히 알 수 있었다. 괴물과 다를 것 없는 나도 살아갈 방법을 찾아야 했다. 남자도 여자도 아닌 내가 남자와 여자 중 한 성만 선택해서 살아야 한다는 건 괴물의 이름이 프랑켄슈타인으로 불리는 것만큼 잘못된 일이었다.

성소수자 커뮤니티에서도 인터섹스는 소수여서 아무 도움을 받을 수 없었다. 인터섹스는 어디서나 지워진 존재이니 별 타격은 없었다. 나를 트랜스젠더로 여기든, 크로스드레서로 여기든, 정신병자로 여기든 나는 정말 아무 상관이 없었다. 지저분하게 긴 머리카락은 반 묶음을 하고 어설프나마 엄마의 화장품을 얼굴에 발랐다. 브래지어를 찬 후 엄마의 노랑 블라우스를 입었다. 유방이 달린 상체를 위한 차림이었다. 허리가 큰 아빠의 기지바지는 정장벨트로 조였다. 내 진회색 구두는 거의 새것이나 다름없었다. 고추가 달린 하체를 위한 차림이었다.

방한용품과 부모님 옷장에서 훔친 패물을 트렁크에 담아 거리로 나섰다. 지나가던 사람들이 놀라서, 빤히, 고개를 갸웃거리며 나를 쳐다봤다. 저희들끼리 수군거리고 사진을 찍기도 했다. 그들의 눈에 호기심이 가득했다. 그들이 무엇을 궁금해하든 내가 궁금한 건 단 하나였다. 북극에 갈 수 있는 방법이었다. 단지 질문을 하려 했을 뿐인데 내게 붙잡힌 사람들은 비명을 지르며 도망쳤다. 괴물을 맞닥뜨린 프랑켄슈타인처럼, 프랑켄슈타인에게 쫓기는 괴물처럼. 뭇 사람들에게 괴물로 여겨질 내가 북극에 가기로 한 건 가장 정당하고 합리적인 결정이었기에 돌이킬 수 없었다. 나를 피하는 행인 틈에서 겨우 한 명을 붙들었다. 그 역시 겁먹은 기색이었지만 다행히 내 손을 뿌리치지는 않았다. 괴물을 혐오하지 않았던 눈먼 자가 떠올랐다. 나도 괴물처럼 우정을 나눌 존재가 필요하다는 생각이 들었다.

"다, 당신, 뭐요?"

그의 안색은 프랑켄슈타인의 괴물을 본 선량한 사람 같았다.

"북극은 어떻게 가야 하나요?"

내 질문에 그는 고민에 빠졌다. 문득 그와 함께 북극에 가고 싶다는 생각이 들었을 때였다. 그가 손을 들어 사거리 방향을 가리켰다.

"저어기, 저쪽으로 계속 가면 북극 나와요."

나는 조금 웃었다.

"정말이죠?"

그는 떨어져 나갈 것처럼 고개를 세차게 끄덕였다. 그는 선량한 사람도, 눈먼 자도 아니었다. 그는, 이 광경을 지켜보고 있는 모두가, 괴물을 혐오하는 프랑켄슈타인이었다. 나는 그가 몸을 돌려 그가 가리킨 반대 방향, 그러니까 남극 방향으로 걸어갔다.

2부

1. 트로피

해주는 베이지색 단원복을 꼼꼼하게 살펴보았다. 뜯어진 흔적은 말끔하게 지워져 있었다. 도우미 여사의 솜씨가 어지간한 세탁소 못지않았다. 언제나 늘어진 티셔츠에 고무줄 바지 차림인 도우미 여사를 믿지 못했던 게 사실이었다. 사람 겉모습만 보고 평가하지 않는 게 생각보다 쉬운 일이 아니었다.

해주는 악기를 조율하고 어려운 파트를 연습하고 서로의 안부를 묻는 단원들을 가만히 쳐다보았다. 처음 클래식봉사단에 가입했을 때 해주는 단원들을 보고 실망을 넘어 절망했다. 적게 보아도 마흔은 훌쩍 넘었을 단원들은 노인에 가까운 사람들이 더 많았다. 홈페이지에 전공자들로 구성되어 있다고 소개되어 있었지만 음과 박자의 정확도가 떨어지는 거로 봐서 이력을 부풀렸거나 연주를 오래 하지 않았던

내가 아직 살아있을 때

게 분명했다. 다른 건반연주자가 없어 해주는 봉사단에서 나가지 못하고 있었다. 레슨이 많이 잡히는 건반연주자는 아무래도 봉사단에서 지속적으로 활동하기가 쉽지 않았다. 그래선지, 아니면 가장 어려서인지 몰라도 단원들은 해주를 마냥 예뻐했다. 그들이 해주에게만 너그러운 건 아니었다. 누군가 불협화음을 내도, 연습에 소홀해도 서로를 탓하는 일이 없었다. 부족한 대로, 안 맞는 대로, 그저 최선을 다해 연주를 즐겼다. 단원들이 가장 신경 쓰는 건 관객의 호응이었다. 병원이나 노인시설, 아동복지시설이 주 봉사 대상이었기에 클래식보다는 대중음악에 대한 선호도가 높았다. 그렇다고 단원들이 클래식 연주를 소홀히 한 건 아니었다. 그저 비중을 낮춘 것뿐이었다.

"은이는 연습 잘하고 있어요?"

지휘복을 갖춰 입은 지휘자가 해주에게 알은체를 했다. 해주는 웃으며 엄지손가락을 들어 올렸다.

해주가 시향을 관둔 건 은이 때문이었고 봉사단에 들어온 것도 은이 덕분이었다. 임신하고 입덧이 심한 데다 몸살이 난 듯 컨디션이 계속 좋지 않았던 해주는 시향 연주회에서 큰 실수를 하고 말았다. 연주회가 끝나고 지휘자를 포함한 단원들은 아무 말도 하지 않았다. 해주와 눈을 마주치지도 않았다. 이후로도 작은 실수가 반복되자 해주는 스스로 시향을 관두고 출산과 육아에 전념했다.

"자, 한번 맞춰봅시다."

지휘자의 말에 따라 단원들은 모두 자기 자리를 찾아갔다. 해주도

피아노 앞에서 지휘자의 손끝에 시선을 두었다. 시향에서나 봉사단에
서나 가장 긴장되는 순간이었다.

"엄마 피아노 짱 잘 쳐."
　해주가 입시 레슨을 하며 지내던 어느 날 아이가 고백처럼 말했다.
피아노로 누군가에게 칭찬을 받은 게 얼마 만인지 헤아릴 수조차 없
었다. 해주가 다시 연주를 시작하겠다고 했을 때 누구보다 기뻐한 건
남편인 은오였다. 아이가 유치원에 들어가면서 은오는 해주가 다시 시
향에 들어가길 바라고 있었다. 몇 년간 육아에만 전념해 온 손가락은
이전의 감각을 쉽게 되찾지 못했다. 해주가 다시 연주를 시작할 곳이
클래식봉사단이라는 말에 은오의 눈빛이 살짝 흔들렸다. 은오는 금세
환한 미소를 지으며 귀한 재능을 사회에 환원하는 일의 가치에 대한
찬사를 늘어놓았다. 해주는 웃고 말았다. 가능한 선에서 연주를 할
수 있는 방법을 찾았던 것뿐이었다. 기품이 느껴져서, 예술적인 아우
라가 있어서, 은오는 처음부터 해주가 마음에 들었다고 했다. 결혼 후
은오는 해주가 가져온 다양한 장르의 음반을 보며 충격을 받은 눈치
였다.
　"클래식만 들을 줄 알았어요."
　"대중음악에 클래식 변주가 많아요. 그렇지 않더라도 대중음악은
자유롭고 색다르잖아요."
　"집에서는 되도록 클래식만 듣고 싶어요. 밖에서 싸구려 음악을 너

무 많이 듣게 되거든요."

'싸구려 음악'이라는 말에 반발심이 들었으나 해주는 입을 다물었다. 은오와 음악에 대해 깊은 이야기를 나눌 필요까지는 없었다.

연주 시간이 10분 앞으로 다가왔다. 단원들은 옷매무새와 머리를 가다듬었다.

"우리 피아노는 어쩜 이렇게 날씬해."

"같은 옷인데 완전히 다르게 보이잖아."

나이 든 단원들에게 남의 몸을 평가하지 말라고 말할 수는 없어 해주는 어색한 미소만 지었다. 은오가 소속되어 있는 변호사 가족 모임에 가면 해주에게는 부러움과 질투와 감탄의 시선이 늘 달라붙었다. 사사로운 대화에도 알아듣지 못하는 주제가 많이 나와 해주로서는 피하고 싶은 모임이었다. 은오는 피아노를 전공한, 젊고 아름답고 날씬한 아내의 참석을 당연하게 여겼다. 두 사람의 장점만 빼닮았다고 은오가 소개하는 딸아이도 마찬가지였다. 해주는 몸매 관리 어떻게 하느냐는 직접적인 질문을 받은 적도 있었다.

"관리는 무슨요. 연주하느라 살찔 틈이 없는 거지요."

답변을 가로챈 은오는 눈빛으로 해주에게 동의를 강요했다. 남편을 위해서예요. 제가 살이 찌는 걸 극도로 혐오하니까요. 해주는 질문자에게 눈빛으로 대답했지만 알아들은 것 같지는 않았다. 은오는 해주에게 살이 붙는 걸 해주보다 먼저 알아챘다. 도우미 여사에게 저칼로

리 식단을 주문하고 해주에게 운동량을 늘리라고 할 때의 은오 말투는 정중하고 사무적이었다. 가족 중에 자기 관리 못 하는 사람이 있으면 남모를 불행이 있는 것 같아 보인다며 은오는 변명을 하듯 설명을 덧붙였다. 해주가 체중을 재보면 1-2킬로 정도 늘어나 있을 뿐이었다. 은오가 해주의 체중에만 신경 쓰는 건 아니었다. 집에서도 최소한 투피스 정도의 옷차림을 갖춰 입으라 했고 배달음식을 집으로 들이지 못하게 했다. 아이에게도 트레이닝복을 입고 아파트 단지 밖을 나가지 못하게 했고 남들 앞에서 음식을 먹을 때는 그릇을 손으로 들지 않도록 했다. 은오가 와인과 위스키만 마시는 건 싸구려 술을 입에 대고 싶지 않아서였고 집에 전문쇼핑몰에서 구입한 치즈가 떨어지지 않는 건 술에 걸맞은 안주가 필요해서였다. 막상 술 마실 때 은오가 치즈에 거의 손을 대지 않는다는 걸 해주는 굳이 아는 척하지 않았다.

"지긋지긋해."

대기하는 와중에 은오를 떠올리다 해주는 그만 속말을 입 밖으로 내뱉어 버리고 말았다. 옆에 있던 바이올린이 놀라 해주의 옆구리를 팔꿈치로 찔렀다.

"왜. 아직도 남편이 아기 걸그룹 댄스 반대해?"

해주는 웃으며 그런 거 아니라고 손사래를 쳤다. 아이가 한 달째 재롱잔치 연습에 푹 빠져있었다. 유치원 내 미니오케스트라는 지난해 재롱잔치를 끝으로 해체되었다. 악기를 제대로 다룰 줄 아는 원생도 없었고 교사가 지휘하는 데에도 한계가 있었다. 미니오케스트라에서 해방된 후부터 아이는 유치원에 가는 걸 즐거워했다. 재롱잔치 준비로 걸그룹 춤을 배우면서는 어찌나 적극적인지 집에서도 자진해서 한두 시간 이상 연습을 했다. 그러면서 아이에게 부쩍 웃음이 많아졌다. 미니오케스트라가 해체되었다는 사실을 은오가 뒤늦게 알게 되었다. 이미 학부모들의 동의를 받았다고 해주가 말해도 은오는 기어이 원장에게 전화를 했다.

"천박한 춤이나 추게 시키려고 그 비싼 유치원을 보낸 게 아니란 말이에요."

다음 날 해주는 원장에게 사과를 했고 아이는 집에서 재롱잔치 연습을 할 수 없게 되었다. 한발 물러서 최소한 집안에서는 그런 음악이 울리지 말아야 한다고 말한 은오의 말에 따르기 위해서였다. 최근 봉사단의 대중가요 연주 리스트를 정비하면서 해주가 아이의 재롱잔치에 쓰인 곡을 추천했다. 난감해할 줄 알았던 단원들은 젊어진 것 같다며 오히려 즐거워했다. 박자는 원곡보다 느리게 조정했지만 단원들은 해주의 아이만큼이나 많이 웃었다.

클래식 곡의 연주가 거의 끝나갈 무렵이었다. 해주는 관객석 쪽으로 살짝 시선을 돌렸다. 거의 노인인 지역 주민들은 역시 지루해하는 표정이었다. 해주의 눈이 커다래졌다. 그 와중에 슈트를 입고 꽃다발을 들고 서있는 젊은 남자 셋은 눈에 띌 수밖에 없는 관객이었다. 연주가 끝나자 단원들은 서로 만족한 미소를 주고받았고 관객들은 조용히 박수 쳤다. 지휘자가 돌아서서 인사하는 사이 해주는 악보를 넘기는 척하며 눈동자를 돌려 남자 셋을 확인했다. 두 사람은 확실하지 않았지만 은오를 못 알아볼 수는 없었다. 은오가 봉사단 연주회를 보러 온 건 처음이었다. 은오 입장에서는 깜짝 이벤트라고 생각했는지 몰라도 해주는 은오가 미리 얘기해 주지 않은 게 못마땅했다. 마지막 연주를 앞두고 있었다. 지휘자가 장난스럽게 시작 신호를 보냈다. 단원들 다수에 의해 선정된 트로트곡 전주가 시작되자 노인 몇이 무대 앞까지 나와서 춤을 추었다. 해주는 굽어지려는 허리를 곧게 펴고 숙여지려는 고개를 빳빳이 쳐들었다. 주눅 들기 싫었다. '싸구려 음악'의 진수를 보여주고 싶기도 했다. 모든 연주가 끝나자 관객석에서 '앵콜'이 터져 나왔다. 지휘자가 해주를 쳐다보았다. 해주는 입모양으로 원하는 곡의 제목을 말했다. 연습이 덜 되었지만 상관없었다. 그리고선 고개를 돌려 관객석을 쳐다보았다. 은오와 두 남자가 공연장을 빠져나가려 하고 있었다. 지휘자의 지시가 단원 모두에게 전달되었다. 해주가 한 팔을 높이 들어 올렸다.

"시작해 볼까요."

해주가 난데없이 소리 지르자 지휘자의 눈이 휘둥그레졌다. 더불어 세 남자도 걸음을 멈추고 무대로 고개를 돌렸다. 지휘자가 해주에게 윙크했고 해주는 박자에 맞춰 고개를 까닥였다. 걸그룹 댄스곡의 전주가 흘러나오자 이미 흥이 오른 노인들은 숨을 헐떡이면서도 다시 춤을 추기 시작했다. 해주는 예정에 없던 변주를 하며, 많이 들어 알고 있는 가사를 입으로 흥얼거리며, 단원들을 향해, 다음으로 관객석을 향해 활짝 웃어주었다.

2. 영웅

해주가 잠시 호흡을 고르는 사이 새하얗게 플래시가 터졌다. 해주는 눈살을 찌푸리며 기자회견을 이어갔다.

"이에 저는 용기를 내어 성폭력 피해를 고발한 희극인 이현정 씨에 대한 지지를 선언합니다. 더불어 이를 계기로 연예계에 산재한 성폭력이 뿌리 뽑히기를 간절히 소망합니다."

지지선언을 끝낸 해주가 메모지를 챙기자 기자들의 질문이 쏟아졌다. 노랑 원피스를 입은 특별한 이유라도 있느냐는 질문에는 해주도 어이가 없어 웃고 말았다. 지지선언의 의도를 물은 다른 기자는 온몸으로 의심을 뿜어내고 있었다. 해주가 대답하지 않자 기자는 질문을 이어갔다.

"미투 선언으로 걸그룹 내에서 부족했던 해주 씨의 인지도가 높아

내가 아직 살아있을 때

졌다가 요즘 다시 주춤해졌죠. 이현정 지지선언은 대중들의 관심을 끌기 위한 쇼 아닙니까?"

자리에서 일어선 해주는 기자를 똑바로 쳐다보았다. 회견 전에 질문을 받지 않겠다고 선을 그어두었으니 대답할 필요는 없었다. 다른 멤버들의 반응은 어떤지, 소속사에서 2차 가해에 대한 대응을 준비하고 있는지, 연예계에서 다른 성폭력 사건을 보거나 들은 적이 있는지, 기자들의 질문이 끝없이 이어졌지만 해주의 귀에는 들리지 않았다.

"그러니까 제가 지금……."

한쪽에서 지켜보고 있던 미지가 달려와 해주의 팔을 붙들었다. 애써 눈물을 참고 있는 해주에게 미지는 눈빛으로, 그만하면 충분하다, 고 말했다. 해주도 알고 있었다. 몇 번의 수정을 거쳐 흠잡을 데 없을 거라 여긴 기자회견문조차 왜곡되기 일쑤였다. 준비되지 않은, 그래서 감정적인 말은 더욱 악의적으로 왜곡될 가능성이 컸다. 회견장을 나서는 해주 뒤로 기자들이 줄줄이 쫓아왔다. 온갖 질문과 카메라 셔터 소리가 해주의 등을 향해 발사되었다. 온몸으로 막아선 미지가 아니었다면 미리 짜둔 퇴로마저 무용지물이 될 정도로 가차 없는 폭격이었다.

혹자는 해주에게 꽃뱀이라고 했다. 해주의 미투 고발을 소속사 사장에게 돈을 뜯어내기 위한 수작으로 단언했다. 예상했던 반응이었지만 해주는 그런 댓글이 견디기 힘들었다. 유명 걸그룹 내에서 해주는 가장 존재감이 없는 멤버였다. 외모도, 춤도, 노래 실력마저도 어중간했다. 예능에라도 꽂아달라던 해주에게 사장은 자기만 믿으라고, 시키는 대로만 하면 배우로 데뷔시켜 주겠다고 했다. 해주는 남들의 그림자로 사는 게 지긋지긋했다. 배우든 무엇이든 상관없었다. 그저 성공하고 싶었다. 바라는 게 있었으니 꽃뱀이 맞는 게 아닐까, 해주는 거듭 고민했다. '위계에 의한 성폭력 대책위원회'가 돕지 않았다면 해주는 폭로를 후회했을지도 몰랐다. 대책위에서 만난 미지는 해주의 말을 의심하지도 않았고 설명을 더 요구하지도 않았다. 피해자 중심주의라고 했다. 그렇다고 피해자인 해주 말을 온전히 믿는 것도 아니었다. 뭐가 뭔지 헷갈렸지만 해주로서는 부모 형제보다, 자신의 걸그룹 멤버들보다 고맙고 믿음직스러웠다. 개그맨 이현정의 미투 고발에 지지선언을 한 것도 미지의 권유였다. 이현정 일에 관심을 두고 싶지 않았던 해주는 난감했다.

"피해자들이 힘을 모아야죠. 이현정 씨의 심정을 가장 잘 아는 분이 해주 씨잖아요."

깨닫든 깨닫지 못했든, 미지는 희롱이나 추행을 포함한 성폭력 경험이 없는 여성은 거의 없다고 했다. 여성으로만 구성된 대책위가 해주일에 발 벗고 나선 건 그래서 가능한 연대라는 걸 결국 해주도 납득했다.

해주의 기자회견 뉴스가 떴다. 해주의 의도를 의심하는 댓글 사이

내가 아직 살아있을 때

사이 해주를 영웅으로 치켜세우는 댓글이 끼어있었다.

성폭행을 당하고 죽고 싶었지만 해주 씨를 보며 견뎌냈어요. 절 살아있게
만들어 준 해주 씨는 저에겐 영웅이에요.

베스트 댓글을 본 해주는 웃음조차 나오지 않았다. 꽃뱀만큼이나
영웅도 해주로서는 어이가 없는 반응이었다. 해주가 미투 고발을 한
건 오로지 자기 자신을 위해서였다. 별일 아니라고 치부하고 싶었지만
소속사 사장의 지속적인 성폭행은 내내 고통스러웠고 치욕스러웠다.
배우 데뷔를 바라는 마음에 적극적으로 저항하지 못해 비참하기까지
했다. 세상은커녕 자기 자신조차도 구원할 자신이 없는 해주에게 며
칠 전 다른 기획사에서 제안이 들어왔다. 현 소속사와 계약을 파기하
고 싱글 앨범을 내자고 했다. 소속사에 갚아야 할 빚을 새 회사에서
대납해 주는 조건이었다. 해주에게 그 제안은 구원이나 다름없었다.
막상 해주는 바로 승낙하지 못했다. '여성의 고통과 서러움'이라는 앨
범의 콘셉트 때문이었다. 그렇다고 거절할 용기도 없었다. 이 기회를
잡지 못한다면 영영 연예계로 돌아올 수 없을지도, 제 밥벌이조차 할
수 없을지도 몰랐다. 해주 마음에 걸려있는 건 대책위였다. 울분에 못
이겨 개인 SNS 계정에서 피해를 폭로한 해주에게 실질적인 도움과 조
언을 준 건 대책위가 유일했다. 폭로에서 끝나지 않고 경찰이 가해자
를 조사하도록 여론전을 펼친 것도 대책위였다. 연예계에서 살아남기

위해 대책위를 이용했다는 말까지 듣는다면 더 견딜 수 없을지도 몰랐다.

새 기획사에서 해주에게 연락을 했다. 아직 계약하지도 않았는데 그들은 이미 자신을 '새 기획사'라고 지칭했다.

"정신이 있는 거예요, 지금?"

"전 아직 아무 결정도……."

새 기획사의 우려는 해주의 이현정에 대한 지지선언 때문이었다. 자칫 콘셉트가 날아갈 수 있다고 했다. 새 기획사에서는 계속 대책위와 활동하면 제안은 없던 거로 하겠다는 협박까지 덧붙였다. 꽃뱀으로도, 영웅으로도 살고 싶지 않은 해주로서는 더 이상 결정을 미룰 수 없었다.

일부러 찢어놓은 듯한 원피스에 창백해 보이는 화장을 한 해주가 음악 생방송 무대에 올랐다. 객석에서 환호와 야유가 동시에 터져 나왔다.

"난 영웅이 아니에요."

해주는 노래를 한 소절 부르고선 무대에 엎드렸다. 전주가 흘러나오며 백댄서들이 해주를 둘러쌌다. 이 무대의 결과에 따라 해주는 영영 무대에 서지 못할 수도, 화려하게 재기할 수도 있었다. 드러난 맨팔과 맨다리에 오소소 소름이 돋았다.

미지는 이해한다고 말했다. 피해자가 피해자로서만 살아야 할 필요는 없다며, 그래도 콘셉트는 정말 바꿀 수 없겠느냐, 미련이 남은 얼굴로 물었다.

"사람들이 저에게 영웅이래요. 웃기죠."

"웃기지 않아요. 해주 씨의 행동은 충분히 영웅다웠어요."

해주를 지지하는 사람들은 해주를 투사로 인식하고 있었다. 그런 사람이 고통과 서러움의 콘셉트로 무대에 서면 비웃음만 살 거라고 해주는 새 기획사 사장에게 다시 한번 이야기해 보았다.

"너를 소비할 고객이 누구라고 생각하니?"

해주는 대답을 못 했다.

"요즘 페미니즘 한다는 그 언니들?"

해주는 대답 없이 눈을 내리깔았다.

"그 사장놈을 감옥에 잡아 처넣자고 들쑤시고 다니는 그 대책위?"

해주는 눈을 질끈 감았다. 새 기획사는 해주에게 남들이 불쌍히 여기도록 괴로운 심정을 SNS에 자주 표현하라고 지시했다. 해주는 살아남고 싶다고, 도와달라고, 자꾸 그 일이 떠오른다고 SNS에 글을 올렸다. 덕분에 해주의 싱글 앨범 기사는 발표 전부터 포털의 연예, 사회면에서 사라진 날이 없었다. 점점 거세지는 논란에 해주와 새 기획사는 입을 다물었고 이전 소속사는 연신 비난 성명을 내놓았다.

엎드렸던 해주가 무대에서 천천히 몸을 일으키자 백댄서 중 한 명이 해주의 몸에 붉은 물감을 칠했다. 관객석에서 야유가 터져 나왔다.

"나는 너무나 고통스러워요."

해주의 눈에서 한 줄기 눈물이 흘렀다. 관객석의 야유가 조금 잦아들었다. 의도한 건 아니었지만 해주는 환호하며 박수치고 있을 새 기획사 사장의 얼굴이 보이는 것만 같았다.

"너를 소비할 고객은 너의 성폭행 피해를 상상하며 딸 치는 새끼들이야. 세상을 아직도 그렇게 몰라? 너는 누구한테든, 어떻게든 팔리기만 하면 되는 거라고. 연기하고 싶댔지? 노출도 불사한댔지? 갓 스물 넘은 여자가 성폭행당해 자살하는 장면 하나 넣어달라고 내가 영화 제작사에 말해놨어. 너를 쓰면 이슈가 될 걸 아니까 환영하더라고. 비웃음 사는 게, 욕 들어먹는 게 무서워?"

해주는 결국 고개를 내젓고선 새 기획사의 지시에 충실히 따르겠다고 약속했다.

"난 더 이상 아프고 싶지 않아요."

뒤를 도는 해주의 허리를 백댄서가 받쳐주었다. 해주의 볼을 타고 흐르던 눈물이 관자놀이로 방향을 바꾸자 카메라가 해주 얼굴을 클로즈업했다. 관객석의 야유가 완전히 멈췄다. 아우 불쌍해라. 본인이 제일 괴로울 거야. 힘내세요, 누나. 해주 짱. 해주는 몸을 일으키며 손으로 눈물을 닦아냈다. 마스카라가 번진 줄도 모르고 해주는 웃는 얼굴로 춤과 노래를 이어갔다.

3. 울지 않는 아이

　겨우내 환기 한번 하지 않은 집에서는 공기마저 썩어가고 있다. 창문을 열어보려 하지만 낡은 창틀이 얼어붙어 꼼짝도 안 한다. 집 근처를 배회하고 있을 아빠를 떠올리니 환기 생각이 싹 달아난다. 길고 긴 겨울방학, 다른 애들은 학원 다니느라 바쁜데 나는 한가하다. 우리 집 형편에 학원비는 무리였다. 방학을 맞아 나는 저렴하고 속 편한 인터넷 강의로 바꾸겠다고 엄마한테 말했다.

　"엄마가 능력이 없어서."

　엄마는 눈물을 질금거렸다. 아무것도 아닌 일에도 눈물 바람부터 하는 엄마가 너무 지겨웠다.

　"밖에 나다니면 위험하잖아. 아빠가 언제 어디서 나타날 줄 알아."

　그 생각은 못 했는지 엄마는 고개를 주억거리며 잘 생각했다고 했다. 저렇게 순진해 빠졌으니 아빠하고 결혼했겠지. 차마 그 말을 입 밖으로 꺼내지는 못했다. 툭하면 아빠가 엄마에게 죽여버리겠다고 전화하는 걸 나는 알고 있다. 엄마는 숨기려고 하지만 이 손바닥만 한 집에서는 통화 상대방 목소리까지 다 들을 수 있다. 난 아빠가 근처에서 어슬렁거리는 걸 본 적도 있지만 엄마한테는 말하지 않는다. 문을 잠가놓으면 되는 일에 엄마가 잠 못 자면서 걱정하는 꼴은 보고 싶지 않다. 난 엄마하고는 딴판이다. 오죽했으면 학교에서 별명이 '독한 년'이다. 애들한테 왕따를 당해도, 학교 짱한테 끌려가서 맞아도, 나는 운 적이 없다. 혼자 급식을 먹어도 기죽지 않는다. 그런 내가 안쓰러웠던지 3학년 선배 몇이 내가 혼자 급식 먹고 있을 때 일부러 내 곁으로 와서 같이 밥을 먹어줬다. 2학년 급식 타임에 밥을 받으면서 영양사님한테 이리저리 둘러대는 그 선배들한테 나는 고맙다는 인사를 하지 않았다. 그렇게 건방지게 굴었는데도 선배들은 마지막 급식 때 내게 고등학교에서 만나자며 어깨를 토닥여 줬다. 울음이 터질 뻔했는데 옆에서 비웃고 있는 애들 때문에 무사히 넘겼다.

학교에서는 무료 급식인 데다 메뉴가 다양해서 먹는 데에 신경 쓸 일이 없는데 방학하니 라면 아니면 김치찌개다. 국물 라면은 지겨워 짜장라면을 끓인다. 짜장라면을 접시에 담고 계란 프라이까지 얹으니 근사한 요리 같다. 상을 들고 나는 안방으로 간다. 엄마가 즐겨 보는 티브이 채널에서는 뉴스가 나온다. 재빨리 예능프로 나오는 데로 바꿨다가 나는 다시 뉴스 채널로 돌린다. 엄마를 죽인 아빠를 사형시켜

달라고 딸이 청와대에 청원을 넣었다는 내용이다. 나는 스마트폰으로 기사를 검색한다. 폭력에 시달리던 엄마가 아빠를 신고했지만 집안 문제라는 이유로 구속되지 않은 아빠는 이혼을 당한 후에도 엄마를 찾아다녔고 결국 엄마를 죽이기까지 했다. 아빠를 사형시켜 달라고 한 딸의 심정을 알 것 같다. 기사 몇 개 읽는 사이 짜장라면이 불어버렸다. 입맛이 떨어져서 먹고 싶지도 않다. 우리 아빠도 어쩌면 엄마를 죽일 수 있겠다는 생각이 든다. 아니, 아무래도 이 생각은 너무 나갔다. 나는 머리를 세차게 흔들어 불길한 생각을 쫓아내 버린다.

언제부터 그랬는지, 왜 그랬는지, 나는 모른다. 내가 기억할 수 있을 때부터 엄마는 아빠한테 맞았다. 엄마는 나를 데리고 도망치기도 했고 아빠한테 덤벼보기도 했다. 차라리 죽이라고 널브러진 적도 있었다. 소용없었다. 결국 엄마는 아빠를 신고했다. 잡혀간 지 며칠 지나지 않아 집으로 돌아온 아빠는 더 심하게 엄마를 때렸다. 나하고 아무 상관 없는 선배들도 나를 도와줬는데 중학생이나 돼서 엄마가 죽도록 맞는 걸 보고 있을 수만은 없었다. 나는 안방 문을 벌컥 열었다. 아빠가 나를 돌아봤다.

"엄마를 죽일 작정이야? 당신은 아빠도 아니야!"

아빠가 다가오더니 내 뺨을 갈겼다. 정신이 아득해졌다. 아빠가 얼마나 힘이 센지 나는 몰랐다. 뭔가 깨지는 소리가 나서 나는 정신을 차려보았다. 엄마의 머리에서부터 시작된 핏물이 방바닥에 흐르고 있었고 엄마의 몸 주변으로 유리 파편이 널려있었다. 그 와중에 엄마는 안간힘을 쓰며 아빠의 다리를 붙들고 있었다. 아빠를 말리는 엄마의 머리를 아빠가 유리컵으로 내리친 게 분명했다. 나는 눈물을 꿀꺽 삼켰다. 독한 년이 울 수는 없었다. 아빠가 유리 파편에 찔려 죽길 바라며 나는 아빠 몸을 유리 파편 쪽으로 밀었다. 내 몸이 아빠의 몸에 튕겨져 나가떨어지고 나서야 내가 너무 세상을 만만하게 봤다는 걸 깨달았다. 그래도 아빠의 몸이 휘청댔으니 아주 헛다리는 아니었다.

"씨발, 이 개새끼가."

내 욕설은 엄마의 비명에 묻히고 말았다. 화가 난 아빠가 나를 밀었는데 하필 내가 유리 파편이 있는 곳으로 넘어졌다. 유리 파편에 찔려도 죽지는 않는다는 걸 깨달은 순간 독한 년의 머릿속엔 놀라운 생각이 떠올랐다. 나는 몸을 뒤트는 척하며 유리 조각 하나를 찾아 재빨리 허벅지를 그었다. 독한 년이 움찔할 정도로 허벅지에서 피가 철철 흘러내렸다. 다 죽어가는 줄 알았던 엄마가 벌떡 일어나 장롱을 뒤졌다. 약상자를 찾고 있었다.

"엄마도 죽이고 나까지 죽여봐!"

나는 멀뚱히 서있는 아빠한테 달려들었다. 온 사방에 붉은 피가 범벅이 되었다. 아빠는 나를 밀치더니 벗어놓은 점퍼를 들고 그대로 집을 나가버렸다. 엄마가 가만히 있으라고 내게 소리 질렀지만 나는 집안 상태부터 내 허벅지, 엄마 상처까지 모두 사진을 찍었다. 그리고선 112와 119에 전화했다.

내 상처는 생각보다 깊지 않았다. 스스로 내 몸을 심하게 해치기엔 담력이 모자랐다. 어쨌거나 아빠는 수배자가 되었다. 경찰은 재범인 데다 폭행 정도가 심해 아빠가 체포되면 지난번처럼 며칠 안에 나오지는 못할 거라고 했다.

다른 사람들의 생각이 궁금해져서 나는 기사에 달린 댓글을 찬찬히 읽어본다. 댓글에는 피해자인 모녀를 지켜주지 못한 경찰을 비난하는 내용이 줄줄이 달려있다. 집 안에서 일어나는 폭행에만 그리 너그러운 이유가 뭐냐고 묻는 댓글도 있다. 사람들이 댓글로 아무리 화를 내도 그 아빠가 사형을 당할 것 같지 않다. 이혼한 아내를 죽인 그 아빠가 출소하면 청원을 올린 딸마저 죽일지 모른다. 엄마 아빠가 이혼도 안 한 우리 집은 더욱 경찰이나 법에 기대할 수 없다. 나는 눈을 감고 몸을 벽에 기댄다.

'여자가 죽어야 끝나는 가족 내 폭력.'

가장 추천을 많이 받은 댓글이 떠오른다.

"죽긴 여자가 왜 죽어."

죽기 전에 먼저 죽이면 된다. 이 생각을 이제야 하다니, 나는 그다지 똑똑한 년은 아닌 것 같다. 나는 주방에서 제일 잘 드는 식칼을 찾아낸다. 집에 있는 무기를 사용하면 우발적 범죄로 감형이 될 수 있다고 댓글에 쓰여있었다. 아니어도 상관없다. 나는 아직 미성년자이고 정당방위라는 것도 있다. 잘 벼려진 식칼을 싱크대 위에 올려두고 나는 아빠에게 전화를 건다.

전화를 끊고 아빠가 현관문을 잡아당기기까지 정확히 20분 걸린다. 아빠가 집 근처에 있었다는 얘기다. 혹시 몰라 아빠가 집에 들어오려고 한다고 엄마에게도 미리 문자를 해뒀다. 내가 불렀다는 건 일부러 말하지 않았다. 불리한 증거를 남길 정도로 내가 멍청하진 않다. 아빠 손에는 노란 바나나맛 우유와 파란 포장지의 과자가 들려있다.

"너 먹으라고 사 왔어."

"내가 초딩도 아니고."

나는 퉁명스럽게 대답한다. 사실은 바나나맛 우유와 과자를 아직도 좋아하지만 아빠 앞에서 어린애처럼 굴기는 싫다.

"아빠가 잘못했어. 다시는 너도 엄마도 안 때릴게. 은이 네가 아빠를 불러줘서 얼마나 고마운지 몰라."

나는 고개를 갸웃한다. 내가 아빠를 불러주고 용서해 주면 아빠 죄가 없어지는 건가.

"그러니까 경찰서에 가서 아빠 신고한 거 화나서 거짓말했다고……."

그러고 보니 아빠는 수배자인데 집으로 올 때까지 경찰에 잡혀가지도 않았다. 물론 아빠가 주변을 살폈겠지만 경찰만 믿고 있다가는 정말 누구 하나 죽어야 될지도 모른다.

"엄마한테도 네가 얘기 좀 잘해봐, 응?"

나는 싱크대 쪽으로 몸을 돌려 식칼의 위치를 가늠한다.

"앞으로 술 안 먹을 거야?"

"우리 딸이 원한다면 당연히 술 끊어야지."

등 뒤에서 들려오는 아빠의 목소리는 다정하기까지 하다.

"돈도 벌고?"

아빠의 표정이 궁금해 나는 뒤를 돌아본다. 아빠 얼굴에 뭔가 스쳐 간 것 같은데 아빠는 금세 주름이 자글자글하도록 웃더니 고개를 끄덕인다. 좀 의심스럽긴 하지만 아빠를 한 번만 더 믿어보고 싶다. 나는 주머니에 있는 스마트폰을 꺼낸다. 아빠 얼굴에서 미소가 사라진다. 엄마 번호를 찾느라 스마트폰을 터치하자 아빠가 욕을 하면서 내 폰을 빼앗는다.

"이게 어디서 신고를……."

아빠는 나를 죽일 것 같은 표정으로 노려본다. 누구 하나 죽어야 끝날 일이라면 죽어야 할 사람이 누군지는 분명해졌다.

"왜 그래. 엄마한테 문자 보내는 거잖아. 폰을 좀 보고 말해."

달래듯이 말하니 표정이 누그러진 아빠는 내 스마트폰을 확인하고선 다시 미소를 짓는다.

"미안해. 아빠가 오해했어. 너도 내 입장이 돼보면 이해할 거야."

아빠는 내게 스마트폰을 내민다.

"허튼소리 쓰지 마라."

나는 고개를 끄덕인다. 아빠가 문자메시지 작성에 서투른 게 다행이다. 스마트폰을 받고 내가 몸을 돌리자 아빠가 내 어깨를 억세게 잡아 비튼다.

"나 보는 데서 해."

웃고 있는 아빠 눈이 너무 무서워 손이 떨린다. 아빠를 무서워하는 걸 들키기 싫어 일부러 천천히 문자를 찍는다.

'엄마, 이제 아빠 반성한 거 같아. 용서하고 다시 화목하게 지내자. 경찰서에 가서 우리가 거짓말했다고 하자. 내 소원이야.'

내가 전송 버튼을 누르는 것까지 확인한 아빠는 기지개를 켜며 앉을 자리를 찾는다. 나는 재빨리 112에 "살려주세요."라고 문자를 보낸다.

"너 뭐 했어!"

"아무것도 안 했어."

아빠가 손을 내민다. 스마트폰을 내놓으라는 거다. 나는 싱크대를 향해 뒷걸음질 친다. 성큼성큼 다가온 아빠는 주먹으로 내 머리를 때린다, 등 뒤에 있는 내 손이 식칼을 집은 줄도 모르면서.

"가까이 오지 마. 죽여버릴 거야."

칼끝이 아빠를 향해있으니 아빠도 더는 다가오지 못한다.

"철딱서니하고는. 사람 죽이는 게 쉬운 줄 알아?"

말하는 아빠의 얼굴은 웃는 건지 화내는 건지 당황한 건지 모를 정도로 시시각각 변한다.

"어려울 게 뭐 있어. 그냥 칼로 푹 찌르면……."

순간 내 머리카락에 귀신이라도 붙은 것처럼 머리가 빙 돌더니 내

몸이 내팽개쳐진다. 재빨리 내게로 다가온 아빠는 내 팔을 밟고선 식칼을 쉽게, 쉬워도 너무 쉽게 빼앗는다. 죽는 건 결국 나구나, 생각한 순간 현관문이 열린다.

"안 돼, 엄마!"

내가 정신을 차린 건 아빠가 끌려가고 나서다. 현관문을 열쇠로 연건 엄마였지만 현관으로 들어선 건 경찰이었다. 나는 엄마가 경찰을 데리고 올 거라고는 상상도 하지 못했다. 엄마는 내 생각보다 똑똑한 사람이었다. 내 문자에 답장하면 아빠가 도망치거나 애먼 짓이라도 할까봐 울면서 견뎠다는 엄마는 내 생각보다 독한 사람이기도 하다. 엄마는 나를 끌어안고 숨이 넘어가도록 흐느낀다. 똑똑하고 독한 사람인데 툭하면 울 수도, 남편한테 맞으면서 살 수도 있는가 보다. 엄마를 무시했던 게 미안해서 나도 눈물이 나려 하지만 난 엄마보다 더 똑똑하고 독해져야 한다. 아빠가 다시 돌아올 게 분명하기 때문이다. 울지 않는 거로는 부족한 것 같아 나는 와하하하, 웃는다. 엄마가 내게 괜찮다며, 충격이 심했을 거라며, 앞으로는 엄마가 나를 지켜주겠다며 등을 토닥여준다. 그 정도로 충격을 받다니, 아무래도 엄마가 나를 오해하고 있는 것 같다. 아직 좀 어설퍼서 그렇지 내가 얼마나 독하고 똑똑한 년인데.

"와하하하하."

4. 매일 그대와

알람 소리에 눈을 뜬 준규는 몸을 일으키며 스마트폰을 켠다. 손닿기 가장 편한 위치에 유료 운세 애플리케이션이 있다. 1978년생 말띠인 준규는 운세 앱에 1980년생 원숭이띠로 생년을 지정해 놓았다. 원숭이띠라서 현정이 그토록 재주가 많은가 보다고 생각했다. 재주가 너무 많으면 박복하다는 어른들의 말을 떠올렸던 기억이 있다. 앱을 터치하려다 말고 날짜를 확인한 준규는 두 팔을 내려뜨린 채 머리를 다리 사이에 묻는다. 늙은 고양이가 준규 머리에 제 몸을 비빈다. 딱히 신경 써 돌보지 않았어도 건강하게 잘 살아가고 있는 고양이를 보자 준규는 울컥한다. 고양이를 들어 품에 안으려는데 버둥거리며 준규의 품을 빠져나간다. 싫은 건 싫다고 확실하게 표현할 줄 아는 고양이를 보며 준규는 희미하게 미소 짓는다.

겨우 지각을 면한 준규는 영업소 안에 스며들듯 자리 잡는다. 어수선한 와중에도 영업소장은 준규에게 곱지 않은 시선을 보낸다. 준규는 자동차 영업일이 적성에 맞지 않는다. 가끔 영화판이 그립지만 돌아갈 생각은 없다. 돌아가지 않겠다는 결심 때문은 아니다. 영업을 하면서는 최소한 밥은 번다. 당시 영화판에서 스텝으로 일할 때는 차비나 될까 싶은 몇 푼에도 감사해야 했다. 경력을 쌓으면 메이저 영화 작업에 참여할 수 있다는 희망이 보수였다. 준규는 살아남고 싶었다. 열정이 아니라 생존본능이었다. 차기작에서 조감독으로 확정되면서 준규는 생존보다 큰 꿈을 꾸게 되었다. 감독이 되고, 이름을 얻고, 살아남는 걸 넘어 이름이 하나의 장르가 되는 상상은 짜릿했다. 막상 승승장구하다 빚지고 도망 다니거나 자살하는 감독이 적지 않았다. 영화판에 남아있는 이들과의 연락을 모두 끊어버린 건 그런 소식을 더 이상 듣고 싶지 않아서였다. 월급 받아 근근이 살아가는 게 뭐 어때서. 어쨌거나 살아남았잖아. 혼잣말로 뇌까리던 준규는 조회를 진행 중이던 영업소장과 눈이 마주친다. 준규는 소장의 시선을 피한다. 영업실적 하위권에서 벗어나지 못하는 준규는 소장이 시키는 잔심부름에 싫은 내색조차 한 적 없다. 소장의 책상 정리와 화이트보드 관리는 시키지 않아도 자진해서 하고 있다. 준규는 곰곰이 생각한다. 살아남기 위해 무엇까지 할 수 있을지.

"여러분. 요즘 미투[10]니 뭐니 해서 시끄러운 거 알죠? 우리 영업소에

---

10 미투(Me_too 운동): 위계에 의한 권력형 성범죄 피해를 폭로하는 운동

서는 불미스러운 이야기 나오지 않도록 조심합시다."

준규의 얼굴이 굳는다. 손발이, 팔다리가, 몸통까지 굳는다. 머릿속까지 굳어버렸다.

고객과 약속이 있는 척, 담당하던 잡일을 제쳐둔 채 신속하게 사무실을 빠져나온 준규는 편의점에 들러 담배를 한 갑 산다. 담배 한 개비를 입에 물고 나서야 준규는 라이터가 없다는 걸 깨닫는다. 먼저 담배를 피우고 있던 사람이 준규의 담배에 불을 붙여주며 금연구역을 조심하라 일러준다. 담배 한 대 피우려다 담배 한 보루 값도 넘는 벌금을 무는 수가 있다. 조심할 새도 없이 준규에게서 밭은기침이 터져나온다. 준규는 십 년 전까지 피웠던 담배가 그토록 쓰고 독했던 줄 이제야 깨닫는다.

그날 준규는 몸을 가누지 못할 정도로 만취한 채로 입에 담배를 물고 있었다. 그토록 취하기는 처음이어서 불이 붙어있는 담배가 입에서 저절로 빠져나갔다. 그 와중에 준규는 편의점에서 소주 한 병을 샀다. 가로등이 켜진 전봇대 아래 선 준규는 병째 소주를 들이켰다. 소주가 소화되기도 전에 준규는 토악질을 했다. 소주와 함께 안주 건더기들이 전봇대를 타고 흘러내렸다. 음식 냄새를 맡은 길고양이가 준규 주변을 맴돌았다. 준규는 제 몸을 이기지 못하고 바닥에 주저앉았다. 길고양이도 준규에게서 조금 떨어진 곳에 자리를 잡고 앉았다. 준규는 길고양이를 봤다. 길고양이도 준규의 시선을 피하지 않았다.

"더러운 거라도 먹고 살아. 악착같이 살아. 살아있는 건 더러운 게 아니야."

무슨 말인지도 모르고 뇌까리던 준규는 이후로 기억이 끊겼다. 눈을 뜬 후에야 준규는 자신이 저지른 일을 알게 되었다. 준규가 덮은 이불 위에 잠든 노란색 줄무늬 고양이는 너무 작아 건드리기도 겁이 났다.

"네가 왜 여기 있냐."

"하악."

준규에게서 웃음이 터져 나왔다. 성을 내는 새끼 고양이는 무섭기는커녕 귀엽기만 했다. 눈치를 보던 새끼 고양이가 엄청난 속도로 도망쳐 작은 틈새에 제 몸을 끼워 넣었다. 고양이는 채 숨기지 못한 몸을 덜덜 떨고 있었다. 준규 얼굴에서 웃음이 사라졌다. 새끼 고양이에 비해 자신이 엄청나게 커다란 짐승이라는 사실을 너무 늦게 깨달았다. 준규는 찬장을 뒤져 참치 캔을 찾아냈다. 참치 살을 접시에 담아 고양이 가까이에 두었다. 한참 미동조차 없던 고양이는 어느새 접시에 코를 박고 허겁지겁 참치를 먹었다. 너무 쉽게 풀려버린 고양이의 경계심이 위험해 보여 준규는 고양이를 다시 길로 내보낼 수 없었다. 살려고 쫓아온 건지, 살리겠다고 데려온 건지는 중요하지 않았다. 준규는 담배를 입에 물었다가 도로 담뱃갑에 넣었다. 사람에게 나쁜 담배 연기가 주먹만 한 고양이에게 괜찮을 리 없었다. 제게 온 연을 다시는 함부로 놓지 않겠다고 결심하며 준규는 담뱃갑을 우그러뜨렸다.

끊기로 결심해 놓고 다시 빨아들인 담배 연기에 죄책감이 붉게 스며든다. 준규는 담뱃불을 붙여준 사람에게 한 개비가 빠진 담뱃갑을 통째로 건넨다. 해야 할 일도 없고 일할 마음도 들지 않아 준규는 가만히 서서 주변을 둘러본다. 각종 프랜차이즈 커피숍 틈바구니에 희게 빛나는 간판의 사주카페가 있다. 오늘 현정의 운세를 확인하지 못했다는 게 떠오르자 준규의 발걸음은 저절로 사주카페를 향한다.

등받이가 푹신한 소파에 앉으니 준규의 마음이 조금 편안해진다. 주인장이 만든 커피를 역술가가 들고 온다.

"사주, 만 원이에요."

준규는 스마트폰을 만지작거린다. 아침엔 용기가 없어 운세 앱을 보지도 못했으면서 사주카페에 들어온 게 실수 같기도 하다. 눈치를 보던 역술가가 준규 앞에 자리를 잡는다.

"생년월일을 말해보세요."

"천구백칠십……, 아니 천구백팔십 년생 원숭이띠요."

생년을 헷갈린 준규를 역술가가 빤히 쳐다본다.

"생일도요."

"오늘입니다."

처음으로 비중 있는 조연을 맡았던 현정은 한시도 긴장을 늦추지 않았다. 조연으로 안 해본 역할이 없다고 해도 과언이 아닐 정도였던 현정은 배우 자체로는 아직 조명받지 못하고 있었다. 감독은 역할에 스며드는 현정의 연기를 높이 샀다. 편안해 보이는 현정의 얼굴에서 그로테스크가 나타날 때는 소름이 끼쳤다며 현정에게 특별한 관심을 보이기도 했다. 그러면서 감독은 지나가는 말처럼 현정의 마스크로 공포영화를 찍어보고 싶다고 말했다. 그 말을 들은 현정의 얼굴에 화색이 돌았다. 현정의 얼굴은 둥글었고 이목구비는 선량했다. 준규가 보기엔 여자주인공의 착한 친구 역할이 가장 잘 어울렸다. 배우의 가능성을 알아보는 데에 자신보단 감독이 한 수 위일 거라 여기며 준규는 감독 말에 굳이 토 달지 않았다. 준규와는 두 번째 작업이어서인지 현정은 준규에게 이런저런 속이야기를 잘했다.

"프로는 이러면 안 되는데 생일에 종일 일하려니 조금 속상하네요."

막상 현정은 웃는 얼굴이었다. 무던하고 순한 현정과의 연애를 염두에 두고 있던 준규는 그날이 현정의 생일이라는 걸 알고 가만히 있을 수 없었다. 현장을 벗어나 선물을 장만하는 건 무리였고 케이크를 사다 주면 이목이 집중될 수 있었다. 야간 촬영이 없는 날이니 저녁 겸 술이나 함께 하는 정도가 최선이었다. 바쁘냐고 물어봐야 할지, 끝나고 시간 되냐고 물어봐야 할지, 저녁이나 같이 먹자고 말해야 할지 몰라 준규는 망설이고 또 망설였다. 잠시 감독에게 다녀온 현정이 준규에게 바짝 다가섰다.

"오늘 엄청난 생일선물을 받을 것 같아요."

현정의 얼굴에 드리운 홍조는 기뻐 보이기보단 불안해 보였다.

"감독님이 부르셨어요. 작업 끝나고 숙소로 오래요."

"아니 왜 숙소로……."

"다음 작품 얘기를 하시려나 봐요."

조연 생활 십 년 만에 온 기회라며 현정은 달떠있었다. 준규는 상황이 영 미심쩍었다. 여배우들과 성관계를 가지는 남자 감독이 드물지 않았다. 배역을 미끼로 유인하기도 했고 강압적으로 성관계를 요구하기도 했다. 반대로 배역을 따기 위해 여배우 스스로 감독에게 성을 상납한다는 소문도 많이 떠돌았다. 준규는 현정에게 아무 말도 해줄 수 없었다. 아무리 조연이라도 경력 십 년이면 영화판 생리를 모를 리 없었다. 어떤 방식으로든 현정의 바람이 이루어질 수도 있었다. 준규는 현정의 앞날에 방해가 되고 싶지 않았다.

현정과 조금 더 친밀했다면 적극적으로 말렸을까. 준규는 역술가가 답을 줄 것처럼 쳐다본다.

"난 시는 몰라요?"

"네."

역술가는 고개를 갸웃거린다. 준규는 그의 입에서 시선을 떼지 못한다.

"사는 동안 우여곡절이 많았네요. 인복이 없어서 이용만 당했을 거고. 큰 위기를 겪고 용케도 살아남으셨네. 어디 보자, 앞날이……, 뭐가 이렇게 어지러워, 거참. 때맞춰 밥은 얻어먹는다고 나오니 그렇게 박복한 운명은 아닌가 보네요. 난 시를 모르니 이 정도밖에 나오질 않아요. 그런데 지금 무슨 일 해요?"

"영업합니다."

"일이 안 맞네. 재기가 넘쳐 방송, 연예, 체육……, 아, 고난이 첩첩산중이로다. 근래에 본 사주 중에 제일 복잡하네. 어쨌거나 방송, 그쪽으로는 눈도 돌리지 말아요. 밥은 고사하고 사는 게 사는 것 같지 않을 수도 있어요."

준규는 말없이 고개를 끄덕인다.

"더 물어볼 건 없으셔?"

"만약 이 사주가 여자 사주라면요?"

역술가의 표정이 미묘해진다.

"돈 더 드릴 테니 여자 사주로도 봐주세요."

준규는 다급하게 지갑에서 이만 원을 꺼낸다. 돈에는 손을 대지 않은 채 역술가가 입을 연다.

"그건가? 뭐라더라, 원래 여자였는데 남자로 수술하고. 뭐 그런 경우요?"

선뜻 알아들을 수 없어 준규는 멍하니 역술가를 쳐다본다.

"진짜 남자 같네, 허허. 어쨌거나 잘했어요. 여자였으면 여태 살아있지도 못했어. 수술로 운명이 바뀔 수도 있다더니."

역술가는 만 원짜리 두 장을 주머니에 넣으며 주인장 곁으로 가버린다. 현정이 남자로 태어났다면 배역을 빌미로 감독에게 강간을 당하는 일은, 그래서 생일에 자살하는 일은 일어나지 않았을까. 생각하다 준규는 현정에게 인복이 없다는 말을 떠올린다. 특별한 사이가 아니어서 말리지 못했다고, 현정이 선택할 문제였다고, 그렇게 자신을 기만했지만 준규는 사실 감독에게 찍히는 게 두려웠다. 좁은 영화판에서 감독에게 찍히면 예정되어 있던 조감독 자리가 날아갈 수도 있었다. 어쩌면 영원히 기회를 얻지 못할 수도 있었다. 그날 이후 준규는 영화판 근처에도 가지 않았으니 결과는 마찬가지였다. 결국 필요했던 건 자신의 용기뿐이었다는 걸 준규는 이제야 깨닫는다. 준규는 먼저 유로 운세 애플리케이션을 지운다. 이어 현정의 이야기를, 이젠 퇴물 취급받는 그 감독의 이야기를 자신의 SNS에 쓰기 시작한다. '#Me_too#With_you'를 붙여서.

5. 내가 아직 사랑할 때

　정숙은 공동현관 앞에서 잠시 숨을 골랐다. 처음 와보는 딸 집이었다. 외진 곳이라 차편이 복잡하고 걷는 구간도 많았지만 아파트 외관은 깔끔했다. 현정이 미리 나와 기다릴 거라 기대하지는 않았다. 애초에 섭섭한 마음 자체가 허락되지 않은 만남이었다.

　현관문을 연 현정의 얼굴에는 지친 기색이 역력했다. 마흔 넘은 나이에 첫 출산을 한 데다 도와주는 사람도 없이 육아를 전담하고 있으니 몸이 성할 리 없었다. 눈시울이 뜨거워져 정숙은 괜히 집을 둘러보는 척했다.

　"집이 좁죠?"

　"좁긴. 셋이 살기 딱 좋은데. 나 때는⋯⋯."

　현정은 정숙의 말을 끝까지 듣지 않고 칭얼거리는 아이에게 가버렸다. 쓸데없는 말을 할 뻔했는데 다행이라고 생각하며 정숙은 식탁에 쇼핑백을 올려두었다.

"내 손주 얼굴 좀 보자."

방으로 정숙이 얼굴을 들이밀자 현정은 인상을 찌푸렸다.

"재우고 있잖아요. 이따가요."

"그래."

방에서 물러나면서 정숙은 발걸음을 조심히 디뎠다. 정숙이 현정을 키울 때와는 다른 세상이었다. 요즘 아이가 있는 집은 모든 게 아이를 중심으로 돌아갔다. 환갑이 훌쩍 넘었지만 그걸 모를 만큼 정숙이 늙은 건 아니었다. 정숙은 거실에 붙어있는 현정의 결혼사진 앞으로 다가갔다. 현정은 스무 살 시절 그대로로 보이는데 남자가 너무 늙어 보여 눈살이 찌푸려졌다. 옆에 있는 아이 백일사진으로 시선을 돌린 정숙에겐 금세 환한 미소가 떠올랐다.

"지 에미를 닮았네."

"다들 아빠 닮았다고 해요."

어느새 다가온 현정이 무덤덤하게 대꾸했다. 정숙은 얕게 한숨을 내쉬었다. 예상은 했지만 현정의 까칠한 태도가 못내 거슬렸다.

스무 살 이후 현정은 정숙에게 단 한 번도 곁을 내준 적이 없었다. 정숙은 현정의 결혼마저 아들인 준규를 통해 알게 되었다. 몰래 와서 조용히 보고 가라고 준규는 정숙에게 신신당부했다. 현정의 눈에 띄지 않으려 정숙은 예식홀 밖에 멀찍이 서서 눈물만 질금거렸다. 정숙

내가 아직 살아있을 때

의 자리를 대신한 건 남편의 여동생이었다. 스스로 집을 박차고 나간 어미에게는 어떤 자격도 주어지지 않았다.

  정숙은 현정이 스무 살이 되기만을 손꼽아 기다렸다. 준규의 나이 인 열여덟도 결코 어린 나이는 아니었다. 정숙이 집을 나가겠다고 선 언하자 남편은 한숨을 내쉬었고 현정과 준규는 믿을 수 없다는 표정 을 지었다.

  "엄마는 아빠랑 살고 싶지 않아. 다른 사람이랑 살기로 했어."

  현정이 정숙을 노려보았다. 정숙이 남편에게 처음으로 이혼을 언급 한 건 현정이 열두 살이 되었을 때였다. 남편은 가부를 말하는 대신 아이들을 절대로 양보하지 않겠다고만 얘기했다. 정숙은 양육권 분쟁 에서 절대적으로 불리했다. 경제력이 없기도 했지만 '바람난 여편네' 는 자식에 대한 권리를 주장할 수 없는 게 현실이었다. 남편은 정숙에 게 현정이 스무 살이 될 때까지 가정을 지키라고 했다. 대신 아이들에 게 들키지만 않는다면 해칠을 만나도 좋다고 했다. 모진 어미로 기억 되고 싶지 않은 정숙의 마음을 해칠이 받아들이면서 정숙은 남편의 요구를 수락하게 되었다. 막상 팔 년은 마음 떠난 남자와 같이 살기엔 너무 긴 시간이었다. 현정과 준규의 표정을 보고서도 정숙은 뱉은 말 을 되돌리지 않았다.

  정숙은 쇼핑백에서 아기 내복을 꺼냈다. 큰맘 먹고 백화점까지 가서 산 고급 내복이었다.

"내복 많은데……."

현정은 내복 사이즈조차 확인하지 않았다. 정숙은 서있는 현정을 올려다보았다. 엄마한테 말을 꼭 그렇게 해야 되겠니. 목구멍까지 차오른 말을 정숙은 애써 내리눌렀다. 집을 나오던 당시에는 시간이 어느 정도 흐르면 자식들과 화해할 수 있을 줄 알았다. 준규는 용돈이 필요할 때 종종 정숙을 찾아왔지만 현정은 연락 한번 하지 않았다. 정숙이 연락해도 의례적인 대답만 했다. 모녀 사이가 워낙 좋았던 만큼 현정의 배신감이 컸을 거라고 이해했다. 현정이 늦은 나이까지 결혼을 하지 않는 게 정숙은 제 탓인 것만 같아 애를 태웠는데 결혼 소식을 듣고 가슴을 쓸어내렸다. 현정이 아이를 낳았다는 소식을 들었을 때 정숙은 한참 울었다. 울음이 멈추자 정숙에게 작은 기대가 움텄다. 보통, 딸들은 아이를 낳으면 엄마를 이해하기 마련이었다. 정숙이 어르고 사정해서 얼굴 한 번만 보자고 한 지 반년 만에 현정의 승낙을 받았다.

"좋은 거라고들 하더라."

정숙은 브랜드가 크게 새겨진 쇼핑백을 들어 보였다. 그제야 현정은 내복을 펼쳐보았다.

"애가 큰 편이라 얼마 못 입히겠어요."

"영수증 있으니까!"

목소리가 너무 높았다는 걸 깨달은 정숙은 그만 입을 다물었다. 영수증이 있으면 교환이 가능하다는 걸 현정이 모를 것 같지는 않았다. 분위기가 싸늘해지자 현정은 커피를 두 잔 타 왔다. 같이 밥 한 끼 먹고 싶어 빈속이라는 말도, 오후에 커피를 마시면 잠을 못 잔다는 말도 하지 않고 정숙은 커피를 달게 마셨다.

"이 서방은 잘해주니?"

"그분은요?"

되묻는 현정의 눈빛은 사뭇 도전적이었다. 정숙이 집을 떠나겠다고 말했던 날에도 현정은 똑같이 물었다. 그 사람이 아빠보다 잘해주냐고. 그때 정숙은 대답하지 못했다. 잘해준다는 의미가 신경 쓸 거리를 덜 만들어 주는 뜻이라면, 아니었다. 남편은 세심하고 단정한 사람이었다. 집안일 중 힘든 건 도맡았고 어지간한 요리도 할 줄 알았다. 정숙은 물론 아이들에게도 큰소리 한번 내지 않았다. 세상에 그만한 남자가 어디 있냐고 묻는다면 정숙도 할 말이 없었다. 그런데도 정숙은 자주 숨이 막혔다. 정숙의 말과 행동에 실수가 있을 때마다 남편은 일일이 지적하며 개선을 요구했다. 잘 고쳐지지 않는 정숙의 나쁜 습관을 지켜보는 남편의 눈초리는 메마르고 차가웠다. 아무리 살아도 정숙은 남편에게 정이 가지 않았다. 해칠은 남편과는 전혀 다른 사람이었다. 정숙과 함께 술 마시며 농담하는 걸 좋아했다. 반바지에 메리야스 차림으로 집 밖을 돌아다녔고 무슨 일에도 앞뒤 가리지 않고 정숙의 편을 들었다. 정숙보다 더 실수가 많은 사람이라 챙겨줘야 할 것도 많았다. 해칠과 함께 있으면 정리되지 않은 생각과 일상이 부끄럽지 않았다. 남편 앞에서는 늘 부족한 사람으로만 자신을 생각했던 정숙은 해철 앞에선 주눅 들지 않았다. 웃다 보면 생각할 틈조차 없었다. 예전에는 차마 대답하지 못했지만 정숙은 이제 대답해야 했다. 대답하고 싶었다.

"그 사람과 있으면 사는 게 재밌다."

"우릴 버릴 만큼요?"

"버린 적 없어. 네가 날 안 만나겠다고 한 거지."

"엄마 스스로 떠났잖아요. 그게 버린 거죠."

아이들보다 자신의 행복이 먼저였다는 걸 정숙은 부정할 수 없었다. 적지 않은 시간 고통받으며 어미의 자리를 지켰어도 결과는 마찬가지였다. 잠에서 깬 아이가 거실로 기어 나오더니 하품을 하며 눈을 비볐다.

"어떡해, 우리 산이. 낮잠을 얼마 못 잤네."

현정의 목소리는 여태까지와 다르게 순하고 명랑했다. 정숙은 염치없는 질투심을 다잡으며 아이에게 다가갔다. 아이의 맑은 얼굴을 보자 정숙은 절로 미소가 지어졌다.

"엄마 닮아서 잘 웃는구나."

현정이 정숙을 쳐다봤다. 현정이 또 초 치는 말을 할까 봐 정숙은 재빨리 말을 이었다.

"너도 어릴 땐 참 잘 웃었어. 웃는 모습이 얼마나 예뻤게. 오죽했으면 너 키우면서는 힘든 줄도 모르겠더라."

현정의 얼굴이 굳어졌다. 정숙은 현정의 눈길을 피했다. 현정의 스무 살 이후의 삶에 대해 정숙은 할 수 있는 말이 없었다. 정숙도 세간의 비난 정도는 각오했다. 친인척들과의 교류도 끊어졌다. 위자료나 재산 분할은 언급할 수조차 없었다. 정숙이 모든 걸 버릴 각오로 사랑을 선택한 게 아니었다. 사랑을 선택하니 모든 걸 버려야 했을 뿐이었다. 겨우 남편 하나 바꿨는데 정숙에게는 세상이 바뀌어 버렸다.

"산아."

현정이 부르자 아이는 손가락으로 정숙을 가리키며 좋알거렸다.

"할머니야."

현정이 한마디 거들자 정숙의 얼굴이 환해졌다. 세상이 바뀌어도 핏줄은 바뀌지 않는 법이었다. 정숙은 앉은걸음으로 아이에게 바짝 다가갔다.

"산아, 할미, 해봐."

아이는 정말 따라 하려는지 입술을 옴지락거렸다.

"옳지, 잘한다. 하알, 미."

입술을 삐죽거리던 아이가 현정의 품으로 파고들었다. 정숙이 아이의 손을 잡으려 하는데 현정이 아이를 안은 채로 자리에서 벌떡 일어섰다.

"산이 아직 말 못 해요."

"나도 안다."

정숙은 그만 현정에게 역정이 묻은 목소리를 내고 말았다. 아무리

오래전이었다 해도 정숙이 현정보다 육아 경험이 많았다. 현정만 놓고 봐도 이십 년을 키웠는데 그 사실마저 현정이 부정하는 것 같아 정숙은 분했다. 눈물까지 나려 해서 정숙은 얼른 식탁으로 자리를 옮겼다. 식탁 위에는 펼쳐진 내복이 덩그러니 놓여있었다.

현정이 중국 음식을 시켜주겠다는 걸 정숙은 극구 사양했다. 현정과 같이 음식을 먹었다간 체할 것만 같았다. 기껏 중국 음식이라는 서운함도 없지는 않았다. 정숙이 가방을 들자 현정이 다가왔다.
"백화점에 다녀올 시간이 날지 모르겠어요."
정숙이 사 온 내복을 두고 한 말이었다. 그냥 입히겠다거나 필요한 거로 교환해서 쓰겠다고 말하면 될 것을, 현정은 끝까지 뾰족하게 굴었다. 자식과 손주의 얼굴만 봐도 충분할 거라고 스스로 기만했지만 정숙은 모르지 않았다. 이해받고 싶었고 화해하고 싶었으며 다정하게 지내고 싶었다. 그럴 때가 됐다고 여겼던 건 정숙의 착각이었다.
"몇 번 입히다 걸레로 쓰든가."
말한 뒤 정숙은 주저 없이 현관문을 향해 걸어갔다. 현관 앞에서 돌아설 줄 알았던 현정이 공동현관 밖에까지 쫓아왔다. 택시 타고 가라며 현정은 정숙에게 이만 원을 쥐여주었다. 냉정하게 굴면서도 마음이 좋지는 않았던 모양이라고 생각하자 정숙은 섭섭했던 마음이 반쯤 풀어졌다.
"애 깨면 놀란다. 어서 들어가 봐. 다음엔 내가 사이즈 큰 걸로 사

올게.”

햇빛 아래서 보니 현정의 피부는 부스러질 것처럼 가슬가슬했다. 다음엔 애 옷이 아니라 화장품을 사다 줘야겠다고 정숙이 생각한 순간이었다.

“이제 와서 엄마 노릇 하실 필요 없어요.”

이만 원을 쥐고 있는 정숙의 손이 미세하게 떨렸다.

“네가 날 원망하는 마음은 알겠다만 나는 할 만큼 했다. 그때 넌 스무 살이었어. 성인이었다고.”

“성인에게도 엄마가 필요해요.”

“엄마라고 평생 자식 뒷바라지만 하고 살라는 법은 없다.”

“저는 살아있는 한 산이를 떠나지 않을 거예요. 엄마니까요.”

멈칫하던 정숙의 입가에 비웃음이 스쳐 지나갔다.

“산이가 먼저 엄마를 떠날 수 있다는 생각은 안 하나 보구나.”

현정이 눈을 휘둥그레 떴다.

“자식이 부모 발목을 잡든 부모가 자식 발목을 잡든, 당하는 사람은 지옥이다. 산이도 사랑하면서 재밌게 살아야지, 나처럼.”

말을 마친 정숙은 현정에게서 사뿐하게 몸을 돌렸다. 눈시울은 붉어졌지만 정숙의 발걸음은 한없이 가벼웠다.

6. 턱

흰 세면대에 턱을 찧고 말았다. 린스가 욕실 바닥에 남아있었다. 온
몸으로 발버둥 친 바람에 참사는 면했다. 긴장이 풀리자 허리에 통증
이 느껴졌다. 피가 멈추고 나서 보니 턱의 상처는 자그마했다. 상처를
소독한 후 재생밴드를 붙이자 잠시 요란했던 사건도 별일 아니었다.
순한 아이는 호기심 어린 눈빛을 하고선 해주의 턱에 붙은 재생밴드
를 조몰락거렸다.

"엄마 아야, 했어."

알아들을 리 없는 아이의 눈이 동그래졌다. 아이의 이마에 뽀뽀를
한 후 해주는 외출 준비를 서둘렀다.

육아휴직 기간인데도 해주는 회사 단체메신저에서 빠져나올 수 없

었다. 복직에 대비해 회사 돌아가는 사정을 알아둬야 했다. 대신, 글을 쓰지 않고 올라오는 글을 보기만 했다. 그렇게 싫어하던 워크숍 공지가 뜨면 부러웠고 인센티브 삭감 소식에는 저도 모르게 야비한 웃음이 나왔다. 미혼인 동기 현정의 승진 소식에는 쓴웃음이 지어졌다. 승진 턱을 내겠다며 현정은 팀원들의 의사를 물었다. 한우, 스시 뷔페, 와인바 등 다양한 의견이 나오던 중 현정은 갑자기 해주를 호출했다. 먼저 축하를 전한 후 해주는 아이 때문에 어렵겠다고 답했다.

그러면 우리 점심 회식으로 합시다. 김 대리는 아이 데리고 나와.

해주는 결국 승낙했다. 유일한 동기간이 어쩌고 하며 챙기는 현정과 적극적으로 참석을 권유하는 팀원들 때문만은 아니었다. 인원 감축에 대한 소문이 돌고 있었다. 아이 때문에 정상적인 회사 생활을 할 수 없을 거라는 선입견을 주고 싶지 않았다. 회식 장소는 스테이크 전문점으로 정해졌다. 유아용 식탁 의자와 기저귀 교환대, 수유실까지 갖춘 식당은 신입 사원이 물색했다.

해주는 몇 올 되지 않는 아이 머리카락에 노란색 꽃핀을 꽂고 백일 기념으로 산 파랑 원피스를 입혔다. 모자를 씌우고 아이를 안아 올리는데 해주에게서 으억, 소리가 나왔다. 허리에 손을 얹은 채 해주는 잠시 고민에 빠졌다. 병원부터 들르면 해주 때문에 만들어진 점심 회식에는 참석하기 어려웠다. 그렇다고 10킬로 가까이 되는 아이를 아기띠로 메고 가는 건 엄두가 나지 않았다. 해주의 머릿속에 휠체어를 탄 장애인이 지하철에 탑승한 장면이 떠올랐다. 고개를 갸웃하며 해주는 허리를 비틀어 보았다. 움직이는 방향에 따라 통증이 있기도, 없기도 했다. 유아차에 아이를 태우고 가게 되면 시간은 많이 걸리겠지만 조심한다면 허리에 무리가 없겠다는 계산이 나왔다.

날이 풀려 전철역까지 걷기로 했다. 시간은 충분했고 허리를 펴고 걸으니 통증이 느껴지지 않았다. 주택가를 지나다 원래는 하얬을, 그러나 지금은 검게 멍든 꽃봉오리를 발견하고 해주는 걸음을 멈췄다. 고개를 드니 몽우리를 튼 목련꽃이 나무 가득 매달려 있었다. 피지도 못하고 떨어져 처참한 몰골이 되어버린 바닥의 검은 꽃봉오리에 해주는 안쓰러운 마음이 일었다. 아무려나 마을버스를 탔다면 지나치고 말았을 광경이었다. 유아차가 멈춘 게 마음에 들지 않았는지 아이가 찡얼거렸다. 오냐, 오냐, 대답하면서도 감상에서 빠져나오지 못한 해주는 멀뚱히 서서 하늘을 올려다봤다. 아름다운 목련나무의 배경이 된 하늘은 뿌옇다 못해 누렜다. 계절을 가리지 않는 미세먼지에 해주는 정신이 번쩍 들었다. 다행히 유아차 주머니에 안전캡이 있었다. 미세먼지는 물론 담배 연기, 들이치는 비까지도 막아줄 수 있는 제품이었다.

지하철역에 도착하면서 해주는 엘리베이터를 찾아보았다. 필요했던 적이 없었으니 눈여겨본 적도 없었다. 발품을 팔 필요는 없었다. 검색이면 충분했다. 위치를 알아내는 것만큼은. 지하철 역사를 기준으로 엘리베이터는 정확히 해주가 서있는 반대편에 있었다. 계단을 올라 건너가면 지척이지만 돌아서 가기엔 길이 너무 복잡했다. 해주를 지나쳐 가는 사람들은 아이와 해주를 번갈아 흘금거렸다. 해주는 이를 악물고선 유아차 양쪽 손잡이를 들어 올렸다.

"아악."

겨우 들렸던 유아차가 땅바닥으로 도로 내리꽂혔다. 아이가 놀라 울음을 터뜨렸다. 해주는 허리를 짚고 한참 그 자리에 서있었다. 서러움이 복받쳤다. 복직 후 서열이 달라진 팀 내에서 외따로 놀지 모른다는 불안감에다 아이로 인해 늘어난 생활비 때문에 택시비조차 아끼려 했던 비참함이 더해졌다. 우는 아이부터 달래려 해주가 가방에 든 장난감을 꺼낼 때였다.

"제가 좀 도와드릴까요?"

해주의 고개가 아름다운 발화자에게로 돌아갔다. 낯선 이의 도움이라니, 생각지도 못한 전개에 해주는 그만 긴장이 풀리고 말았다.

"제가 지금 허리가 아파서, 엘리베이터는 반대쪽에 있고요."

이십 대 중반이나 됐을까 싶은 남자는 빙긋 웃으며 유아차를 번쩍 들더니 거침없이 계단을 올랐다. 해주는 끙끙대는 소리를 삼키며 남자를 따라 계단을 올랐다. 남자는 유아차를 턱, 내려놓더니 승강장으로 내려가는 엘리베이터가 있는 쪽을 손으로 가리켰다. 어느새 아이의 울음도 그쳐있었다. 해주는 무심코 허리 숙여 인사했다. 허리에 통증이 느껴지지 않자 민망해진 해주는 눈치를 보며 천천히 허리를 폈다. 감사 인사를 하려고 했으나 남자는 이미 멀어진 뒤였다. 심사는 복잡했지만 세상엔 여전히 선의가 존재한다는 생각에 해주는 기분이 좋아졌다. 엘리베이터를 향해 가는 해주의 발걸음은 허리 통증 따윈 애초에 없었던 것처럼 가벼웠다.

지하철 역내의 엘리베이터는 유난히 느리게 움직였다. 노약자들의 속도를 배려한 엘리베이터는 문도 너무 천천히 여닫혔고 내려갔다 올라오기까지의 시간도 지나치게 길었다. 여유 있게 출발했는데도 예상치 못하게 시간이 자꾸 지연되고 있었다. 한참 기다려 도착한 엘리베이터의 문이 열리는 사이 해주 뒤쪽에서 와글대는 소리가 들려왔다. 엘리베이터 문이 활짝 열리자 해주는 유아차 손잡이를 잡은 손에 힘을 주었다. 그 순간 등산복을 입은 노인들이 해주의 양옆으로 갈라져 우르르 엘리베이터 안으로 들어갔다. 해주 한 몸이면 몰라도 엘리베이터엔 유아차가 들어설 자리는 없었다.

"젊은 게 계단으로 다닐 것이지."

엘리베이터에 탑승한 노인의 말에 다른 노인들이 다양한 방법으로 공감을 표했다.

"그게 아니라 허리가 아파서……."

말을 하다 말고 해주는 문득 왜 변명을 해야 하는지 의문이 들었다. 해주는 눈을 치켜떴다.

내가 아직 살아있을 때

"제가 먼저 줄 서있었거든요."

해주가 언성을 높이자 한 노인이 등산용 지팡이를 들어 올렸다.

"요즘 젊은 것들은 버르장머리가 없어."

엘리베이터 안의 모든 노인들이 고개를 끄덕이며 해주를 노려보았다. 등산용 지팡이가 무기로 느껴져 해주는 그만 입을 다물고 말았다. 그제야 엘리베이터 문이 닫히려고 동작을 했다. 해주는 재빨리 유아차 손잡이를 돌리며 엘리베이터 하강 버튼을 눌렀다. 닫히려던 엘리베이터 문이 잠시 멈춘 뒤 활짝 열렸다. 해주는 뛰듯이 유아차를 밀어 엘리베이터에서 멀어졌다. 한참 뒤에나 문이 닫힐 엘리베이터 안 노인들이 웅성거렸다. 마침 열차가 도착한다는 안내 방송이 나왔다. 노인들의 표정을 볼 수는 없었지만 해주는 노인들이 욕하는 소리만큼은 똑똑히 들을 수 있었다.

승강장으로 내려가는 계단 한쪽에는 에스컬레이터가 있었다. 그 앞에 붙어있는 "휠체어, 유아차 탑승 금지"라는 문구와 실제 탑승을 막기 위한 안전바가 해주 눈에는 유달리 야멸차 보였다. 해주는 주변을 둘러보았다. 아까의 청년처럼 선의를 가진 이는 눈에 띄지 않았다. 계단 다른 한쪽에 접혀있는 장애인 리프트에 시선이 갔지만 장애인 리프트 사고 뉴스가 떠올라 해주는 체머리를 흔들었다. 결국 해주는 유아차를 끌고 다시 엘리베이터 앞으로 갔다.

끼어들 틈 없이 밀고 들어가는 사람들 때문에 세 번을 기다려서야 해주에게 엘리베이터 탑승 기회가 돌아왔다. 늦을지도 모르겠다는 해주의 문자에 현정은, 회식이라 점심시간을 길게 허락받았다며 마음 편히 오라고 답변했다. 해주는 숨을 길게 내쉬었다. 아이와 단둘이 먼 외출을 하는 게 처음이었다. 아직은 상황에 따른 대비가 되어있지 않았지만 반복하면 익숙해질 일이었다. 그렇지 않다 해도 어쩔 수 없었다. 아이를 둘씩이나 데리고도 버스로 지하철로 잘만 다니던 다른 양육자들을 떠올리며 해주는 마음을 다잡았다.

열차에 오르자 내내 칭얼거리던 아이가 금세 잠에 빠져들었다. 해주는 그제야 한숨 돌리며 열차 내부를 둘러보았다. 장애인석엔 전동휠체어를 탄 장애인이 자리 잡고 있었다. 겨우 비어있는 한 자리는 임산부 배려석이었다. 아이가 차라리 뱃속에 들어있었다면 좋았겠다고 생각하며 해주는 휠체어 옆으로 가서 유아차를 세웠다. 난간을 붙잡고 서있던 중년 여성이 잠든 아이를 들여다보며 빙긋 웃었다.
"애가 몇 개월이우?"
"사 개월이에요."
"아직 어린데 웬만하면 아기띠 메고 나오지."
"제가 허리가 아파서……."
해주는 다시 입을 다물었다. 왜 자꾸 변명이 나오는지 모를 일이었다. 다음 역에서 사람이 몰려들어 오며 유아차가 구석으로 밀쳐졌다.
"사람들 불편하게 기어 나와서들 저 지랄인지."
아름답지 못한 발화자의 존재를 확인하기엔 사람이 너무 많았다.

내가 아직 살아있을 때

못 들은 척하려 고개를 반대쪽으로 돌린 해주는 장애인과 눈이 마주쳤다. 분노도 슬픔도 아닌, 무거운 달관의 눈빛에 해주 속에서 일던 불쾌함도 힘을 잃고 말았다.

도착역이 한 정거장 남았을 때는 열차 안의 사람들이 많이 빠져나간 상태였다. 해주가 미리 유아차의 방향을 돌리려는데 내내 서있던 전동휠체어가 움직이기 시작했다. 장애인과 도착지가 같다는 데에 해주는 이유 없이 반가운 마음이 들었다. 전동휠체어가 열릴 문 앞에 다다르고 나서 해주도 그 뒤로 줄을 섰다.

"이번 역은 열차와 승강장 사이가 넓습니다. 내리실 때……."

이전엔 흘려듣던 안내에 해주는 긴장이 됐다. 뒤통수만 보여서인지 휠체어에 탄 사람은 전혀 동요가 없어 보였다. 해주는 유아차를 쥔 손에 힘을 주고 심호흡을 했다. 드디어 문이 열렸고 전동휠체어가 먼저 움직였다.

지이이잉, 턱.

해주의 시선이 열차와 승강장 사이를 향했다. 승강장의 높이가 열차 바닥보다 오 센티, 아니 한 뼘은 높아 보였다. 건강한 성인이라면 신경도 쓰이지 않을 그 턱은 휠체어와 유아차에겐 계단이나 다름없었다. 급하게 주변을 둘러보았지만 안타까운 눈길 뿐 나서는 사람은 없었다. 여러 번의 시도 끝에 전동휠체어는 무사히 열차를 빠져나갔다. 안도의 한숨을 내쉬며 해주는 다시 유아차의 손잡이를 붙들었다.

그 순간 열차의 양쪽 문이 움직였다. 그 찰나의 순간, 해주의 머릿속에는 많은 생각이 스쳐갔다. 내릴 역을 지나치게 된다면 다시 한 정거장 되돌아와야 하고, 다음 정거장이 혹여 승강장이 분리되어 있어 엘리베이터를 타고 오르내려야 한다면 또다시 그 험난한 과정을……. 해주는 더 생각하지 않고 아직 열려있는 문을 향해 유아차를 들이밀었다. 열차의 문은 정확히 유아차의 한가운데에 꽂힌 채 멈췄다.

"위험합니다. 위험합니다. 유아차 뒤로 빼세요."

지하철 차장의 다급한 안내가 있은 후 딱 유아차를 뺄 수 있을 만큼 열차 문이 벌어졌다. 해주는 이를 악물고선 더 힘껏 유아차를 밀어 열차에서 빠져나왔다. 저 여자 미쳤나 봐. 애가 인질이네. 무슨 엄마가 저러냐. 해주 뒤에서 수군거리는 소리는 문이 닫힌 열차에 갇히고 말았다. 해주는 상처 난 턱을 쓰다듬으며 득의만만한 미소를 지었다. 이 모든 걸 지켜보고 있던 휠체어 위의 장애인이 피식, 웃더니 방향을 돌려 제 갈 길을 갔고 해주는 유유히 그 뒤를 따라갔다.

7. 온실 속의 잡초

　여느 때와 다름없는 저녁이었다. 퇴근한 남편은 소파에서 티브이를 보고 있었다. 현정은 소파에 앉은 남편을, 아니 남편이 앉아있는 소파를 보며 흐뭇하게 미소 지었다. 집에 있는 물건 중 가장 고급스러운 베이지색 양가죽 소파를 보면 현정은 절로 미소가 지어졌다.

　지역 커뮤니티를 통해 반품 가구만 전문으로 파는 매장을 알게 되었다. 작은 흠집이 있다는 이유로 가구의 가격은 시가의 절반 이하였다. 운송 때문에 남편을 부르니 술자리를 취소해야 한다며 짜증을 냈다. 매장 직원들은 싸게 산 만큼 화물트럭을 이용하라고 부추겼다. 얼마 되지 않는 거리에 비해 운송비용이 지나치게 높았다. 남편이 몰고 온 작은 SUV에 소파를 싣자 트렁크가 닫히지 않았다. 지켜보던 직원들은 고개를 내저었고 남편은 창피하다며 구시렁댔다. 현정은 차 뒷

자리에 앉아 소파를 붙들고 집까지 오면서 고급스러워질 거실 분위기만 생각했다. 막상 소파를 가장 알차게 사용하는 건 남편이었다.

현정은 옷도 갈아입지 않고 제 방에서 스마트폰을 보고 있던 아들을 불러냈다.

"엄마. 나 스마트폰 바꿔줘. 요즘 애들 다 아이폰 쓴단 말이야."

"엄마가 오늘 갈비 해놨어. 많이 먹어."

아들 말은 못 들은 척 현정은 티브이에 빠져있는 남편 곁으로 다가갔다. 티브이에서는 전업주부를 대상으로 한 재테크 프로그램이 방영 중이었다. 현정은 리모컨을 들어 전원 버튼을 눌렀다.

"밥 먹을 때 티브이 틀어놓지 않기로 했잖아."

남편은 끄응, 소리를 내며 일어섰다. 남편이 무슨 생각을 하는지, 무슨 말을 하고 싶은지 현정은 알고 있었다.

지난 주말, 같이 술을 먹던 남편이 갑자기 진지한 표정을 지었다.

"애도 컸는데 이제 당신도 할 일을 찾아봐야 하지 않겠어?"

전에도 남편은 동료의 아내가 방송 모니터 일을 한다는 말을 한 적이 있었다. 시험 봐서 들어가야 한다는 방송 모니터는 현정이 엄두를 낼 수 있는 일이 아니었다. 현정은 모른 척, 그렇구나, 대답하고 말았다. 남편은 현정이 아이를 갖기 전까지 사무실에서 잡무를 담당했다는 걸 기억하고 있었다. 현정은 웃음밖에 나오지 않았다. 전업주부로 산 지 자그마치 십오 년이었다. 젊은 구직자를 두고 나이 든 기혼여성을 채용

내가 아직 살아있을 때

할 리 없었다. 남편도 모르지는 않는지 한숨을 내쉬고 말았었다.

　식탁으로 가다 말고 현정은 이미 꺼진 티브이를 돌아보았다. 남편이 바라는 게 취업이나 부업 정도가 아니라 적극적인 재테크가 아닐까, 생각이 들었다. 현정은 부동산이나 경매에 관한 지식도 없었고 주식이나 펀드는 위험하다고들 했다. 자금도 없이 섣불리 덤벼들 일이 아니었다. 이십 년 장기대출로 집을 산 현정은 조금이라도 돈이 모이면 대출금을 상환했다. 빚을 최대한 빨리 갚는 게 가장 실리적이라고 믿었다.

　갈비를 뜯다 말고 아들이 입을 열었다.

　"갈비 남는 거 있어?"

　"넉넉하게 했지."

　"그럼 산이네 좀 갖다주면 안 돼? 개네 엄마 취직해서 산이 요즘 혼자 저녁 차려 먹는대."

　"아이고 안쓰러워라."

　"나는 부럽기만 하던데. 산이는 용돈도 많이 받고 학원도 비싼 데로 옮겼대. 맞다, 차도 바꿨댔어."

　남편이 현정을 흘깃거리며 입을 열었다.

　"산이 어머니는 무슨 일 하시는데?"

　"보험설계사."

　현정은 피식 웃었다. 겨우 안면이나 튼 사이에서도 부끄러운 줄 모르고 아쉬운 소리를 곧잘 하는 산이 엄마에게 딱 어울리는 직업이었다. 자존심 강하고 염치 차릴 줄 아는 현정으로서는 절대 할 수 없는 일이었다. 남 좋은 일 하고 싶은 생각도 없었다.

"갈비 내일도 먹어야 해. 우리 집은 뭐 생활비가 남아도는 줄 아니?"

"사람, 매정하기는."

남편은 현정을 보며 혀를 찼다. 현정은 생활비를 아끼기 위해 공산품은 대형마트에서, 신선식품은 시장에서 구매하느라 발품을 팔았다. 짬만 나면 중고 매매 사이트를 들여다봤고 조리법을 검색해 다양한 음식을 상에 올리는 거로 외식을 대신했다. 재활용품 내놓는 날이면 쓸 만한 물건을 집어오기 위해 쓰레기장 주변을 오래 어슬렁거렸다. 회비를 걷는 모임엔 나가지 않았고 사람을 만날 일이 있으면 집으로 불렀다. 이면지 한 장 버리지 않고 연습장과 메모장으로 만들어 썼다. 현정의 일상을 아는 사람들은 알뜰하다고도, 궁상스럽다고도 했다. 그 덕에 남에게 고개 숙일 일 없으니 현정은 충분히 만족스러웠다.

현정은 과일과 커피를 쟁반에 받쳐 소파로 들고 갔다. 집안일에 손가락 하나 까딱하지 않는 남편이 얄밉긴 했지만 소파를 보자 또다시 미소가 지어졌다. 남편은 홈쇼핑을 보고 있었다.

"저 옷, 당신한테 잘 어울리겠다. 세련되면서도 무난하네."

뱃살을 감춰주는 데다 날씬해 보이는 핏을 강조하는 블라우스와 와이드팬츠는 현정뿐 아니라 웬만한 사람이면 입기에 부담스럽지 않은 조합이었다. 문제는 가격이었다. 백화점보다, 인터넷 쇼핑몰보다 싸다고 쇼호스트가 호들갑을 떨었지만 이월상품이나 대형마트 매대에 있는 옷에 비하면 비쌌다.

"또, 또. 돈 생각부터 하지 말고 필요할 땐 좀 사."

적자가 나는지, 돈이 새나가는지 신경도 안 쓰면서 사는 남편의 한가한 소리에 현정은 짜증이 치밀었다.

"입고 싶은 거, 먹고 싶은 거, 마음대로 다 쓰고 살면 우리 집 살림 거덜 나는 거 순식간이야. 제발 속 좀 차려."

"이 답답한 사람아. 아끼기만 하면 될 것 같아? 당장 내년에 우리 아들 고등학교에 들어간다고. 당신이 마트 캐셔라도 하면 학원비는 벌 수 있을 거 아냐."

"나더러 캐셔를 하라고?"

현정의 목소리가 높아지자 방에서 나오던 아들이 도로 들어가 버렸다.

"되도 않는 것들이 캐셔한테 반말지거리해대는 거 못 봤어? 그런 것들한테 고객님, 고객님, 고개 숙이면서 그 푼돈을 벌라는 거야? 새파랗게 어린 상사들이 나이 든 캐셔한테 얼마나 함부로 구는지 몰라? 내가 그런 취급이나 받으려고 이렇게 열심히 산 거 같아? 나 자존심 강한 거 몰라? 애 고등학교 가면 내가 더 악착같이 살 거야. 더 알뜰하게, 더 지독하게. 내 무릎이 갈려나가도, 내 손마디가 바스러져도."

분에 치받은 현정을 황망한 표정으로 지켜보던 남편이 소파에 커피를 흘리고 말았다. 현정은 화장실로 달려가 손걸레와 세제를 들고 왔다. 쭈그려 앉은 자세로 소파의 커피 자국을 지우면서 현정은 끝없이 중얼거렸다.

"이렇게 살 거야. 우리 집 아닌 데서는 어디서도 무릎 꿇지 않을 거야. 고개도 숙이지 않을 거야. 감사하지 않은데 감사하다는 말도 안 할 거야……."

8. 끝나지 않는 사랑

취업준비로 바쁜 와중에도 은오는 해주와 만난 지 500일 기념일을 잊지 않고 있었다. 해주와 사귀게 된 날, 아니 해주를 처음 본 그날부터 은오에게는 모든 날이 기념일이었다. 500일 전, 술에 취해 주점이 즐비한 골목길에 혼자 쪼그리고 앉아있던 해주를 은오는 그냥 지나칠 수 없었다. 무슨 일이 있었는지, 동행은 없는지, 은오는 굳이 해주에게 묻지 않았다. 해주를 부축해 택시를 탔다. 은오의 얼굴을 확인한 해주는 그대로 은오에게 기대 잠들었다. 아는 얼굴이라 안심한 모양이었다. 은오는 슬며시 해주의 손을 잡았다. 해주는 손을 뿌리칠 정신조차 없어 보였다. 은오는 해주의 얼굴을 다른 한 손으로 돌린 후 키스를 했다. 룸미러로 은오와 해주를 흘금거리던 택시 기사를 떠올리자 은오에게선 웃음이 새어 나왔다.

"왜 이런 데서 보자고 해?"

약속 시간보다 30분이나 늦게 나타난 해주는 은오의 얼굴은 쳐다보지도 않고 메뉴판부터 훑어보았다. 해주가 기념일을 기억하는 사람은 아니었지만 화장기 없는 얼굴에 청바지와 티셔츠, 막 입는 점퍼 차림은 고급 레스토랑에 어울리지 않았다. 은오가 약속 장소를 미리 얘기해 줬는데도 해주는 아무 생각이 없어 보였다. 그렇다고 해서 해주를 부끄러워하거나 마음이 상하지는 않았다. 해주를 향한 은오의 지극한 사랑은 그 무엇으로도 흠집 하나 낼 수 없었다.

"오늘이 무슨 날인지 알아?"

해주가 눈을 들어 질문한 은오를 잠시 쳐다보더니 대답 없이 메뉴판으로 시선을 돌렸다. 해주는, 몰라, 이 한마디를 안 해주는 사람이었다. 그런 해주에게 섭섭한 마음이 전혀 없을 수는 없었다. 그럴 때마다 은오는 되새겼다. 해주를 갖기 위해 얼마나 오랫동안 지극히 공을 들였는지. 은오는 웃는 얼굴로 제일 비싼 코스 메뉴를 가리켰다.

"이거 먹자."

"취업했냐?"

"아니, 아직. 서류 전형 통과한 것도 있으니 곧 되겠지. 해주야 사실 오늘은……."

해주는 손을 들어 종업원을 부르더니 은오 몫으로는 코스 메뉴를, 자신의 몫으로는 파스타를 시켰다. 취업준비생인 자신의 처지를 배려한 거라고 생각하면서도 은오는 한숨이 새어 나왔다. 해주는 말 한마

내가 아직 살아있을 때

디 다정하게 하는 법이 없었고 은오의 의사를 존중해 준 적도 없었다. 은오가 제 뜻에 따라주지 않으면 해주는 그냥 집에 가버리거나 며칠씩 연락이 안 되기도 했다. 해주가 제멋대로인 줄 모르고 좋아했던 건 아니었다.

복학 후 도서관에서 해주를 처음 마주쳤을 때 은오는 꿈을 꾸는 줄 착각했다. 군대에서 꿈을 꿀 때마다 나타났던 여성이 눈앞에 있었다. 은오의 눈길을 의식한 듯 슬쩍 곁눈질하며 지나가는 해주에게서 은오는 눈을 떼지 못했다. 은오의 발길도 어느덧 해주를 따라가는데 천천히 걷던 해주가 갑자기 전력으로 달리기 시작했다. 수업 시간에 늦은 건 아니었는데 급한 일이 있는 모양이라고 생각하며 은오는 발길을 되돌렸다. 다음 날부터 은오는 도서관에서 해주를 찾아다니기 시작했다. 해주가 멨던 가방을 기억하고 있어 어렵지 않았다. 찾았다 싶으면 해주는 열람실을 바꿨고 또 찾았다 싶으면 해주의 가방이 바뀌어 있었다. 그래도 찾을 수 있었다. 해주가 좋아하는 필기구를, 음료수를, 색깔을, 즐겨 쓰는 향수까지 은오는 모두 알고 있었다. 해주의 전공과 학년은 진작 알아뒀기에 전공 강의실만 찾아가도 해주를 볼 수 있었다. 제멋대로인 해주는 수업에 빠지기도 했고 이상한 차림으로 학교를 오기도 했고 도서관에 아예 들르지 않기도 했다. 꿈에서 자유분방했던 여성은 현실에서는 제멋대로였다. 두어 달의 방학은 은오가 경험한 가장 끔찍한 시간이었다. 방학이 끝나면서 은오는 해주를 다시 볼 생각에 잔뜩 들떠있었다. 막상 해주의 전공과목 수업을 찾아다녀 보아도 해주가 보이지 않았다. 일주일을 넘기고 은오는 해주의 학과실에 문의 전화를 했다. 해주는 휴학을 했다고 했다. 이유를 물으니 누구냐는 질문이 돌아왔다. 친구라고 둘러댔지만 담당자는 알려줄 수 없다며 전화를 끊어버렸다.

해주가 다시 복학하기까지, 지옥 같았던 일 년여의 시간을 떠올리면 해주가 어떻게 굴어도 은오는 전혀 싫은 마음이 들지 않았다. 음식이 도착하자 은오는 스테이크를 크게 한 점 썰어서 해주 접시에 놓았다.

"너나 먹어."

해주는 스테이크를 은오 접시로 던지듯 되돌려주었다. 두 살 어린 해주는 단 한 번도 은오에게 존칭을 쓴 적이 없었다. 은오는 남들처럼 '오빠'라는 호칭을 해주에게서 듣고 싶었다. 해주에게 말했다가 욕을 얻어먹은 이후로 은오는 두 번 다시 말하지 않았다. 어차피 기회는 오게 마련이었다. 아무리 주변을 맴돌아도 눈길도 주지 않던 해주가 취해 은오에게 기댔던 것처럼. 그날의 키스에 대해서는 약간의 편집을 거쳐 해주에게 전했다. 해주는 제가 먼저 키스를 했다는 사실을 믿고 싶어 하지 않았다. 누가 먼저 했건 해주가 거부하지 않았던 게 사실이니 달라질 건 없었다. 그날 이후로 해주와 다시 키스할 기회를 잡지 못했지만 은오는 언제까지라도 기다릴 수 있었다.

"고기 말고 다른 거 줄까?"

역시 해주는 대답하지 않았다. 너는 나를 좋아하기는 하니. 사실 은오가 묻고 싶은 말이었다. 해주의 태도 때문만은 아니었다. 해주가 은오를 좋아해서가 아니라 다른 이유로 만나는 게 아닐까 의심스러울 때가 많았다.

"너는 나를 평생 좋아할 거라고 생각하지?"

이미 파스타가 말려있는 포크를 계속 빙빙 돌리며 해주가 질문했다. 너무 당연한 질문에 은오는 어이가 없었다. 해주는 비혼주의자였다. 해주를 사랑하는 은오로서는 그마저도 받아들였다. 평생 해주 곁에 있을 수 있다면 더한 것도 받아들일 수 있었다. 또 어떤 우연이 은오를 구원해 줄지 모를 일이었다. 해주가 취업에 실패한다거나, 취업을 하고서도 여성이라서 밀려난다거나, 직장을 다니는 일에 회의를 느낀다거나, 결혼하라는 집안의 압력을 이겨내지 못한다거나 하는 일들을 상상해 볼 수 있었다. 어떤 일이 일어나건 일어나지 않건 은오는 죽을 때까지 해주를 사랑할 작정이었다. 그렇게 대답하면 해주는 코웃음을 치거나 이죽거릴 게 분명했다. 해주가 원하는 대답을 내놓아야 했다. 해주의 기분을 망치는 순간 데이트가 중단될 수도 있기에 은오는 더욱 신중해졌다.

"내 마음이 변할까?"

"그걸 왜 나한테 물어!"

해주가 소리를 지르자 레스토랑 안의 모든 사람들이 두 사람을 쳐다봤다. 모멸감이 느껴질 때면 은오는 해주가 떠나는 상상을 했다. 해주가 학과 남자들과 웃으며 이야기하고 장난치는 장면도 떠올렸다. 몸이 부들부들 떨렸다.

"난 너 없이 못 살아. 알면서 그래."

은오의 대답에 해주 얼굴이 싸늘하게 굳었다. 모멸을 받은 김에 쐐기를 박아둬야 했다.

"네가 떠나면 난 죽어버릴 거야."

"그날, 내가 너한테 키스했다고 한 날. 그날 우리 집은 어떻게 알고 데려갔어?"

여태 해주는 자신이 정말 먼저 키스를 했냐는 질문밖에 하지 않았다. 은오는 잠시 생각했다.

"다이어리에서 봤어."

해주가 눈을 부릅떴다. 은오의 머릿속이 새하얘졌다. 해주가 알려줬다고 말했어야 했다.

"네가……, 네가 다이어리를 꺼내서 주소를 보여줬어."

"이미 알고 있었던 거 아니고?"

은오는 눈을 동그랗게 떴다. 목소리가 떨릴까 두려워 대체 무슨 소릴 하고 있느냐고 굳이 소리 내어 말하진 않았다. 해주 말대로 은오는 해주의 주소, 전화번호를 이미 알고 있었다. 해주가 복학했을 때 은오는 해주 몰래 다이어리를 뒤졌다. 다른 이유는 없었다. 휴학을 했을 때처럼 해주가 갑자기 사라져 버릴 경우를 대비하기 위해서였다. 해주가 학교에 나오지 않으면, 주말이 되면, 공휴일에도 은오는 해주 집 주변을 어슬렁거렸다. 친분이 없는 해주에게 전화를 하는 것보단 그편이 낫다고 여겼다. 해주가 취했던 그날 복잡한 아파트 단지 안에서 헤매지 않고 해주를 집까지 무사히 데려다준 건 그 덕이었다.

"왜 대답 안 해?"

아무리 제멋대로라 해도 해주는 은오에게 지나치게 함부로 굴었다. 사랑하는 관계에서는 더 사랑하는 사람이 약자였다. 알고 있었고 감당해야 한다고 생각하면서도 은오는 북받쳤다. 퇴로를 열어주지 않는 공격은 강자일수록 해서는 안 되는 짓이었다. 은오는 자신이 화낼 줄 아는 사람이라는 걸, 해주가 은오에게도 최소한의 예의를 지켜야 한다는 걸 알려줘야 한다고 마음먹었다. 평생을 같이해야 했기에 계속 당하고 살 수만은 없었다.

"해주 너, 자꾸 이렇게 굴 거면 끝내. 연락도 하지 마."

은오는 벌떡 일어서서 레스토랑을 나왔다. 은오가 해주에게 화를 낸 게 500일 만에 처음이었다. 앞으로는 해주가 그렇게 추궁하듯 곤란한 질문을 하지 못하도록 해야 했다.

겨우 그 정도로 가능할까, 생각이 든 순간 은오는 전철역으로 향하던 걸음을 급하게 되돌렸다. 잠시 감정이 앞서 판단이 흐려졌다는 걸 너무 늦게 깨달았다. 은오는 레스토랑 입구가 보이는 골목에 몸을 숨겼다. 레스토랑을 나오는 해주의 얼굴은 그 어느 때보다 편안해 보였다. 그제야 은오는 의심이 들었다. 혹시 해주는 은오가 화내도록 유도한 게 아닐까. 어쩌면 해주는 질문했던 일의 모든 진실을 알고 있는 게 아닐까. 해주가 은오를 만나면서 즐거운 내색을 한 적은 없었지만 이번처럼 계속해서 공격적으로 나온 적도 없었다. 해주는 다른 여자를 만나보라는 말도 서슴지 않았다. 술을 마시고선 은오에게 역겨운 스토커라고 소리를 지르기도 했다. 변덕이 심하고 감정적인 해주가 아무 말이나 한 거라고 여기고 말았던 모든 일들이 한꺼번에 떠올랐다. 은오는 해주의 뒤를 밟기 시작했다.

전철에서 해주를 놓치고 나서야 은오는 일이 크게 잘못되었다는 걸 깨달았다. 해주가 열차에 오르는 걸 보고 옆 칸에 탄 은오는 열차가 출발하고 나서야 해주가 열차 문이 닫히기 직전에 내렸다는 걸 알았다. 열차 안에 갇힌 채 스쳐 지나가는 은오를 해주가 멀뚱히 바라보고 있었다. 해주는 은오가 뒤를 밟고 있다는 걸 알고 있었다. 감쪽같이 은오를 속인 건 그것만이 아니었다. 해주 집은 한 달 전에 이사를 했고 이웃들은 해주네가 어디로 갔는지 아무도 몰랐다. 학교에서는 해주가 편입을 했다는 소문만 무성할 뿐 연락하는 친구조차 없었다. 취업준비로 바빠진 은오가 잠시 해주 집을 염탐하지 못하고 해주의 일정을 점검하지 못한 사이 일어난 일이었다. 은오는 언젠가 해주가 전공이 마음에 들지 않는다며 사회복지 쪽에 관심이 간다는 말을 했던 걸 기억해 냈다. 해주 정도면 서울 안의 대학으로 편입했을 가능성이 높았다. 은오는 다시 해주를 만나면 절대 화를 내지도, 결별을 선언하지도 않겠다고 다짐했다. 그러고 나서 은오는 서울에 있는 대학의 리스트를 만들고 사회복지 관련 학과가 있는지, 하나하나 검토하기 시작했다.

9. 밤길

　막차라고는 해도 지하철 도착역에서 현정과 같은 출구로 나가는 사람은 겨우 다섯 명이었다. 경제가 어려워 연말연시 분위기가 안 난다더니 사실인 모양이었다. 모임이 있었던 유흥가에도 손님이 꽉 찬 곳은 얼마 되지 않았다. 그 와중에 친구가 검색한 곳은 대기 줄까지 있었다. 친구는 양극화 현상 운운하며 목소리를 높였다. 앞에 줄 서있던 남자들이 현정네를 흘금거렸다. 아줌마들이 어쩌고 하는 소리가 들렸지만 현정은 모른 척했다. 술집 안에서도 옆 테이블에 앉게 된 그 남자들은 조심하는 기색도 없이 현정네를 빤히 쳐다보곤 했다. 친구가 불쾌한 기색을 드러냈으나 현정이 말렸다. 일 년에 한 번 있는 학창시절 친구들과의 연말 모임을 망치고 싶지 않았다.

　"신경 안 쓰면 그만이지."

여럿이 모이니 말하고 답하고 웃느라 숨 쉴 틈도 없었다.

"여편네들이 할 일이 없으니 저러고 다니지."

옆 테이블의 시선은 정확히 현정네를 향해있었다.

"뭐라고요?"

친구가 벌떡 일어섰다.

"목소리 좀 낮추라고요. 여기 전세 냈어요?"

술집에서 남자들과 시비 붙은 여자들이 크게 다쳤던 사건이 떠올랐다. 현정은 친구의 옷소매를 잡아당겼다. 현정이 사과를 했고 남자들은 헛기침을 했다.

"우리 할 얘기가 너무 많잖아."

현정의 말에 시간을 확인한 친구는 마지못해 고개를 끄덕였다. 술에 취해가는 사람들 대부분 목소리가 커져갔지만 현정네는 더 이상 목소리를 높여 떠들지 못했다. 옆 테이블 남자들이 칼빵을 맞네, 계단에서 밀어버리네, 하는 얘기가 현정네를 두고 한 말이 아니라는 걸 알고 있는데도 그랬다.

이미 마을버스는 끊긴 시간이었다. 너무 가까운 거리여서인지 택시가 잡히지 않았다. 역에서 집까지 다섯 정거장, 현정은 천천히 걸어가 보기로 했다. 걸으며 생각해 보니 여성인 현정이 오늘 겪은 일은 새삼스러울 것도 없었다. 전철에서 잠깐 조는 사이 옆에 있던 남자가 현정의 허벅지를 만졌고 취한 노인이 젊은 여자에게 자리를 양보하지 않는다며 거칠게 욕설을 내뱉었다. 현정이 직장을 다니던 젊은 시절에는 그보다 더했는데 외출을 자주 안 하니 잊고 있었다. 지금 중학생인 딸아이가 앞으로 살아갈 세상은 조금이라도 나아질까, 현정이 끝없는 상념에 젖어있을 때였다. 뒤에서 묵직한 발걸음 소리가 들려왔다. 대놓고 돌아보지는 못하고 곁눈질을 해봤지만 뒷사람 성별조차 가늠되지 않았다. 같은 방향이겠지, 생각하면서도 현정은 뒷사람이 남자가 아니길, 취객이 아니길 빌고 또 빌었다. 몇 걸음 가지 않아 뒤에서 거친 재채기 소리가 들렸다. 현정은 저도 모르게 뒤를 돌아보았다. 5미터쯤 뒤에 검은색 롱패딩으로 온몸을 싸맨 남자가 걸어오고 있었다. 남자의 키는 180센티는 되어 보였고 패딩에 달린 모자까지 뒤집어쓰고 있었다. 딱 영화에서 보던 범죄자의 모습이었다. 현정은 온몸에 한기가 돌고 뒷머리가 쭈뼛해졌다. 익숙한 길인데도 현정은 조급하게 주변을 둘러보았다. 다른 행인은 없었고 하필 학교 담벼락을 지나느라 상점조차 없었다. 현정의 걸음이 빨라졌다. 아무리 걸음을 재게 놀려도 키가 20센티나 차이 나는 남자와의 거리는 점점 좁혀지고 있었다. 이젠 남자가 헛기침하는 소리까지 들렸다. 현정이 화들짝 놀라자 참 내, 별, 하는 남자의 말소리까지 들려왔다. 현정이 흘린 식은땀이 팔목 아래로 흘러내렸다. 현정의 머릿속에 남자가 주머니칼을 꺼내 자신의 등에 꽂는 장면이 어른거렸다. 온몸이 덜덜 떨렸다. 마침 눈에 보인 24시간 편의점이 아니었다면 현정은 그 자리에 주저앉아 버렸을지도 몰랐다. 한적한 동네의 편의점 안에서 졸고 있던 점주가 번쩍 눈을 떴다.

"어서 오세요."

현정은 대답을 하는 둥 마는 둥 하며 바깥 동정을 살폈다. 남자는 편의점 안을 슬쩍 훑겨본 후 제 갈 길을 갔다.

"덩치 큰 남자 하나가 뒤에서 쫓아오는데 얼마나 무섭던지요."

안면이 있는 점주에게 상황을 설명하며 현정은 딱히 필요도 없는 물건 몇 가지를 골랐다.

"여자들은 정말 조심해야 돼요. 지난달에 저쪽 블록에서 술 취한 남자가 지나가는 여중생을 '묻지 마 폭행'을 해가지고 아주 동네가 시끄럽……."

"계산해 주세요."

현정도 알고 있는 사건이었다. 남자에게 칼 맞는 상상을 한 건 그 사건이 무의식중에 떠올라서였는지도 몰랐다. 여중생 말고도 행인이 있었지만 분노조절장애라고 주장하는 남자는 굳이 덩치가 작은 여중생을 골라 이유 없이 폭행을 했다고 알려졌다. 계산을 마친 점주는 남자가 멀리 갈 때까지 조금 더 기다렸다 나가라며 친절을 베풀었다. 현정은 고맙다고 인사하며 편의점 밖을 살펴보았다.

"여자들은 웬만하면 밤에 안 다니는 게 좋아요."

점주는 하품을 하며 말했다.

"남자들을 야간 통행금지 시키면 되지 왜 여자한테 나가지 말래요."

현정은 점주의 친절을 잊고 반박을 해버렸다. 점주는 황당한 표정을 지으며 민주국가가 어쩌고 통행의 자유 저쩌고 하며 횡설수설했다. 인상 붉히기 싫어 현정은 멋쩍은 웃음으로 대답을 대신했다.

아파트 단지에 도착해서야 현정은 안도의 숨을 내쉬었다. 뽀얀 입김이 아파트 단지를 집어삼킬 듯 뿜어져 나왔다. 단지 안에 들어선 현정은 갑자기 걸음을 멈추었다. 현정의 입김보다 더 뽀얀 담배 연기를 뿜어내고 있는 남자는 노랑 땡땡이 사각팬티에 짧은 패딩점퍼 차림이었다. 팬티 차림 남자도 추운지 발을 동동거리고 있었다. 여름이면 아파트 단지 안에 사각팬티 차림의 남자들이 드물지 않게 보였다. 사각팬티가 반바지로 보이리라 생각하는 건지 팬티 차림이 부끄럽지 않은 건지 모르지만 현정은 그런 남자들이 성폭행범처럼 보여 늘 눈살이 찌푸려졌다. 변태일지도 모르는 사각팬티 남자를 피해 먼 길로 돌아 집이 있는 동의 공동현관에 들어선 현정은 조금 웃었다. 이제 끝났다는 안도감 때문이었다.

"문이 닫힙니다."

엘리베이터 안내음에 현정은 후다닥 엘리베이터로 뛰어갔다.

"어서 타세요."

현정은 엘리베이터 앞에서 멈춘 채 남자를 봤다. 엘리베이터 안에서 열림 버튼을 누르는 남자 손에는 기다란 손잡이가 달린 망치가 들려있었다. 남자가 같은 동 주민인 건 분명했지만 현정은 다리가 움직여지지 않았다. 이대로 죽을 수도 있겠다고 현정이 생각했을 때였다. 남자가 멋쩍게 웃으며 기다란 망치를 번쩍 들어 흔들었다.

"아, 이거. 저희 베란다에……."

현정은 온 아파트에 들릴 만큼 비명을 지르며 공동현관 밖으로 도망쳤다.

10. 늪

    해주가 건물을 나서자 정차된 차에 기대고 있던 탐탐이 손을 흔들었다. 해주 곁에 있던 동료들이 환호했다. 유난스러운 환호가 부담스러우면서도 해주는 그들에게 탐탐을 보이는 게 싫지 않았다. 동정과 연민의 대상이었던 해주가 탐탐으로 인해 부러움의 대상이 되었다. 해주는 탐탐을 향해 천천히 걸었다. 빠르게 걷지만 않는다면 신체적 특징이 도드라지지는 않았다.

    "집에 간다고 했잖아요."

    "집까지 데려다주려고 왔지."

    해주도 예감하고 있었다. 탐탐이 연락 없이 회사 앞으로 찾아온 게 한두 번이 아니었다. 해주가 조수석에 앉자 탐탐이 차 문을 닫아줬다. 동시에 동료들의 환호도 사라졌다.

"의족은 빼지?"

해주는 운전석에 앉은 탐탐을 쳐다봤다.

"날이 덥잖아. 땀 안 차?"

해주는 콧방귀를 뀌며 에어컨을 틀었다. 탐탐이 바라는 대로 모두 해주지는 않을 생각이었다.

해주가 탐탐을 만나게 된 절단장애 커뮤니티 카페는 정보만 공유되는 곳이 아니었다. 절단장애인들이 살아가면서 겪은 온갖 종류의 고통에 대한 감정적 소통이 더 큰 비중을 차지했다. 절단장애는 후천적인 경우가 훨씬 많았다. 장애를 가지고 사는 걸 상상하지 못했던 사람들의 절망과 분노를 사실 해주는 느껴본 적이 없었다. 해주가 어릴 때 무슨 사고를 당했는지, 왜 무릎 아래를 절단까지 해야 했는지, 저마다 확신을 갖고 말하는 어른들마다 말이 달랐다. 어쨌거나 해주의 기억에는 없는 일이었다. 남들과 달라서 주목을 받았고 남들이 하는 걸 할 수 없었을지언정 삶의 방식을 재정비할 필요까지는 없었다. 머리카락이 너무 길면 감을 때 시간이 많이 걸리고 손톱이 너무 길면 자판 칠 때 오타가 자주 나는 것처럼 어릴 때부터 사용했던 의족은 해주에겐 익숙한 불편 정도였다. 해주의 한쪽 다리를 문제로 여기는 건 다리가 두 쪽 다 있는 사람들이었다. 탐탐을 만나기 전 해주는 누구에게도 고백을 받아보지 못했다. 학창시절 해주가 먼저 고백했을 때 상대는 황당해하면서 장애인이 어떻게 정상인에게 들이댈 수 있느냐며 해주를 비난했다. 장애인과 정상인으로 구분 지어진 세상에서 그 둘이 같은 취급을 받을 수 없다는 걸 알면서도 해주는 희망을 버리지 않았다. 해주에게 호기심을 드러내는 이는 적지 않았다. 어떻게 하다 절단을 하게 되었느냐, 환지통이 느껴지지 않느냐, 절단 부위 봉합은 매끄럽게 되었느냐, 집에서도 의족을 하고 있느냐······. 대답이 어렵지는 않았지만 지겹도록 반복되는 질문이었다. 호기심이 충족되면 대부분은 더 이상 해주에게 관심을 가지지 않았다. 해주 없는 자리에서는 해주에 관한 이야기를 간간이 하는 모양이었다. 주로 해주를 안쓰러워하는 내용이었다. 텔레마케터로 근근이 살아가고 있는 절단장애인인 해주에게 남자가 연민 이상의 감정을 가지기는 어려운 게 현실이라는, 뭐 그런 빤한 내용이었다. 그런 말을 했다는 사람도, 굳이 전해주는 사람도, 해주는 미워하지 않으려 애썼다. 해주는 언젠가 자신을 정말 사랑해 주는 남자가 나타나리라는 믿음을 잃어본 적이 없었다.

"내가 아리를 얼마나 사랑하는지 알지?"

해주의 원래 닉네임은 아리가 아니었다. 첫 만남에서 해주가 병아리 같다면서 탐탐이 닉네임을 바꾸도록 종용했다. 병아리처럼 귀엽고 사랑스럽다는데 거부할 이유가 없었다.

"그래도 연락 없이 불쑥 오는 건 싫어요."

탐탐은 헛기침을 했다.

내가 아직 살아있을 때

"기왕 이렇게 된 거 바람 좀 쐬고 갈까?"

해주는 대답하지 않았다. 침묵은 수긍으로 받아들여질 테지만 연이어 거부 의사를 드러내는 건 해주에게 쉬운 일이 아니었다. 탐탐이 운전을 하는 동안 해주는 스마트폰으로 절단장애인 커뮤니티 카페에 접속했다. 카페 회원 구성은 절단장애인을 포함해 공공기관 근무자나 절단장애인의 가족, 단순지지자 등 다양했다. 접속 중인 회원 중에 브로큰이 있었다. 브로큰은 오래전부터 자신이 절단장애인이라 밝힌 회원이었다. 최근 브로큰이 올린 글이 카페에서 큰 파장을 일으켰다. 브로큰 말에 따르면 카페 회원 중 절단장애 성애자가 다수 포함되어 있었다. 카페 회원들 사이에 만남이 이루어지는 경우가 종종 있었지만 문제가 불거진 건 처음이었다. 브로큰이 만난 남자는 가학적 성행위를 하려 들었다. 거부하는 브로큰에게 남자는 너 같은 장애인이 어디 가서 멀쩡한 남자를 만날 수 있겠느냐며 조롱까지 했다. 브로큰의 폭로에 이어 다른 회원들의 경험담이 속속들이 올라왔다. 절단장애 성애자에게 폭행을 당한 회원도, 강간을 당한 회원도 있었다. 절단장애인을 부족한 인간으로 취급하면서도 만남을 지속하고 싶어 하는 경우는 수도 없었다. 카페 내에서는 회원 자격에 차등을 두어야 한다는 목소리가 커졌다. 문제는 수백 명이나 되는 회원 중 진짜 절단장애인을 골라내는 일이었다. 카페지기에게 장애 인증을 하게 되면 개인정보 유출의 우려가 있었고 절단 부위 사진은 조작이 가능했다. 완전할 수 없다면 차라리 고발을 하는 편이 낫다는 결론이 나왔다. 해주는 탐탐을 고발하지 않았다. 탐탐 역시 불거진 문제에 관해 언급하지 않았다. 한갓진 공원 주차장에 차를 댄 탐탐은 조수석의 문을 열었다. 진한 꽃향기가 차 안으로 밀려들어 왔다.

"근처 산에 아카시아가 한창이더라고. 이 좋은 철을 그냥 지나갈 수는 없잖아."

해주는 차에서 내려 주변을 둘러보았다. 해는 이미 지평선 가까이 닿아있었지만 산 중턱에 희끗희끗하게 보이는 건 아카시아 꽃이 분명했다. 아카시아 향이, 초록보다 강한 흰색이 좋다고 생각한 것도 잠시 해주는 너무 진한 향에 머리가 아팠고 아카시아 꽃의 억센 활기에 진저리가 쳐졌다. 그렇다고 기대를 품고 해주를 바라보는 탐탐에게 솔직하게 말할 수는 없었다.

"좋네요."

탐탐은 환하게 웃었다.

해주가 처음 만났던 날의 탐탐도 당황스러울 만큼 내내 웃었다. 영화를 보며 팝콘을 먹을 때도, 휘핑크림을 얹은 라테를 마실 때도, 해주를 집으로 바래다줄 때까지 탐탐은 행복에 겨워 어쩔 줄 몰라 했다. 워낙 오랫동안 탐탐이 해주에게 공을 들이긴 했다. 해주가 카페에 사진을 올린 뒤부터였다. 해주가 올린 글에는 꼭 댓글을 달았고 쪽지로 커피나 케이크 등의 기프티콘을 선물하기도 했다. 해주는 탐탐의 관심이 걱정되었다. 올린 사진은 보정을 많이 해서 실제 모습과 많이 달랐기 때문이었다. 해주가 사실을 고백하자 탐탐은 요즘 세상에 보정 안 한 '셀카' 올리는 사람이 어디 있냐며 호탕하게 웃었다. 안심은 됐지만 해주는 탐탐을 만나는 게 아무래도 내키지 않았다. 어느 날 탐탐은 술 한잔했다며 긴 쪽지를 보내왔다.

저희 어머니는 팔목 하나가 없는 분이셨습니다. 그 불편한 몸으로도 저를 먹이고 입히는 일에 소홀했던 적이 없지요. 아버지는 술만 먹으면 어머니에게 병신이라고 부르며 폭행을 일삼았습니다. 견디다 못한 어머니는 자살을 하고 말았습니다. 저는 고등학교를 졸업한 후 지금까지 아버지를 외면하고 살고 있습니다. 어머니는 그냥 조금 불편한 사람이었는데 친척들, 동네 사람들 모두 어머니를 멸시했습니다. 저를 두고 먼저 가버린 어머니를 원망한 적도 있습니다. 하지만 이젠 알고 있습니다. 사랑받고 존중받았다면 어머니가 그런 극단적인 선택은 하지 않았을 겁니다. 세상이 변했다지만 해주 씨도 알게 모르게 상처가 많았으리라 생각합니다. 우리 서로 상처를 보듬어 주는 관계가 되면 어떨까요.

탐탐의 쪽지는 감동적이었다. 거짓말일 수도 있지만 해주는 탐탐의 마음을 믿기로 했다.

공원을 한 바퀴 돈 후 해주는 일부러 피곤한 기색을 내비쳤다. 탐탐은 해주의 어깨를 감싸 안고 주차장으로 향했다.

"요즘 많이 힘들어, 우리 아리?"

우리 아리. 두 번째 만남에서 성관계를 하기 직전에 탐탐이 해주를 그렇게 불렀다. 해주에게는 첫 성관계였다. 그것만으로도 해주는 긴장을 늦출 수 없었는데 탐탐의 행위는 해주의 예상을 뛰어넘었다. 절단 부위를 쓰다듬던 탐탐은 탐스러운 먹잇감이라도 되는 듯 핥기 시작했다. 해주는 어쩐지 불편했지만 영화에서의 성행위 장면을 떠올리며 참았다. 급기야 탐탐이 절단 부위에 자신의 성기를 비비자 해주는 종아리가 없는 다리를 뒤로 빼버렸다. 당황한 탐탐은 원래 섹스가 다 그런 거라며, 성감대도 다르고 자극이 되는 행위도 모두 다르다고 했다. 절단 부위에 대한 탐탐의 집착은 날이 갈수록 더해갔다. 운전을 하면서도, 카페에서도, 극장에서도 만지고 싶다고 해주에게 의족을 빼놓으라고 했다. 모텔에서 탐탐은 해주의 절단 부위를 자신의 항문에 넣으려다 실패한 적도 있었다. 한동안 해주가 피하자 탐탐은 해주의 집과 회사까지 찾아왔다. 해주에게 친구가 없다는 것도, 취미라고는 자수 정도라는 것도 탐탐은 모두 알고 있었다. 무턱대고 찾아오긴 했어도 탐탐은 해주를 위협하지는 않았다. 잠깐 얼굴만 보자고, 손만 잡자고, 절단 부위만 만지게 해달라고 했다. 그 간절한 표정에 해주는 탐탐의 부탁을 뿌리칠 수 없었다. 탐탐이 아니면 해주를 그토록 보고 싶어 할 사람은 없었다.

해주는 한숨을 길게 내쉰 뒤 대답했다.

"집에 가고 싶어요."

탐탐은 해주의 눈치를 보며 시동을 걸었다. 해주 집 앞에 도착할 때까지 두 사람 사이에서는 긴장과 침묵이 지속되었다. 그사이 해주는 카페에 다시 접속했고 브로큰이 새로 올린 글을 읽었다.

절단장애 성애자에게 절단장애인은 성적인 대상일 뿐이다. 절단 부위가 일으키는 성적 판타지 외에 그들의 흥미를 끄는 건 없다. 그들은 절단 부위만 있으면 어떤 사람도 상관없고, 절단 부위가 없으면 어떤 사람도 소용없다. 절단장애인은 성애자에게 도구를 제공하는 수단이다. 그들이 잠깐 다정하게 군다고 해서 정말 사랑한다고 생각하면 큰 착각이다. 절단장애 페티시를 가진 사람과 만나고 있다면 무조건 안전하게 이별해야 한다.

해주는 글을 읽고 또 읽었다. 시동을 끈 탐탐은 자리에 그대로 앉아 한숨을 내쉬었다.
"내가 아리의 절단 부위를 좋아하는 게 그렇게 이상한 일인가?"
해주는 잠시 생각했다. 탐탐은 해주의 절단 부위를 좋아하는 건지, 절단 부위가 있는 해주를 좋아하는 건지. 답을 내릴 수는 없었지만 어쨌거나 탐탐은 절단부위 성애자였다.
"요즘 카페를 보면 내가 나쁜 사람인 것만 같아."
브로큰의 글에서 '성적인 대상'이라는 문구가 해주의 머리에 맴돌았다. 사랑하는 사이에 성관계를 하는 건 문제가 아니었다. 작은 불편 정도는 서로의 관계를 위해 참아내는 게 당연했다. 해주가 치를 떨 만큼 탐탐이 불편하게 한 적도 없었다. 해주는 탐탐을 똑바로 쳐다봤다. 탐탐이 한 손을 뻗어 해주의 얼굴을 감싸며 키스를 했다. 물론 다른 한 손은 의족과 연결되어 있는 해주의 절단 부위를 더듬었다.

"우리 아리, 이제 그만 보내줘야 할 때인가."

탐탐은 키스를 하면서, 말을 하면서, 눈물까지 흘렸다. '안전하게 이별'이라는 문구를 해주는 억지로 머리에서 밀어냈다.

"탐탐, 날 버리지 말아요."

탐탐이 입술을 떼고선 해주를 봤다. 놀람과 기쁨과 안도가 한꺼번에 뒤섞인 표정이 된 탐탐은 입술만 달싹일 뿐 아무 말도 하지 못했다.

"약속 없이 회사나 집으로 찾아오지 않기. 그것만 지켜줘요."

그제야 탐탐은 고개를 주억거렸다. 해주가 조수석 문을 스스로 열려고 하자 탐탐이 기다리라며 서둘러 운전석을 빠져나갔다. 해주는 조수석 손잡이를 잡은 채 숨을 골랐다. 해주는 넘치도록 사랑받고 있었다. 그 충족감은 다른 무엇으로도 대체할 수 없었다. 해주는 아직 그 감정을 더 누리고 싶었다. 그게 잘못이라면 해주는 그냥 잘못하는 사람이고 싶었다. 탐탐이 문을 열어주자 해주는 환하게 웃으며 절단되지 않은 다리를 조수석 밖으로 내밀었다.

내가 아직 살아있을 때

11. 그녀들의 수다

출발에서 도착, 짐을 풀고 저녁을 먹을 때까지 와자지껄, 농담과 웃음이 그치지 않았다. 아이를 같은 유치원에 보낸 인연으로 이들 다섯은 가장 친한 친구가 되었다. 같은 유치원을 다닌 아이들은 같은 초등학교를 거쳐 같은 중학교에 들어갔다. 이들이 계속 친분을 유지할 수 있었던 건 그 이유가 가장 컸다. 각자 다른 친구가 있었지만 이들은 일상까지 공유하는 서로를 가장 편하게 생각했다. 아이들 학업에 필요한 정보부터 밑반찬에 속말까지 자주 나누었다. 다른 동네로 이사 가고 싶지 않을 정도였다. 아이들도 컸으니 여자들끼리만 1박으로 여행을 다녀오자고 의견을 모은 지 이 년 만에 결행을 했다. 평상시와 다르게 잔뜩 멋을 부린 다섯 사람은 숙소에서 각자 가져온 음식과 술로 배를 채웠다. 들뜬 기분이라선지 술도 잘 취하지 않아 이들은 결국 편의점에서 술을 더 사 왔다.

"술도 오르는데 우리 진실게임 할까?"

못 할 말 없는 사이라고 여겼는데도 모든 말을 다 할 수는 없었다. 이들은 게임의 룰을 다시 정했다. 각자 앞에 사만 원을 꺼내놓고서 여태까지 하지 못했던 이야기를 하나씩 하기로 했다. 공감하거나 충격받거나 웃으면 이야기한 사람에게 만 원씩 주기로 결정했다. A가 먼저 말을 시작했다.

"나 바람피운 적 있다."

다들 피식거리기만 했다.

"신혼 때였는데 걔는 내가 유부녀인 거 몰랐어. 두 살 연하였는데 애가 진짜 잘생기고 몸도 좋았어. 그런데 돈이 없는 애였어. 마땅한 직업도 없이 아르바이트를 전전하니 갑갑한 인생이었지. 근데 걔가 결혼을 하자는 거야. 어차피 내가 벌 때였으니 마음이 살짝 흔들리더라. 근데 딱 임신을 한 거라. 그래서 헤어졌지."

"별거 없네."

"우리 애, 아무래도 걔 애 같아. 알잖아 우리 남편 짜리몽땅한 거. 근데 우리 애는 길쭉길쭉, 클수록 걔를 닮아가. 조마조마했는데 남편은 애가 자기 할머니를 닮았대."

다들 말없이 만 원을 A 앞으로 밀었다. 옆에 있던 B가 말을 이어갔다.

"나 열두 살 때 친척한테 성폭행당했다. 그 새끼가 손가락으로……, 엄마한테 얘기했다가 나만 죽도록 맞았어. 처신을 어떻게 했길래 그러

내가 아직 살아있을 때

냐며. 열두 살짜리가 무슨 처신을 어떻게 했다고. 내가 그래서 친척들 결혼식이나 장례식에 안 가잖아."

다들 한숨을 내쉬었지만 B 앞에는 이만 원밖에 놓이지 않았다. C 가 이야기를 이어갔다.

"나 고등학교 중간에 그만두고 검정고시 본 거, 학교 다니기 싫어서 자퇴한 거 아니야. 학교에 잘사는 집 애가 있었는데 그렇게 나를 무시하고 애들 앞에서 망신 주고 그러는 거라. 그래서 죽기 직전까지 패버렸어. 반성문 쓰라길래 싫다고 했더니 퇴학시키더라고."

"야, 잘했다, 잘했어."

대답한 한 명만 C 앞에 만 원을 놓았다. D는 한참을 망설이다 입을 열었다.

"나 사실 일 년에 두세 번은 남편한테 맞고 살아."

모두 비명을 지르거나 화를 내거나 이혼을 종용하거나 했다.

"이혼 생각도 해봤지. 근데 나를 때린 후에는 남편이 싹싹 빌면서 집안일을 도맡아 하고 선물을 사다 주고 하는 거라. 매일 맞고 사는 것도 아닌데, 싶으니 참아지더라고."

"그래도 그건 아니지. 병원 진단받고 경찰에 신고라도 해야지."

"남편이 감옥이라도 가면 돈은 누가 벌어. 나는 애가 셋이잖아. 사진은 다 찍어놨어. 애들 크면 소송이라도 걸어서 이혼하려고. 언젠가는 내가 그 새끼 빈털터리로 만들어 버릴 거야."

잘 생각했다며 모두 만 원씩을 D 앞으로 밀었다. E는 말을 꺼내기 전 맥주를 벌컥벌컥 들이켰다.

"내 믿을 수 없는 과거를 이야기해 주지."

모두 기대에 찬 눈빛으로 E를 쳐다봤다. E는 입술을 비틀어 올리며 입을 열었다.

"남편을 사랑했다."

폭소가 터졌고 웃느라 바닥에 구르는 사람도 있었다. 웃음이 잦아들고 나서 숙연해진 모두는 E 앞에 모든 돈을 몰아주었다.

3부

1. 먼 거리 도박단

"산아! 산이, 이놈아!"

일흔이 넘은 해칠은 눈은 어두워졌을망정 청력과 목청은 젊은 사람 못지않았다. 집에 들어와 조용히 제 방으로 들어가려던 산은 낭패한 얼굴로 해칠에게 갔다. 해칠은 커다란 파란색 구형 스마트폰을 산에게 내밀었다.

"소리가 안 나와. 고장 난 거 아닌가 봐봐라."

산은 신경질적인 터치로 음소거 기능을 해제했다.

"조심해서 눌러라, 이놈아. 기스 난다."

얼마나 애지중지 다뤘는지 해칠의 스마트폰에는 흠집 하나 없었다.

해칠의 폴더폰이 모든 기능을 멈추자 준규는 해칠과 산을 데리고

내가 아직 살아있을 때

휴대폰 대리점에 갔다. 스마트폰을 받아들면서 해칠은 눈물을 질금거렸다. 건설노동자인 아들이 힘들게 번 돈이 아까워서였고 스마트폰을 사용할 수 있을지 자신이 없어서였다.

"네가 할아버지 스마트폰에 적응하시도록 도와드려라."

결제를 마친 준규는 서둘러 공사 현장으로 떠나버렸다. 어차피 산의 대답은 필요하지 않았다. 해칠이 앓는 소리라도 하면 모든 책임은 산에게 돌아오기 마련이었다. 산은 먼저 연락처부터 저장해 주었다. 전화 걸기와 받기는 해칠도 어렵지 않게 해냈다.

"요즘 동네 영감들 보니까 카톡이라는 걸 많이 쓰더라. 나도 좀 배워보자."

산은 눈앞이 캄캄했다. 자판 쓰기 어렵다고 문자메시지도 사용하지 않았던 해칠이었다.

"할아버지 연애해?"

"이런 썩을 놈이 할배한테 말하는 싸가지하고는. 나도 카톡방인가 뭔가 들어가 보고 싶어서 그런다."

산은 '카카오톡' 애플리케이션을 깔고 해칠에게 사용법을 알려주었다. 알려주고 또 알려주고, 보여주고 또 보여줘도 해칠은 이해하지 못했다. 답답해서 속이 터지려던 산에게 떠오른 건 대중교통을 이용하는 중에 온라인 고스톱에 빠져있는 중노년들이었다. 그들은 소리를 줄이지도 않았고 혼잣말로 욕까지 했지만 스마트폰 사용은 제법 능숙해 보였다. 산은 해칠의 스마트폰에 게임 애플리케이션을 설치했다.

그리고선 해칠 명의로 아이디를 만들고 사용법을 알려주었다. 해칠은 산이 고스톱 방에 접속해 주면 시간 가는 줄 모르고 빠져들었다. 스마트폰 사용법에 점점 익숙해진 해칠이 가장 어려워한 건 로그인이었다. 해칠은 영어 알파벳의 생김을 구분하지 못했다. 산은 종이에다 자판을 그리고 숫자를 써놓았다. 해칠은 그마저도 헷갈려 했다.

"나 없을 땐 그냥 전화만 해."

"이 썩을 놈아. 이게 얼마짜린데 전화하는 데만 쓰냐. 젊은 것들은 이걸로 별거 별거 다 한다며. 늙은이들이 호구냐?"

"그럼 대리점 가서 알려달라고 하든가. 나 공부해야 된단 말이야."

공부 핑계는 옹색하기는 했지만 즉각적인 효과가 있었다. 해칠은 며칠 후 행정복지센터의 스마트폰 강좌를 등록했다.

"산아, 짜장면 두 개 시켜라."

건넌방에서 해칠이 소리 질렀다.

"밥 없어?"

산도 소리를 질렀는데 해칠에게서는 답이 없었다. 원래도 해칠이 산에게 살뜰하게 밥을 해 먹이는 편은 아니었다. 동네 친구들하고 막걸리를 마시다 빈대떡이나 순대볶음 같은 걸 포장해 올 때가 더 많았다. 혼자 손주를 돌보는 해칠을 위한 술친구들의 배려였다. 그렇게 얻어 오지 못할 때는 김이나 햄으로 찬을 내놓아 산을 굶기지는 않았던 해칠이었다. 산이 해칠 방 앞으로 갔다.

"요즘 친구들 안 만나? 살림도 때려치웠어?"

"바빠서 그런다. 내가 스마트폰 배우랴, 영어 배우랴⋯⋯."

돋보기를 쓰고 있는 해칠은 스마트폰을 보느라 고개도 들지 않고 대꾸했다.

"아빠가 힘들게 벌어다 준 돈 한 푼도 허투루 쓰지 말라더니 짜장면 사 먹는 건 안 아까워?"

말하면서 산은 해칠의 스마트폰을 들여다봤다. 고스톱 방 채팅창에 욕설이 난무하고 있었다. 해칠이 불쌍한 표정으로 산을 쳐다봤다.

"할아버지, 이 새끼 왜 이래?"

"경로당 화투 친다고. 근데 엠창[11]이 뭐냐?"

"욕하는 거야. 왜 가만히 있어. 이제 글자 찍을 줄 알잖아."

"내가 느려서⋯⋯, 아니 근데 틀딱[12]이 노인들한테 하는 욕 맞지?"

해칠의 표정에는 서글픔이나 분노가 아닌, 젊은이들의 언어를 알아들었다는 뿌듯함이 서려있었다.

"내가 키배[13] 떠줄까?"

"키배는 또 뭐냐?"

산은 해칠의 스마트폰을 가져다 채팅창에 대거리하기 시작했다. 자판 치는 속도와 말투로 보아 상대는 해칠만큼은 아니어도 준규만큼

---

11 엠창: (속어) 패륜 욕설
12 틀딱: (속어) 노인 비하 욕설
13 키배: 키보드 배틀(Keyboard battle), 온라인상에서 상대방의 의견이나 생각을 존중하지 않은 채 서로를 자극하며 설전을 벌이는 현상

은 나이를 먹은 사람이었다. 산은 먼저 상대방의 욕설을 캡처한 후 알고 있는 온갖 패륜적인 욕설을 쏟아부었다. 신고하겠다는 상대방의 메시지엔 분노가 고스란히 담겨있었다. 산은 캡처한 채팅창을 몇 개 보여주고선 누가 불리한지 같이 신고해 보자며 이죽거렸다. 상대방이 게임을 종료했다는 알림이 떴다. 보고 있던 해칠이 킥킥대며 웃었다.

"근데 할아버지, 진짜로 요새 친구들 왜 안 만나? 싸웠어?"

산은 해칠에게 스마트폰을 건네며 물었다.

"친구는 개뿔. 나한테 술 사주던 호구들이지. 그놈들보단 이게 훨씬 낫더라. 시간 가는 줄도 모르고 공술에 몸 상할 일도 없고."

해칠은 스마트폰을 들어 보이며 환하게 웃었다.

라면을 끓여 먹고 나란히 누운 해칠과 산은 비장한 눈빛을 주고받았다. 산은 자신의 스마트폰에 해칠과 같은 게임 앱을 설치했다. 산의 제안이 기특해서 벙긋벙긋 웃고 있는 해칠은 산이 준규의 주민번호를 입력하는 걸 모른 척했다. 두 사람이 대기하고 있는 고스톱 방에 드디어 제물이 들어왔다. 나란히 누워 서로 패를 확인해 가며 고스톱을 치는 두 사람은 제물의 게임머니를 손쉽게 벌어들였다. 제물이 나가면 다른 제물이 들어왔다. 그렇게 탈탈 털리고 방을 나가면서 두 사람에게 욕을 하는 이도 있었으나 해칠은 조금도 불쾌한 기색이 아니었다. 산이 혼잣말로 욕을 하자 말리기까지 했다. 두 사람은 등급이 두 단계나 올라가고서야 게임을 멈추었다. 해칠은 눈이 침침하다며

내가 아직 살아있을 때

눈을 끔벅거렸다.

"산아. 우리 이러는 거 사기도박 아니냐?"

"참 내. 이깟 게임머니."

"그러네. 진짜 돈도 아니고."

해칠이 껄껄 웃었다. 게임머니가 어떻게 불법적으로 현금화되는지 산은 절대로 해칠에게 얘기해 주지 않을 생각이었다.

"근데 온라인이라는 게 무슨 뜻이냐. 온라인 친구라는 말도 있던데."

산은 잠시 생각에 빠졌다. 당연하게 쓰는 말인데도, 어쩌면 당연하게 쓰는 말이어서 설명하기가 난감했다.

"혹시 먼 거리라는 뜻인가? 내가 틀딱이라는 말도 감으로 딱 알았잖냐. 맞지, 먼 거리?"

산은 고개를 끄덕였다. 정확한 뜻은 아니었으나 제대로 알려줄 자신이 없었다.

"그래. 먼 거리에 있으니 친구라도 얼굴 보는 건 쉽지 않겠지. 대낮에 툭하면 고스톱 방에 들어오는 할매가 하나 있는데 우리 온라인 친구 먹기로 했다. 내가 아이디도……."

해칠은 수첩을 꺼내려다 얼굴이 벌게져서는 도로 집어넣었다.

"할아버지, 씨버러버가 뭔지 알아?"

"건 또 무슨 욕이냐."

산은 'Cyberlover'를 웃기게 발음하는 인터넷의 문화와 온라인상에서는 직접 만나지 않고도 연애를 할 수 있다는 사실을 설명하고 각종 이모지 사용법과 아이템 선물하는 법을 해칠에게 알려줬다. 먼 거리 연애가 오히려 더 오래 지속될 수 있다며 산이 해칠에게 파이팅을 외쳤다. 해칠의 눈이 별빛처럼, 아무리 멀리 있어도 지구 어디서나 볼 수 있는 북극성처럼, 아니 최고의 패를 든 도박꾼처럼 빛났다.

2. 파오후 쿰척쿰척

은오가 면접 대기실에 들어서자 목소리와 차림새를 가다듬던 면접 대기자들이 동시에, 모두, 은오를 쳐다봤다. 경쟁자를 의식한 조심스러운 시선은 아니었다. 그들은 당황한 눈빛으로 은오의 위아래를 훑거나 입술을 비틀며 웃거나 콧방귀를 뀌거나 했다. 은오는 무심한 표정으로 빈자리를 찾아갔다. 마음이 급해 서둘렀던 걸음을 멈추자 숨이 한꺼번에 쏟아졌다. 은오는 입술을 동그랗게 말고서는 들숨 날숨을 조절했다.

"진짜?"

"잘 들어봐."

나지막한 대화가 면접 대기실 바닥에 깔렸다. 면접 대기실에서의 대화가 흔한 일은 아니었다. 지금 몇 번 들어갔습니까, 지각자의 다급한

질문이나, ○○번 대기하세요, 들어오세요, 인솔자의 기계적인 지시 정
도였다. 드물게 정보를 공유하는 이들이 동시에 서류에 통과되는 일
이 있긴 했다. 햇수로 취업준비생 삼 년 차인 은오도 아는 사이로 보
이는 이들이 나란히 면접에 들어가는 걸 본 적이 있었지만 긴장감이
흐르는 면접 대기실에서 사담이 이어지는 건 좀처럼 드문 일이었다.

"정말이네. 파오후, 파오후, 하네."

몇몇에게서 웃음이 터져 나왔다. 웃지 않은 몇몇은 궁금한 표정을
숨기지 못했다. 은오는 품에 넣어두었던 유통업체 관련 자료를 꺼냈
다. 지원하는 회사의 전망을 예측하려면 업계 전반에 대한 지식은 기
본이었다. 은오 옆에 앉은 사람이 은오가 들고 있는 자료를 흘금거렸
다. 은오는 자료를 다시 품에 넣으며 화장실을 찾아 들어갔다. 화장실
거울 앞에 은오는 한참을 서있었다. 거울 면을 모두 채울 것처럼 비대
한 몸뚱이에 낡고 펑퍼짐한 재킷과 한없이 늘어나 있는 고무줄 바지,
은오는 절로 인상이 찌푸려졌다. 잘 갖춰 입기라도 했더라면. 접어지
지 않는 아쉬움에 은오는 쓴 입맛을 다셨다.

마음에 드는 옷을 보고 옷 가게에 들어서자마자, 손님 사이즈 없어
요, 라던 종업원의 말을 들은 후부터 은오는 인터넷 쇼핑몰에서만 옷
을 샀다. 일반 쇼핑몰에는 은오에게 맞는 사이즈가 없어 빅 사이즈 전
문몰을 이용했다. 큰 사이즈 옷은 보통 사이즈 옷에 비해 지나치게
가격이 높았다. 백번 양보해 천값이라 쳐도 모든 옷이 포대마냥 펑퍼

짐한 모양새여서 아무리 뒤져도 마음에 드는 걸 고를 수 없었다. 살찐 사람은 디자인 감각조차 없거나, 디자인은 바라지도 말아야 할 사람으로 취급받았다. 그에 은오가 짜증을 부리면 가족들은 살이나 빼라며 비웃었다. 면접을 보려면 정장이 필요했지만 인터넷 쇼핑몰에서는 적당한 걸 구할 수 없었다. 맞춤 정장은 아무리 저렴해도 싼 기성복의 서너 배가 넘는 가격이었다. 부모에게 도움을 청하려니 염치도 없었고 뚱뚱해서 옷 하나 쉽게 못 산다는 잔소리가 이어질 터라 은오는 마음을 접어버렸다.

면접을 많이 봤어도 면접 대기 시간은 항상 긴장되었다. 어쩌면 면접을 많이 봐서, 즉 입사에 실패를 많이 해서 더 긴장되는지도 몰랐다. 면접 대기실로 돌아온 은오는 입이 말라 구석에 있는 정수기로 다가갔다.

"잘 들어봐."

"오케이."

아까 들렸던 목소리였다. 은오가 돌아보자 두 사람은 당황하며 호기심 어린 시선을 거두었다. 은오는 여전히 무표정한 얼굴로 흰 종이컵에 가득 담긴 물을 목구멍으로 넘겼다. 은오 뒤에서 또다시 웃음이 터졌다. 쿰척쿰척. 웃음 속에 묻힌 그 단어가 은오 귀에 꽂혔다. 은오는 다시 뒤를 돌아보았다.

"쿰척쿰척이 뭐예요?"

닮아 보이기까지 한 두 사람은 서로 시선을 교환하며 곤란한 표정을 지었다. 은오는 다시 컵에 물을 따라 마셨다. 목울대로 물이 넘어가는 순간 은오는 깨달았다. 쿰척쿰척. 물 먹는 소리였다. 은오는 재빨리 파오후를 검색했다. 살찐 사람이 숨 쉬는 소리를 조롱하는 신조어였다. 은오는 컵을 수거함에 넣고 자리로 돌아왔다.

준비하고 기다린 시간에 비하면 면접 시간은 지극히 짧았다. 다른 면접자에겐 묻지 않았던 몸무게 질문에 은오는, 면접관님보다 조금, 아주 조금 더 나갑니다, 라며 너스레를 떨었다. 면접장에 웃음이 흘렀다. 면접에서 몸무게 질문을 받은 게 한두 번이 아니었다. 처음 몸무게 질문을 받았을 때 은오는 그런 질문이 왜 필요하냐며 정색했다. 당시 면접관은 덩치도 큰 사람이 왜 이렇게 예민하냐며 오히려 은오를 타박했다. 굳이 뚱뚱하다는 표현을 피해준 면접관에게 고마운 마음이 들어 은오는 사과를 하고 말았다. 덩치가 크면 속이 넓다고 생각하는 사람이 적지 않았다. 오해는 싫지만 은오는 살찐 몸이 모든 면에서 불리한 건 아니라고 애써 긍정적으로 받아들였다. 그다음부터 은오는 유머로 질문을 넘겼다. 예민해 보이지 않도록, 사람 좋아 보이도록. 면접관은 이어 지원 동기와 회사의 역사, 업계 전망에 대해 질문했다. 막힘없이 대답하는 은오 옆에 있던 지원자가 마른침을 삼켰다.

"이런 인재가 왜 여태 취업을 못 했을까."

혼잣말인 듯 중얼거린 면접관에게 은오는 뭐라 대답해야 할지 난감

내가 아직 살아있을 때

했다. 뚱뚱해서라고 대답할 수는 없었다.

"외모가 중요한 건 아닌데 말이죠."

면접관이 덧붙인 말에 옆에 있던 다른 면접관이 고개를 주억거렸다. 대놓고 외모를 폄하하는 면접관들에게 기분이 상하지는 않았다. 취업에는 긍정적인 신호일 수 있었다.

"맞는 말씀입니다. 저는 보기와 다르게 몸이 날래고 기민합니다. 사람들과 어울리는 것도 좋아하고 워낙 단련이 되어있어 어지간한 놀림에는 끄떡도 안 합니다. 구성원들과 불필요한 마찰을 일으키지 않을 자신이 있습니다. 저에 대한 편견을 거두신다면 이 회사에 꼭 필요한 재목이 되겠습니다."

면접관은 웃음기를 거두고 은오를 쳐다봤다.

"그래도 몸 관리는 좀 해야 하지 않을까요? 회사는 건강한 인재를 좋아합니다."

저 건강합니다, 말하는 은오의 목소리가 기어들어 갔다. 은오는 혈압이 높은 편이었고 고지혈증도 있었다. 이십 대 후반인 나이를 생각하면 결코 건강하다고 할 수는 없었다. 면접을 통과하면 신체검사를 겸한 건강검진이 기다리고 있다는 걸 은오도 모르지 않았다. 면접을 먼저 통과해야 다시 떨어질 기회라도 잡을 수 있었다.

"김은오 씨. 너무 완벽할까 봐 살 안 빼는 거예요?"

크게 웃긴 말도 아니었는데 면접관의 말에 사람들이 웃음을 참느라 콧구멍을 벌름거리고, 곤란해서 벌게진 얼굴을 비비고, 결국에는 낄낄거렸다.

"그럴 리가 있겠습니까."

은오는 흐르는 땀을 소매로 닦아냈고 면접관은 그런 은오를 보며 혀를 찼다. 그렇게 면접을 마무리할 수는 없었다. 은오는 면접장에서 나오다 말고 뒤를 돌았다.

"뽑아주시면 덩칫값 하겠습니다."

은오는 뱃살의 저항을 짓누르며 깊게 허리를 숙였다.

엘리베이터 앞은 점심을 먹으러 나가려는 직장인들로 북적였다. 아침을 먹지 않은 데다 긴장이 풀린 탓인지 은오는 현기증을 느꼈다. 은오의 몸이 휘청거리자 같이 면접을 보고 나온 남자가 은오의 팔을 붙들었다. 은오는 괜찮다며 팔을 내저었다. 남자는 자기 가방을 뒤적이더니 빨간색 마카롱 하나를 은오에게 내밀었다.

"이걸 왜……."

"혹시 당 떨어지신 건가 해서요."

은오는 가만히 마카롱을 쳐다보았다. 은오가 아프다고 하면, 피곤하다고 하면, 기분이 안 좋다고 하면 가족들은, 친구들은, 은오와 가깝다고 생각하는 이들은 모두 배고픈 거 아니냐고 물었다. 그 정도도 구분 못 하는 줄 아느냐, 은오가 정색하면 살찌지 않은 사람도 배고픈 것과 컨디션이 안 좋은 걸 잘 구분 못 한다며 은오의 과민반응을 불쾌해했다. 은오는 마카롱을 내민 남자와 이 회사에 동시 합격할 확

률을 가늠해 보았다. 동시 합격이 아니더라도 언제 어느 면접 대기실에서 또 마주칠지 몰랐다. 예민해 보이지 않게, 사람 좋아 보이게, 은오는 웃으며 손을 내밀었다. 마카롱을 건넨 후 바로 눈을 돌려버린 남자는 은오의 묵례를 보지 못했다. 엘리베이터가 도착했다. 허기진 사람의 입속에 들어가는 음식처럼 사람들이 엘리베이터 속으로 빨려 들어갔다. 빈자리가 보여 은오는 재빨리 엘리베이터에 발을 디뎠다. 같이 면접을 본 두 사람도 은오를 뒤따라 엘리베이터에 올랐다.

삐-

인원초과 경고음이 날카롭고 잔인하게 울렸다. 은오와 은오 뒤에 탄 두 사람은 서로 눈치를 봤다.

"아 거, 마지막에 탄 사람 좀 내려요."

엘리베이터 안에서 구겨진 외침이 들려왔다. 은오에게 마카롱을 줬던 남자가 내렸지만 경고음은 계속되었다. 또 다른 면접자가 내리려던 순간이었다.

"한 사람이 내리면 저 두 사람 탈 수 있겠구만."

누군가의 말에 모두의 시선이 은오에게로 향했다. 은오는 구원을 바라는 눈빛으로 마주 선 마카롱 남자를 쳐다봤다. 남자는 은오의 시선을 피하며 엘리베이터에 도로 올라탔다. 비난 서린 수많은 눈빛이 은오의 뒤통수에 꽂혔다. 은오는 숨을 한 번 크게 들이마셨다가 내뱉으면서 제 무게를 한껏 실은 두 팔로 앞에 선 두 남자의 등을 떠밀었다.

"파오후!"

은오의 숨소리가 말소리처럼 퍼져나가며 은오의 반만 한 두 남자는 속절없이 엘리베이터에서 떠밀려 나갔다. 은오는 닫히는 엘리베이터 문에 비친 제 모습을 보며 환하게 웃었다. 예민해 보이지 않게, 사람 좋아 보이게.

3. 지켜보고 있다

지켜보고 있다.

3일째 같은 메시지가 왔다. 알 수 없는 사용자에게서였다. 은은 재빨리 스마트폰을 책상 서랍에 집어넣었다. 야간자율학습 담당 교사의 머리가 복도를 스쳐 지나가고 있었다.

하굣길에 은은 시후를 붙잡았다.

"얘기 좀 해."

"아 씨, 뭐 또."

시후의 반응에 은의 얼굴이 붉어졌다.

"너네들, 작작 좀 해라."

지나가던 짱이 은의 몸을 위아래로 훑으며 낄낄거렸다. 학교에 은과 시후가 사귀는 걸 모르는 사람은 없었다. 놀림조차 새삼스러워 은은 짱을 봤다. 짱은 검지와 중지로 은의 눈을 찌르는 시늉을 했다. 시후가 은의 팔을 잡아당기자 짱은 다시 낄낄거리며 제 갈 길을 갔다. 그 뒤로 고개를 푹 숙인 왕따가 지나갔다.

편의점에서 컵라면이 익기를 기다리면서도 시후는 계속 은의 눈을 피했다.

"오늘 또 왔어."

은은 스마트폰을 내밀었다. 메시지를 본 시후는 한숨을 내쉬었다. 시후라고 어쩔 도리가 있을 리 없었다. 알고 있지만 피하려고만 드는 시후의 태도에 은은 점점 화가 났다.

"네가 사진만 달라고 안 했어도……."

"시발, 어쩌라고. 미안하다고 했잖아."

시후는 컵라면을 그대로 둔 채 편의점을 나가버렸다. 은은 컵라면 뚜껑을 열었다. 라면이 먹고 싶은 건 아니었다. 라면을 먹는 동안 감정이 가라앉길 바랐다.

사진이 유출되었다는 사실을 알았을 때 은은 눈물조차 나오지 않았다. 시후를 원망하는 마음과 멍청한 짓을 했다는 자책이 뒤섞여 혼란스럽기만 했다. 사진을 요구할 때 간절했던 시후의 표정이 떠오르자 은은 머리를 쥐어뜯고 싶었다.

"평생 너의 노예가 될게. 딱 한 번만."

시후는 들어 올린 검지를 은의 얼굴에 들이밀며 속옷을 보여달라고 졸랐다. 서양에서 열여덟 살이면 성교도 자연스럽게 받아들일 나이였다. 서양까지 들먹이지 않아도 누가 누구랑 잤다는 소문은 학교에 종종 돌았다. 시후가 한발 물러선 요구를 했다는 걸 은도 알고 있었다. 은은 성인이 되기 전에 남자와 잠자리를 하고 싶지 않았다.

"계속 조르면 너랑 끝낼 거야."

시후가 간절한 만큼 은은 단호했다. 시후와의 키스는 좋았지만 은은 괜히 키스를 했다는 생각을 지울 수 없었다. 남자애들 사이에서 여자친구와 '진도를 나가는' 게 자랑거리가 되기 일쑤였다.

"내가 너 얼마나 사랑하는지 몰라? 나 못 믿어?"

시후는 울먹이기까지 했다. 그래도 은은 고개를 내저었다.

"야, 남자가 내 여자 몸을 보고 싶어 하는 건 건강하다는 뜻이야."

"아 진짜, 그만 좀 해."

은은 말하며 시후의 팔을 주먹으로 쳤다. 시후는 장난스러운 웃음소리를 냈다. 은의 마음이 흔들리기 시작했다는 걸 알아챘다는 뜻이었다.

"그럼 사진으로라도."

시후는 심한 콧소리를 내며 아양을 떨었다. 은은 잠깐 고민하다 다시 체머리를 흔들었다. 시후가 은에게 바짝 다가섰다.

"얼굴 빼고 딱 몸만 찍으면, 혹시 문제가 생겨도, 나 말고는 아무도 너인 줄 모를 거 아냐."

"아, 진짜 더럽게 밝혀."

"무슨 소리. 내가 야동도 안 보는 사람인데. 나는 은, 너만 밝힌다."

은에게서 웃음이 터져 나왔다.

그 사진이 어떻게 새어나갔는지 시후는 모르겠다는 말뿐이었다. 배가 부르자 울컥했던 감정은 어느새 사라지고 머리가 맑아졌다. 은은 시후가 의심스러웠다. 화를 내고 편의점을 나간 시후는 전화도 받지 않았다. 시후가 무슨 일을 저질렀거나 알고 있는 게 틀림없었다. 은은 억울했다. 속옷 차림 사진을 찍어 시후에게 넘겨준 건 제 책임이라 쳐도 그 사진이 왕따 얼굴과 합쳐져 유포된 건 제 잘못이 아니었다.

왕따는 그 사진이 합성이라고 주장했다. 왕따 말이라면 무시하고 보는 아이들은 휘파람을 불거나 야유하며 왕따를 조롱했다. 초조해진 은은 교실의 소란을 그대로 보고 있을 수가 없어 자리에서 벌떡 일어섰다.

"얘 얼굴로 장난칠 만큼 얘한테 관심 있는 애가 있을까?"

은의 말에 주변에 있던 아이들이 깔깔대며 웃었다.

"합성 같기도 한데 뭘."

짱이 끼어들자 웃음은 삽시간에 잦아들었다. 짱의 말에 함부로 토달 용자는 없었다. 옆에 있던 시후는 떨고 있는 은의 손을 꼭 잡아주었다. 시후의 손을 뿌리친 은은 왕따에게 다가갔다.

"학교 밖에서 뭔 짓을 하고 다니는 거야?"

은은 일부러 짱을 돌아보지 않았다.

"너 이러고 다니는 거, 부모님은 알고 계시니?"

앞뒤 말이 같건 다르건, 적당히 멈춰서는 안 된다는 생각뿐이었다.
아이들은 점점 호들갑스럽게 웃어댔다.

"네 몸을 그렇게 보여주고 싶었어? 그럼 여기서 한번 벗어봐."

은은 왕따의 교복 셔츠로 손을 뻗었다.

"작작해라."

은은 멈칫했다. 돌아볼 필요도 없이 짱이었다. 왕따는 울면서 교실
을 뛰쳐나갔다. 왕따를 향해있던 은의 분노와 공격성은 방향을 잃고
말았다. 은은 짱을 향해 돌아섰다.

"왕따는 네가 주도해 놓고 이제 와서 왜 왕따 편을 들지? 사진 보
고 반하기라도 한 거야?"

"죽고 싶냐."

협박조로 말하면서도 짱은 실실 웃고 있었다. 어느새 다가온 시후가
은의 양 팔을 붙들지 않았다면 일이 더 커졌을지도 몰랐다.

편의점을 나선 은은 시후에게 메시지를 보냈다. 모든 게 너 때문이
라고, 왜 나만 고통받아야 하느냐고. 시후는 메시지를 읽지 않았고 당
연히 답도 없었다. 은과 시후 말고 몸 사진의 주인을 아는 사람이 있
는 건 분명했다. 시후 실력으로 그렇게 교묘한 사진 합성이 가능할 리
없었다. 근래에 자꾸 자신의 몸을 훑는 짱의 눈길이 떠오르자 은은

더 이상 막연한 불안에 떨고 싶지 않았다.

　짱한테 물어볼 거야. 네가 유출한 게 맞는지, 아닌지.

　은이 문자메시지를 보내자마자 시후에게 전화가 왔다.
　"사실을 밝혀서 너한테 좋을 게 뭐가 있어. 짱도 입 다물기로 약속
했어. 그 새끼가 나를 고자 취급하는 바람에 어쩔 수가 없었단 말이
야. 넌 그냥 가만히 있어. 가만히만 있으면 왕따가 다 뒤집어쓸 텐데
왜 자꾸 나대냐."
　"걔는 무슨 죄로 이런 일을 뒤집어쓰는데?"
　"네가 할 말은 아니잖아."
　"이 개자식아!"
　전화를 끊은 은은 섬뜩한 기운에 뒤를 돌아보았다. 멀리서 걸어오
는 남자애는 아무래도 짱 같았다. 짱이든 아니든, 그 누구든 대면하
고 싶지 않아 은은 막 출발하려는 마을버스를 서둘러 잡아탔다.
　돌아가는 노선이긴 하지만 은의 집을 거쳐가는 버스였다. 원래 타
는 버스를 놓친 은이 기다리기 싫어 몇 번 탄 적이 있으니 확인할 필
요도 없었다. 그 버스에 왕따가 타고 있었다. 은은 왕따가 아이들을
피해 반대 방향으로 몇 정거장 걸어가서 탔으리라 짐작했다. 버스 창
문에 머리를 붙인 채 눈을 감고 있는 왕따 손엔 스마트폰이 들려있었
다. 은은 모른 척 왕따 뒷자리에 앉았다. 밤을 배경으로 한 창문에 비

친 왕따의 스마트폰에는 포르노 사이트에나 나올 법한 여체에 왕따 얼굴이 합성된 사진이 떠있었다. 은은 안도했다. 더 자극적인 사진에 왕따 얼굴이 붙기 시작했다면 더 이상 은의 몸 사진이 유포되지 않을 거라는 계산이 나왔다. 왕따의 스마트폰에 메시지 도착 알림음이 울렸다. 왕따는 머리를 창문에서 떼고 스마트폰을 봤다. 은도 제 스마트폰의 사진 기능을 확대하여 왕따가 받은 메시지를 확인했다.

지켜보고 있다.

발신자는 익명, 은이 새롭게 만든 계정이었다. 왕따는 손을 부들부들 떨면서 붉은 하차 벨을 눌렀다. 은이 알기로 다음 도착지는 주택가가 아니었다. 확실치는 않아 확인하고 싶었으나 환한 버스 안에서 어두운 바깥이 잘 보이지 않았다. 공장 지대 어느 한쪽에, 아니면 은이 보지 못한 어느 골목에 숨어있는 집이 있으려니, 은은 애써 불안을 내리눌렀다. 버스 뒷문으로 걸어가는 왕따는 영혼이 빠져나간 껍데기처럼 이리저리 몸을 흔들거렸다. 버스 기사가 손잡이 잘 잡으라고 소리를 질러도 왕따는 대답조차 없었다. 버스에서 내릴 때도 왕따는 걸음이 불안했다. 은은 창문과 얼굴 사이를 손으로 막고 시선으로 왕따를 쫓았다. 인도로 올라가려다 걸음을 헛디딘 왕따는 몸을 돌리더니 차도로 걷기 시작했다. 당황한 은은 한달음에 버스 맨 뒤로 자리를 옮겼다. 버스에서처럼 흔들흔들 걷던 왕따가 걸음을 멈추더니 몸을 돌려 움직이기 시작한 버스 뒤창을 쳐다보았다. 어쩌면 왕따와 눈이 마주쳤는지도 모르겠다고 은이 생각한 순간이었다. 왕따가 갑자기 차도 안쪽으로 뛰어들어 갔다. 거친 충돌음과 함께 왕따의 모습은 은의 시야에서 사라져 버렸다. 버스에 있던 사람들이 창문을 열고 도로를 살피는 사이 은은 재빨리 원래 앉았던 자리로 옮긴 후 두 손으로 귀를 막았다.

"난 아무것도 못 봤어. 난 지켜보지 않았어."

하염없이 중얼거리는 은을, 버스 기사가 룸미러로 흘금거렸다.

내가 아직 살아있을 때

4. 마음이 가난한 자는
복이 있나니

"마음이 가난한 자는 복이 있나니 천국이 저희 것임이요."

현정은 낮게 성경 구절을 읊조렸다. 이어지는 구절까지는 알지 못했다. 교회에 다녀본 적도 없고 신을 믿을 생각도 없었다. 이 구절에 한 해 현정은 자주 생각했다. 마음이 가난하다는 건 마음이 비어있어 깨끗하다는 소리일 테고 그런 사람에게 진실한 복이 찾아들 거라는 믿음은 아름다웠다. 그리 생각하면 겸손해지는 기분이 들었고 사람의 선의를 믿게 되었다. 현정은 아파트 놀이터에서 만나게 된 해주를 떠올렸다.

현정을 닮아 낮을 가리는 일곱 살 은이에게 먼저 다가와 인사하던 다섯 살 산이는 해주를 닮아 씩씩했다. 산이는 은이 손을 잡아당기며 자기 집에 가서 놀자고 했다. 은이 거절도 못 하고 울 것처럼 현정을 쳐다보았다. 어떻게 거절해야 하나 현정이 고민할 때였다.

"이사 온 지 얼마 안 돼서 아는 사람도 없고 적적했는데, 시간 되면 잠깐 놀다 가세요."

이번에는 해주가 현정의 손을 잡아끌었다. 현정은 해주의 손이 힘든 노동을 하는 사람처럼 거친 데 놀라 제 손을 빼버렸다.

"어, 좋아요. 저도 아는 사람 별로 없어요."

혹시라도 해주가 자신의 행동을 불쾌하게 여기진 않을까 걱정되어 현정은 해주에게 마음에 없는 소릴 하고 말았다. 해주의 집은 아파트 입구에서 가장 먼 끝 동이었다. 화장실이 하나밖에 없는 23평형의 끝 동은 가까이 있는 고층빌딩에 가려져 해가 잘 들지 않았다. 그렇게 좁은 집에 들어가 본 게 언제였는지 현정은 기억나지 않았다. 어디 앉아야 할지도 모르겠고 숨도 막히는 기분이어서 얼른 나오고 싶었지만 해주가 간식을 준비하고 있었다. 아이들 먹일 과일과 함께 나온 건 믹스커피였다. 유명 바리스타가 직접 로스팅한 고급 원두를 주문해 마시는 현정은 난감한 마음을 들키지 않으려 흰 커피잔을 얼른 입에 갖다 댔다. 거친 마감처리가 먼저 느껴진 커피잔은 유명 제품의 디자인을 베낀 복제품이었다. 제품을 만든 회사도, 구매한 사람도 정당한 대가를 지불했을 리 없었다. 커피잔을 들여다보지 않으려 현정이 시선을 돌리자 도배지의 현란한 문양이 눈에 들어왔다.

"화려한 걸 좋아하시나 봐요."

"아, 저희가 한 거 아니에요."

해주는 집을 보고 나서 욕심이 났다고 했다. 이런 집에서 살아보고 싶었다니, 전세 계약을 위해 무리하게 대출을 받았다니, 현정으로서는 겪어보지 못한 일이었다. 새로 들인 제품은 모두 중고매장에서 싸게 샀다면서 해주는 밝게 웃었다.

"여기서 몇 년을 살지도 모르는데 도배를 새로 하긴 아깝잖아요. 워낙 깨끗한 상태기도 했지만요."

"알뜰하시네요."

군이 안 해도 될 말을 하는 해주에게 현정이 할 수 있는 대답은 그 정도였다. 이후로 현정은 해주와 빠르게 가까워졌다. 언니라고 부르며 해주가 동생처럼 살갑게 구는 게 현정은 싫지 않았다. 해주는 음식을 직접 만들어서 나눠주거나 집으로 초대해 현정에게 대접하곤 했다. 현정으로서는 큰맘 먹지 않으면 할 수 없는 일들이었다. 형편은 어렵지만 계산 없이 나눌 줄 아는 해주를 떠올리면서 현정은 다시 성경 구절을 읊조렸다. 마음이 가난한 자는 복이 있나니……

노란색 유치원 버스가 단지 안으로 들어서자 흩어져 있던 보호자들이 일시에 모여들었다. 아이들이 내리는 앞문을 보고 있던 현정의 스마트폰에서 메시지 도착 알림이 울렸다. 해주가 보낸 메시지였다. 산이를 어린이집에서 데리고 가는 중이라며 놀이터에서 보자는 내용이었다. 아파트 단지 안의 어린이집은 통학버스를 운영하지 않아 보호자가 직접 데려다주고 직접 데리고 와야 했다. 어린이집이 아파트 입구 쪽에 있어 끝동에서는 꽤 걸어야 하는데도 해주는 다른 유치원은 돈이 너무 많이 든다며 고개를 내저었다. 그렇게 해서 빚을 얼마나 갚을 수 있을지는 모르지만 해주가 형편에 맞게 알뜰한 건 부정할 수 없는 사실이었다.

"엄마!"

어느새 현정 앞에 바짝 다가선 은은 스마트폰을 들여다보는 엄마를 보며 샐쭉한 표정을 지었다. 현정은 순간 짜증이 치밀었다. 중요하지도 않은 메시지에 답장을 보내느라 은에게 손도 흔들어 주지 못했다는 사실 때문이었다. 은을 달래 도착한 놀이터에는 은 또래 아이들이 거의 없었다. 일곱 살 정도면 대부분 유치원 끝나고 학원을 다녔다. 영어, 각종 악기, 운동이나 무술, 그림, 서예, 바둑 등 아파트 단지 주변으로 셀 수 없이 많은 학원이 들어차 있었다. 자기 아이가 콩쿠르에서 상을 탔느니, 무슨 대회에서 메달을 땄느니 자랑하는 부모들과 현정은 가깝게 지내고 싶지 않았다. 아무것도 아닌 성과에 대단하다는 반응을 하고 싶지 않았다. 그나마 아이 자랑은 사랑으로 포장될 수 있었지만 차, 부동산, 명품 등에 대한 자랑은 역겨울 정도였다. 차의 기능을 잘 모르겠다며 묻는 건 풀옵션으로 고가의 신차를 뽑았다는 얘기였고 세입자들에 대한 불평을 늘어놓는 건 집이 여러 채라는 얘기였다. 주로 60평대에 사는 사람들의 이야기였고 평수가 줄어들면 자랑의 소재는 일상 제품이나 학벌, 직업 등으로 더욱 다양해졌다. 그 무엇도 부럽거나 대단해 보이지 않았고 믿기지도 않았다. 사는 동네의 평균 소득이 서울 전체의 평균을 겨우 넘는다는 걸 다들 모르는 건지 모르는 척하는 건지 알 수 없었다. 현정이 이 동네에서 48평형 아파트를 구했을 때 부모는 이해할 수 없다는 반응을 보였다. 땅값 비싼 동네에 살며 없이 사는 사람 무시하는 부모도, 부모와 조금도 다르지 않은 그 동네 사람들도, 현정은 견디기 힘들었다. 세금 혜택이 없으면 기부금 한 푼 내놓지 않는 사람들, 온갖 불법을 저지르고도 돈을 써서 빠져나가는 사람들. 사람의 가치를 돈으로 환산하는 사람들의 마음은 돈으로, 변기보다 더 더럽다는 그 돈으로 꽉 차서 가난해질 기회조차 없었다.

"언니."

놀이터에 나타난 해주는 한 팔을 들어 세차게 흔들었다. 현정도 손을 살짝 들어 올려 인사했다. 산은 인사도 잊은 채 혼자 놀고 있는 은에게로 달려갔다. 해주는 현정이 앉아있는 벤치에 새빨간 천 가방을 올려놓았다.

"겉절이랑 물김치 가져왔어."

"나 신경 쓰지 말라니까, 너도 참."

"언니 땜에 일부러 하는 거 아니니까 언니야말로 신경 쓰지 마세요."

현정이 반찬을 사 먹는다는 걸 알면서부터 해주는 더 자주 반찬을 해다 주었다. 사 먹는 반찬보다 나았지만 남아서 버리는 게 너무 많았고 매번 받기만 하니 부담스러웠다. 재료비라도 보태겠다고 하는 현정에게 눈을 흘기며 해주는 정 고마우면 은이 입던 옷이나 물려달라고 했다. 농담인지 진담인지 구분할 수 없어 현정은 대답을 하지 못했다.

"주는 데가 있나 보구나. 그럼 됐어."

해주가 그렇게 말해도 현정은 여전히 해주 말이 농담 같았다. 리본과 레이스가 달리고 분홍색과 보라색이 대부분인 은의 옷을 남자아이인 산이가 입는 건 아무래도 상상이 가질 않았다. 대답 대신 현정은 은이 입지 않는 분홍색 점퍼를 꺼내왔다. 직접 보면 포기할 줄 알았던 해주는 환호성을 질렀다.

"어쩜 이렇게 보관을 잘했지. 질도 엄청 좋네."

해주가 브랜드까지는 모르는 모양이었다. 점퍼는 해주로서는 엄두도 내지 못할 고가였다. 그렇다고 그 분홍색 점퍼를 산이가 입도록 내버려둘 수는 없었다.

"내가 산이 옷 한 벌 사줄게. 이건 아무래도……."

현정은 그 순간의 해주 표정을 잊을 수가 없었다. 사람 피부색이 순식간에 달라질 리 없는데도 해주 얼굴은 납빛으로밖에 표현할 길이 없었다. 당황한 현정은 미처 버리지 못해 쌓여있던 은의 옷을 모두 꺼내왔다. 그제야 해주 표정이 풀렸다. 옷을 하나하나 들어보며, 역시 남자는 분홍, 이라 외치는 해주의 얼굴은 진심으로 횡재한 표정이었다.

"언니 집으로 가자. 이거 무거워. 내가 들어다 줄게."

현정의 대답을 듣지도 않고 해주는 당연한 듯 앞장을 섰다. 해주 손에 들려있는 낡고 새빨간 천 가방이 창피해 현정은 해주 곁으로 가지 않고 뒤따르는 아이들과 함께 걸어갔다.

　반찬 통을 싱크대에 올려놓으며 해주는 묻지도 않고 현정의 주방을 뒤져 반찬을 옮기고 있었다. 조심성이 부족한 해주를 보고 있으려면 현정은 늘 조마조마했다. 현정의 식기는 대부분 최고급 수입 제품이었다. 현정은 마음만 졸일 뿐 아무 말도 하지 않았다. 용량 맞는 통을 꺼내 반찬을 옮기는 일이 얼마나 성가신지 알고 있기 때문이었다. 갑자기 해주가 주방 구석에서 무엇인가에 시선을 둔 채 움직이지 않았다.

　"뭘 그리……."

　현정이 목을 빼고 보니 해주 시선이 정확히 쓰레기통에 꽂혀있었다. 현정은 자리에서 벌떡 일어섰다. 그 쓰레기통 안에는 해주가 사다 준 드립백 커피가 통째로 버려져 있었다. 현정의 고급 원두를 축내는 게 미안했던 해주가 대형마트에서 사 온 싸구려 커피였다.

　"해주야, 오해하지 마. 그냥 입에 안 맞았던 거야."

　해주로서는 큰맘 먹고 샀을 커피에서는 구정물 맛이 났다. 해주의 마음은 고마웠지만 현정은 그런 커피를 먹고 싶지 않았다.

　"차라리 날 주지. 난 이런 거 손 떨려서 사 먹지도 못하는데."

　꼼꼼한 비닐 포장이 되어있어 오물이 묻지 않았을 드립백 커피를 해주는 쓰레기통에서 꺼내지 않았다. 그냥 가져다 해주가 먹어도 될 일이라 생각하니 현정은 짜증이 치밀었다. 해주는 드립백 커피를 돌려줬어도 기분 나빠했을 게 분명했다. 현정의 취향을 알면서도 맞춰

주지 못한 건 해주였다. 마음이 가난한 자들의 순수한 이기주의가 현정은 종종 불편했다. 현정은 애써 마음을 가라앉혔다.

"미안해. 네가 얼마나 염치 있는 사람인지 내가 잘 알고 있어. 마음이면 충분하니까 앞으론 이런 거 사 오지 마."

어차피 내가 먹는 원두를 사다 줄 것도 아니면서, 라는 말은 굳이 덧붙이지 않았다.

"사과의 의미로 내가 중국 음식 쏠게. 뭐 시킬까?"

아이들이 먼저 짜장면이니, 탕수육이니, 대답했다. 망설이던 해주도 피식 웃으며 짬뽕을 선택했다. 현정이 배달 앱을 실행시키는 사이 주방에서 그릇 깨지는 소리가 났다. 현정은 한달음에 주방으로 달려갔다. 한정판 로얄코펜하겐[14] 접시 두 개가 산산조각 나있었다. 현정은 가쁜 숨을 몰아쉬었다.

"언니, 미안해. 애들이 막 써도 될 만한 그릇을 찾다 보니까."

아무것도 보이지 않았다. 현정의 시선에는 여름날의 햇빛보다 더 날카롭게 부서진 접시의 잔해만 존재했다. 해주는 주눅이 든 채로 현정의 눈치를 봤다.

"이거 코렐[15]이랑 비슷한 거 맞지? 내가 물어줄게."

현정이 고개를 들었다.

"물어준다고? 이게 얼마짜린지나 알아?"

---

14 로얄코펜하겐: 덴마크 도자기 제조 업체
15 코렐: 잘 깨지지 않는 중저가형의 그릇 브랜드

　　　　　　　　　　　내가 아직 살아있을 때

해주의 얼굴이 싸늘하게 굳었다.

"나 돈 있어."

"돈만 있다고 살 수 있는 건 줄 알아? 네 수준으로는 상상을 못 하는 모양인데……."

해주가 코웃음을 쳤다.

"내가 쓰는 코렐만도 못한 접시 두 개에 사람 수준까지 들먹이는구나. 비싸기만 하고 쉽게 깨지는 거 보니 꼭 언니 같네."

해주는 이 말을 남긴 채 산이 손을 잡고 집을 나가버렸다.

"열등감 있는 애들이 꼭 저러더라."

은이 빤히 쳐다보고 있어 현정은 '없는 것들'이라는 말을 하지 않았다는 걸 다행으로 여겼다. 그리고선 현정은 피식 웃었다. 차라리 잘됐다 싶었다. 싸구려인 해주 취향에 맞추는 건 지겨웠고 없이 사는 해주의 자존심을 배려하는 건 피곤했다. 해주는 마음이 가난한 사람이 아니라 그냥 가난한 사람이었다. 현정은 마음이 가난한 사람을 다시 정의하기로 했다. 정말 마음이 가난한 사람은 욕심이 없고 감사할 줄 아는 사람이었다. 해주를 보면 무리해서 중산층으로 편입하려고 악착을 떨었다. 욕심이 많았다. 대가를 바라지 않는 현정의 선의를 고깝게 여겼다. 감사할 줄 몰랐다. 현정은 재력에 비해 소박하게 살고 있었다. 욕심이 없었다. 가난하고 궁상맞은 해주와의 인연도 소홀히 하지 않았다. 감사할 줄 알았다. 해주가 사과한다면 접시값은 받지 않겠다는 생각을 할 정도로 너그럽기까지 하니, 정말 마음이 가난한 자는 자신이라고 현정은 확신했다.

"마음이 가난한 자는 복이 있나니 천……."

신을 믿지도 않는데 천국까지 갈 필요는 없었다. 복이 있는 거로도 현정은 충분했다.

5. 거리에서

준규는 친구와 '먹자골목'에서 술 약속을 잡았다. 마흔 전까지만 해도 먹자골목에 자주 다녔는데 집이 멀어진 후엔 거의 발길을 하지 않았다. 회사가 먹자골목에서 가까운 친구는 여전히 자주 다닌다고 했다. 거래처에서 약속 장소로 바로 오는 바람에 시간이 너무 일렀다. 준규는 그사이 먹자골목이 얼마나 변했는지 천천히 걸으며 둘러보았다. 아직 본격적으로 장사가 시작되지 않은 먹자골목은 한산했다. 지루해진 준규는 편의점에서 잡지 한 부와 파란색 캔 커피를 사서 파라솔에 자리 잡았다. 종이 잡지는 스마트폰으로 뉴스 기사를 검색하는 것과는 달라 기사를 꼼꼼하게 읽게 되었다. 스포츠계 유명 코치가 성폭행 혐의를 입고 있다는 건 준규도 알고 있었다. 기사 내용에는 스포츠계 전반에 횡행하는 권력자들의 각종 횡포까지 자세히 기술되어

있었다. 준규는 콧방귀를 뀌었다. 먹이사슬이니 약육강식이니, 학창시절부터 배워온 생태계의 원리가 사람 사는 곳이라고 예외일 리 없었다. 다른 기사에는 아이를 방치해 죽음에 이르게 한 '비정한 엄마'가 나왔다. 그 엄마는 생활고에 시달리며 우울증까지 앓고 있다고 쓰여 있었다.

"짐승만도 못한……."

세상이 아무리 변했어도 준규는 자식을 돌보지 않는 어미를 사람으로 치지 않았다. 갑자기 꺼림칙한 느낌이 들어 준규는 파라솔 밑을 들여다보았다. 더럽고 앙상하게 마른 길고양이 한 마리가 겁도 없이 준규를 올려다보고 있었다. 준규는 주변의 눈치를 살피며 앉은 채로 발길질을 했다. 길고양이는 사뿐하게 몇 걸음 뒤로 물러났다.

"이 짐승 새끼가 겁도 없이."

준규가 벌떡 일어나서 발로 차는 시늉을 하자 길고양이는 몸을 낮춘 자세로 재빨리 도망쳤다. 준규는 길고양이가 앉아있던 자리에 침을 뱉었다.

준규가 최근 들어 동네에서 술을 마시지 않게 된 건 길고양이 때문이었다. 준규가 사는 동네는 길고양이에게 친화적이어서 사방에 고양이 사료와 물이 놓여있었다. 그것만이라면 못 본 척 지나갈 수 있었다. 화단에서 풍기는 지독한 고양이 배설물 냄새와 발정기 때마다 잠을 설치게 만드는, 귀신 소리 같기도 하고 아기 울음소리 같기도 한

고양이의 발악에 준규는 몸서리가 쳐졌다. 그 와중에 고양이들이 도통 사람 무서운 줄 모른다는 게 제일 견디기 힘들었다. 길고양이들이 사람을 따라다니며 간식 얻어먹고 사람에게 몸을 비벼대는 꼴을 보노라면 이전 시대에 남자 권력자들에게 기생해서 살던 애첩들이 떠올라 준규는 눈살이 찌푸려졌다. 제힘으로 살아가지 못하는 존재는 도태되어야 한다는 게 준규의 지론이었다. 사람 주머니를 털어 고양이를 먹이는 거로도 모자라 사람이 먹고사는 데 써야 할 노력과 비용을 길고양이 중성화 수술에 쓰고 있었다. 준규로서는 도무지 납득이 가지 않는 짓을 사람의 의무라고 주장하는 이들이 적지 않았다. 그래서였다. 준규에게 와서 몸을 비벼대던 고양이를 발로 차버린 것은. 사람 모두가 제 편이 아니라는 걸 고양이도 알아야 했다. 힘 조절이 안 됐는지 고양이는 멀리 나가떨어졌다. 고양이는 몸을 일으키지 못하고 숨을 할딱거렸다. 준규가 다가가서 보니 고양이 머리 밑에 튀어나온 돌부리 주변으로 피가 흥건했다. 준규는 걸음을 재빨리 집으로 돌렸다. 뒤에서 발소리가 들렸기 때문이었다. 며칠 후 동네에 공고가 붙었다. 길고양이 학살범을 찾는다는 내용이었다. 사십 대 중반 정도인 보통 체격의 남자는 준규를 가리키는 게 분명했다. 공고에는 그뿐만 아니라 「동물보호법」의 내용도 적혀있었다. 대충 훑어보던 준규의 눈길이 벌칙 항에 머물렀다.

제8조 제1항부터 제3항까지의 규정을 위반한 자는 1년 이하의 징역 또

는 1천만 원 이하의 벌금에 처한다.

"미친 것들."

저도 모르게 욕을 내뱉고선 준규는 주변을 둘러보았다. 지나가던 사람과 눈이 마주치자 준규는 얼른 자리를 떴다. 자신에게 경고와 위협을 한 이들의 눈을 피하기 위해 준규는 그때부터 집에 오갈 때도 주변을 살피며 빠르게 걸었다.

일찍 빠져나온 친구 덕에 준규는 오래 기다리지 않고 일찌감치 닭갈비집 노상테이블에 자리를 잡았다. 줄 서서 먹는 집이었지만 이른 시간이라 빈 테이블이 많이 남아있었다. 시뻘건 양념을 한 닭갈비를 뒤집으며 친구가 입을 열었다.

"우리 학교 다닐 때는 돈 없어서 이런 것도 못 먹었는데 요즘은 얼마나 흔해빠졌는지."

"우리가 이제 돈을 버니까 그렇게 느끼는 거지, 그때도 흔해빠지긴 했어."

그런가, 하면서 친구는 웃었다. 술이 몇 순배 돌았고 추가로 시킨 닭갈비가 불판에 올라갔다. 직장 상사에 대한 불만을 토로하던 준규는 친구가 닭갈비를 뒤적이면서도 연신 주변을 살피고 있다는 걸 알게 되었다.

"너 왜 내 말 안 듣는데."

　　　　　　　　　　　　　내가 아직 살아있을 때

준규의 목소리가 높아졌다.

"다 듣고 있어."

"아닌데. 너 누구 기다리냐? 아님 누가 눈치라도 줘?"

말하면서 준규가 고개를 돌린 순간 친구가 벌떡 일어났다.

"우리 치즈 왜 이제 왔어."

친구는 가방에서 꺼낸 참치 캔을 따서 길고양이 앞에 내밀었다. 노란 줄무늬 길고양이는 친구 얼굴을 알아보는 건지 경계심도 없이 참치 캔을 다 먹고 나서는 친구에게 한참 몸을 부비다 사라졌다.

"미친 새끼, 별짓을 다 하네."

준규 말에 친구는 자주 봐서 정이 들었다, 그깟 참치 얼마 하지도 않는다, 치즈가 얼마나 예쁘게 구는 줄 아느냐, 준규로서는 이해 가지 않는 소리만 해댔다.

"그럴 돈 있으면 결식아동이나 도와라, 인마."

준규 말에 친구 표정이 차갑게 변했다.

"결식아동 한번 안 돕는 것들이 꼭 그렇게 말하더라."

"넌 기회비용이라는 말도 모르냐? 같은 돈이면 짐승 새끼보다는 사람을 살리는 게 효용이 높다는 뜻이다, 자식아."

친구는 집게를 든 채 입을 다물고 있었고 불판 위의 닭갈비는 속절없이 타들어 갔다. 준규는 다시 입을 열었다.

"이 봐. 결식아동은 없어서 못 먹는 닭갈비를 아주 태워서 버릴 작정이네."

"이 새끼가 계속 깐족……."

갑자기 두 사람이 있는 테이블 위로 붉은 장미 한 송이가 쑥 들어왔다.

"이천 원."

존댓말 같은 건 배워본 적도 없는 듯 작고 마른 노파는 매서운 눈길로 두 사람을 번갈아 봤다.

"배고파서 그래. 젊은 사람들이 좀 도와줘."

준규는 얼른 일어나 의자 하나를 뺐다.

"할머니, 여기 앉으세요. 이렇게 배고픈 사람이 있는데 이 새끼는 짐승한테나 돈을 쓰고. 하여튼 오늘 포식 한번 해보세요."

노파는 의자에 앉는 대신 준규를 빤히 쳐다보면서 장미를 손가방에 도로 집어넣었다.

"없이 산다고 사람 무시하냐?"

"어르신, 그런 뜻이 아니라……."

친구가 끼어들었지만 노파는 준규에게서 시선을 떼지 않았다.

"내가 거지냐, 남이 먹던 걸 얻어먹게? 그것도 시커멓게 다 탄 거를? 그깟 이천 원 아까우면 안 산다고 하고 말어."

"삥 뜯어 먹고살면서 자존심도 강하시네. 길에 사는 짐승이나 밥벌이 못 하는 사람이나……."

싹 다 없애버려야 한다는 말까지는 준규도 차마 내뱉지 못했다.

"이런 싸가지 없는……."

내가 아직 살아있을 때

앙칼지기가 공격하는 길고양이 못지않은 노파가 말을 끝맺기도 전에 사장이 달려왔다.

"손님들 불편하게 하지 말라니깐요. 이러시면 아예 못 오게 할 거예요."

사장에게로 얼굴을 돌리면서 갑자기 순한 집고양이 얼굴이 된 노파는 자기가 거지 취급을 당했다며 훌쩍거렸다. 두 사람은 피식 웃으며 시선을 교환했다. 사장이 두 사람에게 사과를 하고선 노파를 데리고 나갔다.

"거봐라, 새꺄. 자기 밥 못 버는 것들, 내 주머니 털어 밥 먹여줘 봤자 고마운 줄도 모른다."

"사람이든 짐승이든 배곯으면 서러운 법이다. 어지간히 해라."

"그러면서 장미는 왜 안 사줬는데?"

준규가 말끝을 장난스럽게 올렸다.

"들고 가기 쪽팔려서 그랬다, 왜?"

친구도 말끝을 올렸다.

"할매가 무서워서 그런 거 아니고?"

친구가 대답 없이 웃자 준규도 따라서 낄낄거렸다. 준규가 갑자기 자리에서 벌떡 일어섰다. 언제부터인지 몰라도 더럽고 앙상하게 마른 길고양이가 두 사람이 하는 양을 지켜보고 있었다. 편의점 앞 파라솔에서 봤던 길고양이였는지는 확실치 않았다. 생각 같아서는 길고양이를 발로 차버리고 싶었지만 준규는 친구 눈치를 살폈다.

"얘는 참치 캔 안 주냐?"

준규의 손가락이 가리키는 곳으로 시선을 돌린 친구 표정이 미묘해졌다. 망설이는 듯 친구가 가방을 뒤적이는 사이 준규가 파라솔에서와 같은 발길질로 길고양이를 쫓아내 버렸다.

"예쁜 애한테는 안 아깝고 못생긴 애한테는 아까운가 보지?"

자리에 도로 앉으며 준규가 이죽거렸다.

"그런 게 아니라……, 사람 손 안 탄 애들은 조심해야 해. 달려들까 봐 좀 무서워, 아까 그 할매처럼."

"쫄보 새끼."

"난 쫄보 할 테니깐 넌 결식아동이나 도와라."

"배 꺼졌다. 일단 내 배부터 채우고 보자."

준규가 닭갈비 2인분과 소주를 추가로 주문하자 친구는 테이블에 올려두었던 집게를 다시 집어 들었다.

6. 매너 있는 은오 씨

점심시간이 막 지난 참이어서 패밀리레스토랑 대기 줄은 길지 않았다. 친절한 종업원, 널찍한 테이블, 넉넉하게 준비된 유아용 식탁 의자, 다양한 메뉴. 은오 씨는 패밀리레스토랑의 모든 게 마음에 들었다. 패밀리레스토랑을 싫어하는 아내는 오는 내내 불만을 토로했다. 은오 씨는 입술을 달싹이다 말을 삼켰다. 즐거운 외출 중에 잔소리는 매너가 아니었다.

은오 씨는 매너 없는 사람을 혐오했다. 보행 중 담배 피우는 사람, 공공장소에서 휴대전화를 벨소리로 해둔 사람, 쓰레기 분리수거를 제대로 하지 않는 사람, 술 취해 늦은 시간에 고성방가하는 사람, 바퀴벌레를 박멸하지 않은 채 이사를 다니는 사람, 약속 시간에 늦는 사람 등. 매너 없는 사람은 한결같이 남에게 피해를 입히고도 태연했다. SNS에서는 매너 없는 사람들에 대한 성토가 끝없이 이어졌다. 대상의 나이와 성별을 불문하고 매너 없는 사람들에게 일침을 놓는 이야기는 '사이다 썰'[16]로 인기가 많았다. 모른 척 인상만 찌푸리고 말았던 은오 씨도 참지 않기로 했다. 밤 10시 넘어 뛰는 윗집에 항의했고 영화관에서 휴대전화를 보는 사람에게 자제를 요청했다. 길거리에 쓰레기를 버리는 아이를 발견하면 줍도록 시켰고 회사 비품을 집으로 가져가는 직원에게는 망신을 줬다. 그만큼 은오 씨도 남에게 불편을 주지 않도록 매사에 신경 쓰는 편이었다.

나들이를 마친 후 아내는 순댓국이 먹고 싶다고 했다. 은오 씨는 아내를 만류했다. 노키즈존이 늘고 있는 추세였다. 노키즈존을 표명하지 않았더라도 통제되지 않는 아이로 인한 소란을 달가워할 사람은 없었다. 아이가 환영받을 수 있는 곳을 골라 가는 게 모두를 위한 방법이었다. 미소를 머금은 종업원이 은오 씨 테이블로 다가왔다. 종업원은 아이에게 먼저 손을 흔든 후 은오 씨 내외를 향해 인사했다.
"주문 도와드릴까요?"
종업원이 기다리고 있는데 아내는 대답도 없이 선명한 빨간색의 메뉴판만 보고 있었다. 은오 씨는 종업원에게 미안한 표정으로 메뉴를 결정하고 부르겠다고 말했다.

---

16   사이다 썰: 속 시원하게 만들어 주는 이야기

"당신은 참……."

그제야 아내는 고개를 들었다.

"내가 뭐?"

은오 씨는 나지막이 한숨을 내쉬었다. 무신경한 아내를 단속하는 것도 은오 씨 몫이었다. 은오 씨는 SNS에서 '맘충'[17]에 관한 이야기를 볼 때마다 아내가 걱정되었다. 은오 씨는 아내가 남에게 손가락질받는 것도, 그 여파가 자신에게 미치는 것도 상상하기 싫었다.

"어이, 아가씨."

은오 씨는 뒤를 돌아보았다. 흰색 점퍼를 입은 중년 남자가 빈 생맥주잔을 흔들고 있었다. 남자 앞에 앉은 중년 여자는 바비큐포크립을 손으로 들고 뜯어먹고 있었다. 은오 씨는 고개를 내저었다. 젊은 여성을 '아가씨'로 부르는 건 무식하고 무례한 짓이다. 젊은 사람들은 '아가씨'라는 호칭에 대한 유래부터 변천사까지 읊으며 그렇게 주장했다. 금방 이해가 가지 않았으나 은오 씨는 그 주장에 동의하기로 했다. 남들이 싫다면 안 하는 게 매너라는 생각에서였다. 종업원은 친절하게 미소 지으며 중년 남녀가 있는 테이블로 갔다. 중년 남자는 맥주를 주문하며 종업원에게 기본 안주를 요구했다. 은오 씨는 다시 뒤를 돌아보았다. 싸구려 호프집도 아니고 패밀리레스토랑에서 기본 안주라니. 종업원은 미소를 잃지 않은 채 중년 남녀에게 애피타이저 메뉴를 추천해 주었다.

---

17 맘충: 아이를 키우는 여성에 대한 혐오 표현

"메뉴 안 고르고 뭐 해?"

아내는 은오 씨를 노려보며 말했다. 유난 좀 떨지 말라는 말이 아내 눈 속에 담겨있었다. 나이 잘 먹어야 해, 진짜. 은오 씨가 중얼거리는 사이 아내가 종업원을 불렀다. 주문을 하려던 순간 아이가 잠에서 깨 칭얼거렸다.

"예쁜 아기, 일어났어요?"

종업원은 유니폼 주머니에서 꺼낸 하얀 딸랑이를 흔들었다.

"애들은 칼라를 더 좋아하는데."

눈치 없이 말하는 아내에게 은오 씨는 눈짓으로 타박을 주고선 종업원에게 감사 인사를 했다. 두 사람이 주문을 마치고 메뉴판을 덮으려던 순간이었다.

"우리 아기는 뭐 먹고 싶어요?"

말하는 종업원의 앳된 얼굴엔 악의 없는 미소가 띄워져 있었다. 은오 씨는 다시 메뉴판을 뒤적거렸다.

"애는 됐어요."

아내가 먼저 치고 들어왔다. 아이는 아직 식당 음식을 먹을 시기가 아니었지만 어린 종업원이 모르는 건 당연했다.

"아니, 크림 수프하고 모닝빵 추가해 주세요."

은오 씨가 얼른 대답했다. 아이 때문에 넓은 자리를 차지하고 있는 게 내내 걸려있던 참이었다. 종업원이 자리를 떴고 아내는 은오 씨를 흘겨보았다. 은오 씨는 어깨를 들썩였다. 크림 수프와 모닝빵은 어른이 먹어도 되는 음식이었다. 아이가 다시 칭얼거리자 은오 씨 뒤에서 익숙한 의성어, 의태어가 들려왔다. 오로로로로, 까꿍. 잼잼, 도리도리. 중년 여성의 목소리였다. 은오 씨는 뒤를 돌아보지 않고 주변을 둘러보았다. 사람들은 아이와 중년 여성을 흘깃거리며 숙덕거렸다.

"산아, 아빠 봐야지."

은오 씨가 부르자 중년여성에게서 은오 씨에게로 시선을 돌린 아이는 칭얼대며 팔을 뻗었다. 은오 씨는 아내를 쳐다보았다. 아이가 왜 칭얼대느냐는 물음이었다.

"졸린가 보네. 좀 안아줘."

주변의 시선은 여전히 은오 씨 테이블을 향해있었다. 은오 씨는 두 손을 아이의 옆구리에 넣었다. 아이를 들어 올리자 유아용 식탁의자가 함께 달려 올라왔다. 미처 안전벨트를 생각하지 못했던 탓이었다. 아이는 울음을 터뜨렸고 주변 사람들은 이제 대놓고 은오 씨를 쳐다봤다. '아이는 부모의 거울이다.', '네 새끼 너나 이쁘지.', '애 있는 게 벼슬이냐.' 등 SNS에서 떠도는 수많은 문장들이 그 시선들과 함께 은오 씨에게 꽂혔다. 아내가 차분하게 유아용 식탁 의자의 안전벨트를 풀었다. 은오 씨 품에 안긴 아이는 진정되기는커녕 더 큰 소리로 울어댔다. 아내는 가방에서 보온병과 분유병을 꺼냈다. 아이가 울어대는데 아내는 서두르는 기색조차 없었다. 무신경하다는 건 이기적이라는 뜻의 다른 말이라던 SNS의 명언이 은오 씨의 머리에 떠올랐다.

"빨리, 좀."

은오 씨는 목소리를 낮추어 아내를 채근했다. 아내는 그 와중에 분유 온도까지 점검한 후에 분유병을 건넸다. 은오 씨가 분유병 꼭지를 아이 입에 욱여넣었다. 아이는 분유병을 쳐내며 더 큰 소리로 울어댔다.

"아우, 시끄러워."

은오 씨 얼굴이 새하얘졌다. 누가 한 말인지, 누구에게 한 말인지, 살펴볼 겨를조차 없었다. 아이는 이제 몸을 비틀면서 울어댔다. 마침 음식을 들고 다가오던 종업원이 우뚝 자리에 멈춰 섰다. 아이의 발버둥이 너무 심했다. 무거운 쟁반을 든 종업원의 팔뚝엔 핏줄이 솟아있었다. 아이가 진정되길 기다리는 종업원의 팔은 떨리기 시작했고 얼굴까지 일그러졌다. 아내가 가방을 뒤져 헝겊 장난감을 꺼냈다. 아이는 건네받은 장난감을 집어던지며 악다구니를 썼다. 거의 동시에 종업원도 비명을 질렀다. 종업원이 바닥에 떨어트린 쟁반 위에 장난감이 올라타 있었다.

"죄송합니다. 다시 준비해 드리겠습니다."

은오 씨가 입을 떼기도 전에 종업원이 먼저 사과했다. 아내는 같이 치워줄 생각도 안 하고 멀뚱히 보고만 있었다.

"어우, 민폐."

사진 찍히는 소리, 스마트폰 자판을 두드리는 소리가 들렸다. 은오 씨는 자리에서 벌떡 일어섰다.

"여러분, 식사하시는 데 방해해서 죄송합니다. 아이가 울음을 그치질 않네요. 어떡해야 할까요."

내가 아직 살아있을 때

말을 마친 후 은오 씨는 주변을 둘러보았다. 눈을 동그랗게 뜨고 입술을 삐죽이는 사람, 헛웃음을 치는 사람, 못 들은 척 외면하는 사람, 호기심에 눈알이 희번덕이는 사람 등 반응은 여러 갈래였다. 쭈뼛거리던 젊은 남자가 조심스럽게 입을 열었다.

"나가서 달래세요."

은오 씨의 얼굴이 시뻘게졌다. 애만 없어지면 해결되는 문제였다. 그렇게 당연한 걸 생각하지 못했다는 데에 은오 씨는 자괴감이 들었다. 쫓기듯 바깥으로 나온 은오 씨는 행인들의 시선을 피하며 아이를 얼렀다. 10분이나 지났을까 싶을 때였다.

"눈을 보니 애가 많이 피곤하네. 졸린데 못 자니까 성이 났어. 아기 띠라도 좀 하지."

은오 씨 곁으로 다가와 아이를 넘겨다보는 중년 여자는 낯이 익었다.

"어이, 거기서 뭐 해?"

레스토랑 문을 빠져나오던 중년 남자가 중년 여자를 향해 걸어왔다. 흰색 점퍼와 대비되는 불콰한 얼굴로 다가온 중년 남자는 은오 씨와 아이를 보더니 반가운 표정을 지었다. 중년 남녀가 누군지 알아챈 은오 씨가 그들에게 등을 돌리려는 순간 여자가 은오 씨 팔을 붙들었다. 여자의 다른 한 손에 들린 스마트폰에서는 가벼우면서 잔잔한 음악이 흘러나왔다. 그 사이 아이에게 바짝 얼굴을 들이댄 남자의 입에서 술 냄새가 진하게 풍겨 나왔다. 은오 씨는 그들 옆에 서있기조차 싫었다.

"괜찮습니……."

"우리 손주 같아서."

중년 여성은 잔뜩 목소리를 낮추고선 스마트폰을 아이의 귀 가까이 댔다.

"우리 손주는 더 큰데……."

눈치 없이 큰 목소리로 말하는 중년 남자를 향해 중년 여성은 쉿, 소리를 냈다. 아이 울음이 잦아들고 있었다. 여자는 한 손으로는 음악이 켜진 스마트폰을 들고, 다른 한 손으로는 아이의 등을 토닥이기 시작했다. 은오 씨는 조금 전 여자가 붙잡았던 자신의 팔을 보았다. 예상대로 바비큐 소스로 짐작되는 자국이 묻어있었다. 새하얀 옷을 입은 아이 등 위에서 여자의 손이 움직일 때마다 보이는 거뭇한 흔적에서 은오 씨는 눈을 뗄 수가 없었다. 아이의 훌쩍임이 잦아들자 은오 씨는 심호흡을 했다. 여자가 음식을 먹기 전에 손을 닦았을지, 이물질이 묻은 손을 빨아먹었던 건 아닐지 의심스러웠다. 아이의 눈꺼풀이 닫히자 내내 지켜보고 있던 중년 남자가 한 걸음 다가서더니 손을 뻗어 아이의 머리를 만지려 들었다.

"남의 아이 함부로 만지지 마세요."

두 사람은 행동을 멈추고 은오 씨를 쳐다봤다.

"아이를 만지기 전에 손부터 씻어야 한다는 것도 모르세요?"

여자는 손을 거두며 음악을 정지시켰다.

"실컷 도와줬더니 별소릴 다 듣겠네."

내가 아직 살아있을 때

남자는 더욱 벌게진 얼굴로 은오 씨를 노려봤다.

"젊은 사람이 못돼먹었네. 부모가 그렇게 가르쳤어?"

말을 더 보태려는 남자의 팔을 잡아당기며 여자는 걸음을 떼었다.

"요즘 젊은 사람들은 예의가 없잖아. 내버려둬."

은오 씨에게서 멀어지고 있는 중년 남녀의 발걸음은 소풍이라도 가는 듯 가벼워 보였다. 소란의 와중에 도로 잠에서 깬 아이가 발작적으로 울어댔다. 그렇지만 은오 씨 귀엔 중년 여자가 중년 남자에게 한, 예의가 없다는 말만이 귓바퀴를 맴돌았다.

7. 예민한 사람

"오늘 점심은 내가 쏜다."

팀장의 말에 사무실엔 환성이 쏟아졌다. 구내식당이 있지만 일반 식당에 비해 식단이 허술했고 메뉴 선택의 폭이 좁았다. 팀원들이 나가서 먹는 걸 선호하는 건 당연했다. 해주는 나지막이 한숨을 내쉬었다.

"해주 씨, 뭐 먹을까?"

팀장이 다시 한 말에 환호가 사라졌다. 대신 해주를 향해 번득이는 시선이 사무실에 들어찼다.

"아무거나요."

"법인카드 쓸 거야. 비싸도 괜찮으니까 해주 씨 좋은 데로 골라."

주목받고 싶지 않은 해주의 마음은 아랑곳없이 팀장은 해주에게 숙제를 안겨주고 사무실을 나가버렸다. 갈비 먹고 싶지 않나? 해주 씨

가 싫어할걸. 난 불짬뽕 먹고 싶은데. 법인카드 쓴다는데 비싼 거 먹
어야지. 보아하니 생선 정식이나 먹겠네. 팀원들은 저희들끼리 숙덕거
리기만 하고 해주에게는 말을 시키지 않았다. 해주는 괜히 가방 속
도시락을 만지작거렸다.

 각종 알레르기 질환을 갖고 태어난 해주를 키우며 엄마는 지긋지
긋하다는 말을 입에 달고 살았다. 해주는 아무거나 먹을 수 없었고
하루라도 집 청소를 하지 않으면 먼지 알레르기가 생겼다. 왜 저런 걸
낳았을까, 엄마의 자조는, 왜 이렇게 태어났을까, 해주의 자조로 이어
졌다. 친구들과 떡볶이를 사 먹으면 인공조미료 때문에 두드러기가 생
겼고 선생님이 반 전체에 돌린 아이스크림 때문에 발진이 일어났다.
아무거나 먹을 수 없으니 음식 자체를 잘 안 먹게 되었다. 해주의 성
장은 겨우 어른이라고 여겨질 정도에서 멈췄다. 급식 먹는 아이들 틈
에서 집에서 싸 온 도시락을 먹었고 군것질로 우정을 다지는 친구들
주변을 맴돌기만 했다. 먹는 것만 문제가 아니었다. 덜 먹고 덜 움직이
면서 살아 근력이 약했고 호흡기 질환 때문에 운동은 시도조차 해보
지 못했다. 해주는 친구들과 함께 쇼핑하고 놀이공원에 가고 밤새 시
험공부 할 정도의 체력이 되지 못했다. 그런 해주를 친구들은 예민하
고 까다로운 모범생 정도로 여겼다. 자신에게 따라붙은 수식어가 못
마땅했지만 해주는 달리 자신에 대해 설명할 방법이 없었다.

해주의 도시락 안엔 유기농 과일과 채소, 직접 구운 바게트, 직접 만든 잼이 들어있었다. 남들보다 적게 먹어도 비용이 더 들었고 손이 많이 갔다. 성인인 해주가 엄마에게만 의존할 수도 없었다. 몸이 예민하고 까다로워서 가장 불편한 건 해주 자신이지만 해주는 남들에게 하소연조차 할 수 없었다. 예민하고 까다로운 사람이 불평까지 많다는 소릴 듣고 싶지 않아서였다. 식당에 도시락을 가져갈까 하다 해주는 쳇머리를 흔들었다. 동행한 팀원들뿐만 아니라 식당 주인 눈치까지 볼 생각을 하면 도시락을 포기하는 편이 나았다. 해주는 팀원들을 둘러보았다. 모두 기대에 찬 눈빛으로 해주를 주목하고 있었다. 해주는 그들의 기대가 원망스럽고 야속했다.

"갈비 먹으러 가요."

해주는 최대한 건조하게 말했다. 팀원들에게선 환호를 넘어 함성이 쏟아졌다.

팀장을 포함한 팀원들은 해주가 잘 먹는 모습을 보면서 아이에게 하듯 칭찬을 했다.

"잘 먹으니 얼마나 보기 좋아."

"아무거나 잘 먹어야 면역력도, 체력도 좋아지는 거야."

"괜히 제 마음이 다 흡족하네요."

해주는 주머니에 든 알레르기약을 만지작거리며 웃고 말았다. 체질 문제에 대해선 더 설명하기도 지겨웠다.

"해주 씨, 궁금한 게 있어. 이런 음식 계속 먹으면 혹시 죽어?"

은오가 질문하자 옆 사람이 키득거리며 은오의 옆구리를 찔렀다. 죽기야 하겠냐, 그래도 안 좋긴 할걸. 저희들끼리 질문하고 대답했다. 해주는 약이 든 주머니에서 손을 뺐다. 저들의 궁금증을 해결해 주는 수밖에 없었다. 해주는 들쩍지근한 갈비를 1인분 가까이 먹어치웠다. 회사 건물 로비의 테이크아웃 전문점에 이른 팀원들은 팀장에게 커피도 사달라며 왁자지껄, 장난스러운 애교를 부렸다.

"해주 씨는 커피 말고……, 레모네이드? 과일주스?"

팀장이 묻자 팀원들이 왜 해주만 비싼 거 사주냐며 항의했다. 농담이라는 걸 알고 있지만 해주는 흘려버릴 수가 없었다.

"저는 안 먹어도 돼요."

동료인 은오가 해주의 어깨를 툭, 쳤다.

"왜 예민하게 굴고 그래."

"아니 진짜로 생각이 없어서 그래."

음료까지 마시면 너무 위험했다. 해주는 도망치듯 로비를 벗어나 먼저 사무실로 왔다. 속이 영 불편했다. 마음이 불편한 건지도 몰랐다.

해주는 팔뚝을 긁다 말고 소매를 바짝 걷어붙였다. 발진이 제법 올라와 있었고 속까지 울렁거렸다. 해주는 다시 주머니 속에 든 약을 만지작거렸다. 약을 먹지 않는다고 죽지는 않겠지만 그냥 버티면 얼마나 힘들어질지 가늠할 수 없었다. 예민한 몸을 스스로 감당하고 책임지는 것만도 해주는 버거웠다. 주변 사람들은 그런 해주를 도와주기는커녕 남들과 다른 해주의 몸을 거슬려 했다. 팀원들은 가장 많은 시간을 함께 보내는 사람들이었다. 계속 그렇게 고통을 감수하며 팀원들의 비위를 맞출 수는 없었다. 해주는 주머니에서 알레르기약을 꺼내 가방에 도로 넣어버렸다. 해주는 이제 팔과 몸뚱이, 다리까지 긁었다. 언제나 손톱자국을 조심하라고 엄마가 당부했지만 가려움이 올라오면 흉터를 고민할 겨를조차 없었다. 모른 척하고 있던 옆자리의 은오도 해주 쪽으로 고개를 돌렸다.

"어디 안 좋아?"

해주는 원망스러운 눈길로 은오를 쳐다보았다.

"밥 잘 먹고……."

혼잣말로 구시렁대며 은오가 자리를 떴다. 해주는 거울을 꺼냈다. 술 마신 사람처럼 얼굴이 벌겠다. 호흡까지 가빠졌다. 그리고 해주는 의식을 잃었다.

링거를 다 맞을 때까지 은오는 해주의 병상을 지켰다. 팀장 지시였다. 지루한지 내내 스마트폰만 들여다보던 은오는 담당 의사가 다가오자 벌떡 일어섰다.

"아니 사람이 고기 좀 먹었다고 어떻게 이렇게 될 수가 있나요?"

의사는 은오에게 알레르기 증상에 대한 기본적인 설명을 한 후 해주를 돌아보았다. 살짝 짜증이 드러난 의사의 표정에 해주는 침대에 계속 누워있을 수 없었다.

"정말 깜짝 놀랐습니다. 큰일이라도 나는 줄 알았어요."

해주가 몸을 일으키는 사이 은오가 말을 이어갔다. 의사는 은오를 한심하게 쳐다보았다.

"알레르기 환자에게 알레르기 유발 인자는 음식이 아니라 독이에요, 독. 최악의 경우 죽을 수도 있어요."

은오는 정말로 충격받은 얼굴이었다. 해주가 설명했을 때는 귓등으로도 듣지 않던 은오의 달라진 반응에 해주는 헛웃음이 쳐졌다.

"그런데 알레르기는 왜 장애가 아닌가요?"

질문하는 은오는 내용과 달리 해맑은 표정이었다. 해주도 알레르기가 차라리 장애로 지정되면 좋겠다고 생각했다. 그러면 최소한 주변인들에게 알레르기 증상을 병으로 공식 인정받을 수는 있었다.

"아프다고 다 장애가 아니죠. 의료인들이 이미 기준을 만들어 전문적으로 분류……."

"그 기준이라는 게 절대 변할 수 없는 건가요?"

이번에는 해주가 끼어들었다.

"아니 왜 저한테……, 정 억울하시면 WHO에 문제제기를 하시든가요. 어쨌거나 환자분은 음식 조심하시고 링거 다 맞으면 처방전 받아 약 받아 가시면 됩니다."

의사는 다시 입을 열려는 은오에게 한 손을 뻗어 제지하며 서둘러 자리를 떴다. 은오는 황망한 표정으로 해주를 보았다.

"아니 의사니까 생각 좀 해보라는 건데……. 근데 해주 씨, 장애 등록이 되면 진짜 좋아. 장애 수당 나오지, 차도 싸게 살 수 있지, 각종 공과금 혜택에 연말정산까지, 부러울 지경이라니까."

"그렇게 부러우면 손가락이라도 하나 자르든가."

"아니, 그 말이 아니잖아."

해주는 마침 지나가는 간호사를 불러 삼 분의 일쯤 남은 링거를 빼 달라고 요청했다.

"거 참, 예민하게 구시네."

대꾸도 하기 싫어 해주는 입을 다물고 있었다.

"환자분은 예민한 게 아니라 아픈 거예요, 보호자님."

책을 읽듯 대답한 간호사는 주사를 뺀 자리에 지혈 테이프를 붙이고선 바쁜 걸음으로 자리를 떴다.

8. 떡

"떡 먹자."

스티브 말에 해주는 웃음을 터뜨렸다. 똑 같기도, 떡 같기도, 혹은 똥 같기도 한 발음 때문이었다.

스티브에게 떡 맛을 알려준 건 미미였다. 해주가 미미에게 스티브를 처음 소개한 날이었다.

"스티브. 떡 알아, 떡?"

미미의 말에 스티브는 눈을 동그랗게 떴다.

"한국 떡이 제일 맛있어. 알았지, 스티브?"

스티브는 알아듣지도 못하면서 고개를 끄덕였다. 해주는 미미에게 입모양으로 욕을 했다.

"아, 왜. 떡만큼 좋은 게 어디 있어. 맛도 좋고 몸에도 좋고."

미미의 너스레에 해주는 웃고 말았다. 미미가 말한 떡은 먹는 떡만이 아니었다. 알고 보면 성노동자들만큼 떡[18] 못 치고 사는 사람도 없을 거라며 미미와 해주는 자주 신세 한탄을 했었다. 미미는 제 말에 책임을 지려는 듯 해주가 스티브를 만나러 갈 때면 떡을 싸주곤 했다. 식사를 제때 챙겨 먹기 힘든 해주와 미미의 냉동실엔 늘 다양한 떡이 구비되어 있었다. 그렇게 떡 맛을 알아버린 스티브는 먼저 떡을 찾는 지경에 이르게 되었다.

떡집을 발견한 스티브가 해주 손을 잡아끌었다. 젊은 사람이 많이 다니는 동네인데도 떡집은 성황이었다.

"뷰리풀!"

스티브가 환호했다. 해주 얼굴에도 미소가 떠올랐다. 다양한 색을 입히고 온갖 색다른 재료로 장식한 떡은 케이크로 보일 정도로 화려했다.

"뷰리풀 좋아하네. 순 돼지 같은 년한테."

해주가 뒤를 돌아보았다. 노인에 가까운 남자가 해주를 노려보고 있었다.

"나라 팔아먹을 년."

스티브도 뒤를 돌았다. 덩치 좋은 흑인의 시선에 남자는 기가 죽은

---

18 떡: (속어) 성관계

듯 고개를 외로 꼬았다. 스티브 표정이 좋지 않았다. 스티브는 한국말을 잘 모르지만 어조와 분위기 정도는 파악할 수 있었다. 해주는 웃으며 스티브의 옆구리를 툭 쳤다. 한두 번 당하는 꼴이 아닌지라 스티브도 짧게 한숨을 내쉬더니 다시 떡 고르기에 집중했다.

스티브와 연인이 되기까지 해주는 고민이 많았다. 타인의 고까운 시선은 고민거리도 아니었다. 언어는 번역기로 해결할 수 있었다. 문제는 스티브에게서 나오던 고정 수입이 사라지는 것이었다. 아이를 맡아준 엄마한테 매달 보내는 돈을 생각하면 거절했어야 했다. 해주는 일거리가 생기지 않을 때마다 후회했다가 스티브의 커다란 눈과 긴 속눈썹을 보면 금세 후회를 잊었다.

해주가 약속 시간보다 조금 늦었던 날 스티브는 모텔 입구에 서서 초조하게 해주를 기다리고 있었다. 해주를 발견한 스티브는 고국의 부모라도 만난 듯한 표정이 되었다.

"당신이랑 거래 말고 연애하고 싶어."

스마트폰 속의 번역된 문장을 보여주는 스티브의 커다란 눈에, 기다란 속눈썹에 눈물이 맺혀있었다. 한국 온 지 얼마 되지 않은 스티브가 얼마나 외로울지 해주는 짐작할 수 있었다. 마음이 약해지려 해 해주는 세차게 도리질을 쳤다. 손님과 감정을 나누지 않는 건 성노동의 불문율이었다. 스티브는 늘 선불로 서비스 비용을 지불했고 예정에 없던 서비스를 요구할 때는 반드시 미안하다, 고맙다는 말을 했다. 물론 비용도 따로 지불했다. 예약하지 않은 서비스를 해주가 거절해도 스티브는 기분 나빠하지 않았다. 살이 찐 해주의 몸을 섹시하다, 예쁘다고 했고 해주의 사적인 이야기를 캐묻지도 않았다. 손님으로서도 그렇지만 해주는 스티브를 사람으로서도 놓치고 싶지 않았다.

"연애는 안 되지만 섹스는 한번 하자."

해주는 스티브의 손을 잡아끌고 모텔 방으로 들어갔다. 비용을 선불로 받았기에 해주가 손해 볼 건 없었다. 성노동은 철저하게 손님에게 성적인 서비스를 제공하는 일이었다. 즐겁기는커녕 괴롭고 싫을 때가 대부분이었다. 돈이 목적이 아니었다면 결코 하지 않았을 일이었다. 해주는 서로 만지고, 누리고, 나누는 섹스가 그리울 때가 많았다. 손님에게 그런 섹스를 하자고 할 수는 없었다. 해주의 제안은 서비스 주체와 객체로서가 아닌 섹스였다. 스티브는 말뜻을 알아듣고 해주의 요구에 충분히 응해주었다. 집으로 돌아갔을 때 미미는 해주의 표정이 달라진 걸 바로 눈치챘다. 해주의 이야기를 들은 미미는 실실거리며 웃었다.

"사귀는 거 아니거든."

해주가 정색하며 대꾸했다.

"이미 넘어갔는데 뭘."

"근데 흑인이야."

해주는 그날 평생 들은 욕보다 더 많은 욕을 미미에게 들어야 했다. 남들의 편견이 두려웠다는 변명도 미미에겐 통하지 않았다.

"그렇게 따지면 우린 창녀야, 이년아!"

"누가 아니래!"

두 사람은 끌어안고 흐느끼다 눈물로 범벅이 된 서로의 얼굴을 보고선 웃음을 터뜨렸다.

그날을 떠올리며 해주는 다시 피식거렸다. 영문도 모르면서 스티브는 해주를 따라 웃었다.

"너 같은 년들 땜에 저기, 베트남에서 신부를 사 오고 그러는 거야. 알아?"

해주가 돌아보니 노인에 가까운 남자는 아까 있던 그 자리에 그대로 서있었다. 해주는 남자를 향해 한 걸음 앞으로 나섰다. 남자의 체격이 호리호리한 데다 스티브가 있으니 죄지은 사람처럼 피하고 싶지 않았다.

"이 새끼가 처돌았나."

"내가 그년을 사 오려고 전 재산을 바쳤는데, 그 개 같은 년이 도망을 갔다고!"

갈변한 이를 짐승처럼 드러내며 화를 내는 남자는 막상 한 발짝 움직일 기력조차 없어 보였다. 스티브는 사람들 틈에 끼어 떡을 고르느라 이 소란을 눈치채지 못하고 있었다. 사람은 사 오는 게 아니라고 말하려다 해주는 그만 입을 다물었다. 공사가 있는 업장으로 들어갈 때 해주 역시 팔려간다는 생각이 들곤 했다. 업장이라고 해서 일이

다른 건 아니었다. 업장을 끼면 손님들이 제 발로 찾아오니 이동 시간을 아낄 수 있었다. 그에 더해 성매수자들이 서비스 비용보다 과한 걸 요구하거나 돈을 주지 않거나 폭력을 행사할 때, 나서서 해결해 주는 '삼촌'이 있었다. 대신 외출의 자유와 수수료를 상납해야 했다. 업주들 간에 네트워크가 형성되어 있어 공사가 끝나기 전에 업장을 벗어난 성노동자는 이 바닥에서 살아남기 어려웠다. 그 정도 어려움을 못 참을 정도로 해주가 세상을 편하게 산 건 아니었다. 실질적으로 문제가 된 건 '초이스'였다. 해주와 미미는 친해지면서부터 살이 붙었다. 홑복을 입기 위해 저녁을 굶기 일쑤였고 일이 끝나면 헛헛한 몸과 마음을 달래려 거한 안주에 술을 먹었다. 손님들은 여자들을 고르다가 미미와 해주를 보면 욕을 했다.

"돼지 같은 년들이."

"살이 좀 있어야 떡 칠 때 뼈가 안 부딪쳐, 오빠."

"여자가 오십 키로 넘으면 안 되는 거다. 보지 파는 년이면 더더욱."

"쬐끔밖에 안 넘어. 진짜야."

미미의 너스레를 보며 해주가, 좆만 한 새끼들이, 중얼거리다 큰 싸움이 날 뻔한 적도 있었다. 해주도 작은 키는 아니었지만 미미의 키는 170센티가 넘었다. 그 키에 살이 찌니 곰처럼 보이긴 했다. 그래도 선택만 된다면 현란한 기술과 서비스를 제공할 수 있었다. 아무리 간절하게 처다봐도, 온갖 애교를 부려도, 서비스를 약속해도, 살이 쪘다는 이유로 해주와 미미는 선택에서 제외될 때가 많았다. 견디다 못한 미미가 업장을 나가 개인영업을 뛰자고 제안했을 때 해주는 덜컥 겁이 났다.

"너, 지난달에 엄마한테 돈 못 부쳤다며."

"무서워."

"무서우면 이 짓을 말아야지."

해주는 성노동 선배인 미미 의견에 따르기로 했다. 그때부터는 애플리케이션을 통해 해주가 손님을 골랐다. 에누리를 원하는 사람, 안전하지 않은 데로 약속 장소를 잡는 사람, 사진을 보내주지 않는 사람, 모두 손님이 될 수 없었다. 어렵게 잡힌 약속이 만나자마자 깨지는 경우도 허다했다. 이유는 대개 변심이었다. 굳이 설명을 듣지 않아도 해주는 변심의 이유를 알았다. 뚱뚱해서였다. 해주는 몸을 혹사해 체중을 감량하는 대신 손님의 범위를 외국인으로 넓혔다. 한국에서는 뚱뚱하다고 욕먹는 몸을 풍만하다고 좋아하는 외국인들이 적지 않았다. 번역기를 옆에 놓고 채팅으로 손님을 끄는 해주를 보고 미미는 '난년'이라며 낄낄거렸다. 미미는 영어를 배우느니 몸을 혹사시키는 편을 선택했다.

남자와 해주가 한 치도 물러서지 않고 노려보고 있는 사이 스티브가 소포장된 떡을 한 아름 사 들고 왔다.

"떡 먹자."

해주가 반갑게 뒤를 돌아보았다가 헛웃음을 쳤다. 떡을 쥔 스티브 손이 해주가 아닌 남자를 향해있었다.

"코리아 떡 베리 굿. 떡 먹자."

남자는 망설이듯 주춤거리다 스티브가 내민, 견과류가 송송 박힌 노란 호박떡을 받아들었다.

"껌댕이가 떡 맛을 아나 보네."

멸칭은 기가 막히게 알아듣는 스티브의 얼굴이 일그러졌다.

"나 껌댕이, 너 어글리."

"고마워. 땡큐, 땡큐."

남자는 떡의 비닐 포장을 벗겨 한입 베어 물면서 배시시 웃었다.

"서울 떡이 맛있네."

남자는 떡을 씹으며, 콧물을 들이마시며, 도망간 베트남 마누라가 서울에 취직했다는 소문을 듣고 바로 달려왔다, 종일 굶어 쓰러지기 직전이었다며 중얼거렸다. 스티브는 난감한 표정으로 어깨를 들썩였다.

"씨발, 진짜 떡 같네."

해주는 봉지에서 꺼낸, 물방울 모양의 붉은 수수떡을 베어 물며 킬킬거렸다. 남자와 해주를 번갈아 보던 스티브도 결국엔 따라서 웃었다.

"코리아 떡……."

스티브는 남자 얼굴 앞에다 엄치를 척, 들어 올렸다. 남자가 움찔하며 한 걸음 뒤로 물러섰다.

"퐌타스틱!"

흰 이를 절반이나 드러내며 웃는 스티브의 얼굴은 오랜만에 제 빛을 찾은 하늘만큼 시리게 맑았다.

9. 헤어진 다음 날

사랑하니까 헤어진다는 말은 드라마에서나 나올 법한 유치한 대사인 줄
로만 알았어. 드라마가 현실을 반영한다는 사실을 잊고 있었던 거지. 당
신을 사랑하기 때문에 난 당신이 불행해지는 걸 감당할 수 없어. 우리,
결혼은 안 되겠어. 헤어지자, 해주야.

밤새 썼다 지웠다, 다시 보고 고치고, 더 썼다 다시 줄여서 완성한
메시지였다. 은오는 전송 버튼을 누르기 전 눈을 감았다. 이대로 끝내
고 싶지 않은 마음과 이렇게 끝내야만 한다는 마음이 아직까지 싸우
고 있었다.

준규가 제일 먼저 알아챘다. 은오의 얼굴이 환해졌다고, 웃음이 많

아졌다고, 수상하다고 했다. 은오는 딱 잡아뗐다.

"내 형편에 무슨 연애야."

"네가 뭐 어때서."

대답하는 준규 얼굴엔 분노가 살얼음처럼 서려있었다. 모션 매트리스에 기댄 준규 몸을 보지 않으려고 은오는 고개를 돌렸다. 준규는 은오보다 여덟 살이 많았다. 소아마비 환자인 준규를 위해 부모는 뒤늦게 둘째를 낳기로 결정했다. 훗날 준규 혼자 남겨질 상황에 대한 대비였다. 은오는 그렇게 준규를 위해 태어났고 살아가야 했다. 아픈 준규가 할 수 없는 모든 것들이, 준규를 보호하는 것마저 은오의 몫이었다. 준규를 놀리는 아이들에게 맞서지 않았다고 은오는 아비에게 살이 찢어지도록 맞기도 했다. 그때 생긴 허벅지 상처가 은오에게는 운명의 표식이었다. 준규 몸의 장애보다 은오는 그 상처가 더 지독하게 느껴졌다. 늘 제 운명을 저주했지만 은오가 기껏 도망쳤던 곳은 군대밖에 없었다.

어미와 준규의 추궁으로 은오는 결국 연애 사실을 실토하고 말았다. 준규는 미묘한 표정으로 축하를 전했고 어미는 며느리 손에 밥을 얻어먹을 수 있겠다며 기뻐했다. 은오는 난감했다. 해주와 결혼 이야기를 해본 적이 없었다. 조심스럽게 형을 소개하겠다고 말하니 해주는 고민도 없이 승낙했다. 차마 해주에게 결혼 얘기를 꺼낼 수 없었던 은오에게 기대가 생겨났다.

준규와의 첫 만남을 의식한 듯 해주는 평상시에 즐겨 입지 않던 원피스 차림이었다. 노랑보다 밝은 레몬 빛깔의 원피스는 해주 얼굴뿐 아니라 주변까지 화사하게 만들었다. 준규 얼굴에도 밝은 미소가 떠올랐다. 은오의 기대가 한껏 부풀었다. 서로 인사를 나눈 뒤 세 사람은 식당을 향해 갔다. 해주가 준규에게 대접하겠다며 직접 예약한 일식 전문점 정문에는 휠체어로 넘기 어려운 높은 턱이 있었다. 해주는 울 것 같은 표정으로 은오를 봤다. 은오는 웃으며 해주의 어깨를 토닥인 후 휠체어 앞에 쪼그리고 앉았다. 자연스럽게 준규가 은오 등에 업혔고 해주는 재빨리 휠체어를 식당 안으로 들어 옮겼다. 자주 맞닥뜨리는 문제였지만 은오 혼자였다면 꽤나 난감했을 상황이었다. 아무 설명 없이도 알아서 손발이 되어준 해주가 고맙고 든든해 은오는 해주에게 환하게 웃어주었다. 나이, 직업, 형제 관계 등 준규가 뻔한 질문을 해도 해주는 싫은 내색 없이 친절하게 답변했고 음식도 맛있었다.

"우리 은오 어디가 좋아요?"

준규의 질문에 해주 얼굴이 벌겋게 달아올랐다.

"진지하고 차분하고, 또 배려심이 많아요."

은오는 자신이 어둡고 부정적인 사람이라 여기고 있었는데 해주는 그마저도 긍정적으로 보고 있었다. 은오가 가만히 손을 뻗어 해주 손을 잡았다. 준규는 두 사람에게 맥주 마시러 가자고 했다.

"은오의 낯부끄러운 이야기도 들으셔야죠."

"좋아요."

은오가 말릴 새도 없었다. 은오는 준규를 걱정스럽게 바라보았다. 마흔이 넘어가면서 준규에게 근육 쪽 문제가 심각하게 불거지기 시작했다. 퇴행성 질환이었다. 담당 의사는 힘들더라도 스스로 몸을 많이 움직여야 한다고 조언했다. 진료실을 나와 준규는 거친 숨을 내쉬었다.

"힘들더라도? 내가 얼마나 힘든지, 얼마나 고통스러운지, 겪어보지 않은 의사가 알아?"

은오는 위로도 반박도 하지 않았다. 당사자의 분노도, 전문가의 의견도, 더 나빠지고 있는 준규를 책임져야 하는 은오 입장을 대변해주지는 않았다. 일흔이 넘어가며 부쩍 기력이 쇠해진 어미는 준규를 책임지는 일이 은오 몫이라는 걸 갈수록 강조했다. 활동보조인을 쓰고 있지만 준규는 보호자 없이 생활이 거의 불가능한 상태였다. 어미는 돈까지 벌어야 하는 은오에게 미안하다고 말했다. 은오는 괜찮다고, 당연하게 여기고 있다고 대답했다. 돈을 벌기에 그나마 은오는 준규와 계속 붙어 지내지 않을 자유가 있었다.

맥줏집으로 이동할 때는 해주가 휠체어를 밀었다. 짧은 거리였지만 바퀴가 보도블록 사이에 끼기도 했고 방향 전환을 잘못해 인도에서 도로로 떨어질 뻔하기도 했다.

"처음부터 잘하는 사람은 없잖아요."

해주의 쾌활한 목소리에 준규가 깔깔 웃었다. 해주의 긍정이 모두를 행복하게 만들었다. 이전에 은오가 제 사정을 모두 털어놓았을 때

내가 아직 살아있을 때

해주는 은오의 고통에 공감하며 눈물까지 글썽였다. 저런 사람이면 결혼을 꿈꿔도 되지 않을까, 은오는 잠시 고민했다가 얼른 생각을 털어냈다. 두 사람은 가정을 따로 꾸릴 수도 없었고 실제 겪어야 하는 어려움은 상상을 넘어설 수밖에 없었다. 긍정적인 해주라도 모든 걸 견뎌낼 수 없는 게 당연했다. 막상 준규를 대하는 해주는 은오보다도 너그럽고 적극적이었다. 해주와 함께라면 은오는 제 짐의 무게가 한결 가벼워지리라는 확신이 생겼다. 자리를 잡은 맥줏집에서 해주는 땀을 닦았다.

"쉽지 않죠?"

준규가 조심스럽게 물었다.

"쉬울 거라고 생각하지 않았어요."

말하면서 해주는 웃었다. 해주는 좋은 사람일 뿐만 아니라 똑똑하고 정직한 사람이었다. 막상 준규는 은오의 치부를 밝히는 대신 묵묵히 술만 마셨다. 해주는 회사에서 있었던 얘기, 친구와 나눴던 얘기 등 부담 없고 즐거운 소재의 대화가 끊기지 않도록 최선을 다했다. 은오는 가만히 해주를 바라보았다. 해주가 함께한다면 늘 무겁고 어두운 집이 활기 넘치고 환해질 것 같았다. 제 운명에 해주 같은 여자가 나타났다는 게 너무 감사해서 은오는 감정이 끓어올랐다.

"오줌 마렵다고, 자식아!"

해주가 벌떡 일어섰다. 준규의 눈짓을 은오가 알아채지 못한 탓이었다. 그렇다고 소리까지 지르는 준규는 취한 게 틀림없었다. 은오는 해주의 팔을 끌어당겨 도로 자리에 앉도록 만들었다. 해주가 도울 수 없는 일이었다.

준규를 업고 자리로 돌아오던 은오는 여태와 달리 생각이 많은 듯한 해주 얼굴을 보고 걸음을 멈췄다. 해주에게 너무 많은 걸 보여주면 안 되겠다는 생각이 들었다.

"형, 이제 집에 가자."

"벌써? 난 좀 더 마시고 싶은데."

"형 근육······."

"어차피 아프다고!"

준규가 소리 지르자 해주가 놀란 눈으로 고개를 들었다.

"형님이 원하시니까, 조금 더 마셔요."

여기서 끝내야 한다는 생각과 어떻게 되는지 두고 보자는 마음 사이에서 은오는 갈팡질팡하고 있었다.

"해주 씨는 참 좋은 사람 같아요."

은오는 준규를 내려놓았다. 그런 말을 동생 등에 업혀 계속하도록 할 수는 없었다. 해주는 수줍어하며 감사하다고 인사했다. 화기애애한 분위기에서 술이 몇 순배 더 돌았다.

"요리는 좀 하세요?"

준규의 질문에 해주가 당황한 듯 어색하게 미소 지었다.

"별로 해본 적이 없어서······."

"배우면 되죠. 아니, 못하면 어때요. 해주 씨처럼 착하고 예쁜 사람

내가 아직 살아있을 때

이 요리 못하는 건 흠도 아니에요.”

해주가 은오를 봤다. 무표정한 해주 얼굴에서 은오는 무엇을 읽어야 할지 판단이 되지 않았다.

“기왕 이리된 거, 우리 집에 들렀다 가실래요? 어머니가 해주 씨 보면 엄청 좋아하실 것 같은데.”

“제발 형, 앞서가지 좀 마.”

“너는 엄마 마음을 그렇게 모르냐. 두 아들 다 장가 못 갈까 봐 얼마나 마음 졸이고 사시는데. 해주 씨 얼굴만 보여드려도…….”

해주가 자리에서 일어섰다.

“오늘은 그만 마무리하는 게 좋겠어요.”

해주는 대답을 듣지도 않고 맥줏집을 나갔다.

은오는 다시 고민했다. 정색을 하긴 했지만 착하고 긍정적인 해주가 그 정도 일로 화를 낼 것 같지는 않았다. 해주 마음이 상하지 않았다면 작성한 문자메시지를 지우고 청혼할 생각이었다. 내가 간절히 당신을 원하고 우리 식구도 모두 당신을 환영할 거라고, 당신이 마음만 먹으면 된다고. 거실에서 어미와 준규가 두런거리는 소리가 들렸다. 은오는 방문에 귀를 바짝 갖다 댔다.

“넌 젊은 애가……. 요즘 여자들 다 늦게 결혼하더라. 애 못 낳을 정도로 늙지만 않으면 된다.”

“요리는 엄마가 계속하는 게 좋을 것 같아. 해주 씨는 직장 다녀야

하니까."

"그럼 그럼. 능력 있는 사람 집에 묶어두면 아깝지. 둘이 벌면 가사 도우미 써도 되니까 내 할 일이 얼마나 있겠어."

"해주 씨 들어오면 내가 방은 바꿔줄게. 둘이 쓰는데 더 큰 방 줘야지."

"무슨 소리야. 너는 휠체어 쓰는 사람이라 좁은 방은 안 돼. 둘이 딱 붙어 자면 사이도 더 좋아지는 거니까 너는 신경 쓸 거 없어."

"어쨌거나 우리 엄마 원 풀게 생겼네. 내가 이래서 미안해, 엄마."

"어디! 그게 네 잘못도 아니고. 다 주어진 팔자대로 사는 거야. 나도 너도, 은오도 내 며느리도."

은오는 문에서 귀를 뗐다. 저들은 분명히 해주를 달가워하고 있었다. 마지막 순간 말을 잘라내며 정색하던 해주의 모습이 떠올랐다. 겨우 요리 이야기였다. 준규의 탑승을 도운 후 헤어질 때까지 해주는 미소조차 짓지 않았다. 준규를 겪어보고 나서 마음이 달라진 건지도 몰랐다. 은오는 작성한 문자메시지를 고치지 않은 채 메시지 전송 버튼을 눌렀다.

은오가 눈을 뜬 시간은 정오가 넘어서였다. 스마트폰을 집어 들었다가 은오는 호흡을 가다듬었다. 부재중 전화도 없었고 메시지도 없었다. 짧게 남은 휴일은 미끄러지듯 지나갔다. 월요일은 늘 일이 밀려 있어 다른 생각을 할 겨를이 없었다. 오후가 되어서야 은오는 스마트폰에 들어와 있는 메시지를 확인했다.

내가 아직 살아있을 때

주접을 떨고 있네. 우리가 언제 결혼하기로 한 적 있었어? 별…….

물론 해주에게서 온 것이었고 더 이상 이어지는 메시지는 없었다. 헤어진 다음 날 받은 메시지라는 걸 믿고 싶지 않아 은오는 스마트폰을 주머니에 넣어버렸다. 눈에 보이지 않게 된 해주의 메시지는 막상 은오의 머릿속에서 계속 맴돌았다. 은오는 해주의 메시지를 되새기며 나지막이 읊조렸다.

"주접을 떨고 있네. 내가 먼저 형을 책임진다고 한 적 있었어? 별……."

10. 즐거운 나의 집

준규

아들 하나 딸 하나를 낳아 방 세 개짜리 아파트에 살면서 자동차를 소유하고 일 년에 한 번씩 가족여행을 하는 건 내 젊은 날의 꿈이었다. 현실에서 적은 월급으로 집 담보 대출과 자동차 대출을 갚아나가며 여행까지 하는 건 결코 쉬운 일이 아니었다. 그래도 여태까지는 내 노력으로 잘해왔다. 이번 여행을 마지막으로 그 노력은 잠시 접을 수밖에 없다. 내년에 산이가 고등학교에 들어가기 때문이다. 공부에 매진해야 하는 아이를 두고 셋이서만 가족여행을 가는 건 못 할 짓이다. 산이에 이어 은이가 고등학교에 들어갈 테니 적어도 육 년간은 가족여행이 없을 예정이다. 그 말을 들은 산이가 그렇다면 이번 여행은 일본으로 가자고 했다. 개념 없는 새끼. 가족의 행복을 위해 내가 친구들하고 편하게 술 한잔 못 먹고 산다는 걸 알 리 없는 산이에게 나는 하마터면 욕을 내뱉을 뻔했다. 나는 아이들에게 실수를 잘 하지 않는 편이다. 나는 성실한 가장이고 우리 가족의 행복은 돈으로 매길 수 있는 게 아니다.

어쨌건 우리 가족은 비행기를 타게 되었다. 여행지는 제주도였다. 비행기를 타기 전 재빨리 면세점을 찾아 담배 한 보루와 위스키를 샀다. 할인율이 워낙 높아 그냥 지나치기엔 아까운 기회였다. 아내가 다가왔다.

"기왕 사는 거 술 한 병 더 사."

"이게 한 병에 얼마인지나 알고 그래?"

"그럼 술보다 저렴한 화장품 하나 살까?"

나는 아내의 말을 못 들은 척했다. 여행 시작부터 아내와 싸우고 싶진 않았다. 비행기에 오르자 긴장이 풀리면서 점점 부아가 치밀었다. 내가 이 행복한 가정을 위해 얼마나 계산기를 두드리고 사는데. 한마디 해야겠다고 생각하는데 갑자기 비행기가 흔들렸다. 나는 아내의 손을 꼭 잡았다. 위기가 닥쳤을 때는 가족밖에 없는 법이다.

"당신 얼굴 해쓱하다. 제주도 가서 제대로 몸보신 좀 해야겠어."

"그래, 아빠. 우리 피자랑 치킨도 시켜 먹자."

나는 아내의 손을 놓아버렸다. 위로는커녕 그저 돈 돈 하는 아내에 먹을 생각뿐인 자식들, 모두 각다귀 같다.

현정

　저가항공 비행기는 우리 집 경차만큼이나 위험하게 흔들거렸다. 먼 거리가 아닌 게 그나마 다행이었다. 비행기 안에서 본 남편은 부쩍 늙고 약해 보였다. 나는 숙소에 짐을 풀며 고기를 먹자고 했다. 사라졌다 한참 만에 나타난 남편 손엔 각종 식재료가 잔뜩 들려있었다. 혼자 마트에 다녀왔니, 얼마나 아끼겠다고, 대체 왜 그러고 사니, 소리가 목구멍까지 올라왔다. 남편은 직접 월급을 관리하며 내게 생활비를 떼어준다. 내가 헤프기 때문이란다. 내가 헤픈 건 잘 모르겠지만 남편이 궁상스러운 건 사실이다. 그 알량한 돈, 안 먹고 안 쓰고 모아서 나중에 얼마나 부자로 죽으려고 그러는지 모르겠다. 포기가 빠른 나는 고기를 굽기 시작했다. 한창 크는 애들이야 그렇다 쳐도 굽는 족족 남편까지 고기를 집어 먹어 내 입엔 고기 한 점 들어올 새가 없었다. 슬슬 부아가 치밀어 나는 위스키를 마셨다. 고기보다 더 비싼 걸 먹어버리겠다는 마음이었다. 남편은 아까워하는 표정을 숨기지 못했다.

　"이러다 당신 취하겠다."

　"놀러 와서 취하면 뭐 어때서."

　나는 잔에 든 술을 마시고 다시 위스키병을 잡았다. 거의 동시에 남편도 위스키병을 잡았다. 그 순간에 느껴진 남편의 악력은 비행기에서 덜덜 떨며 내 손을 잡을 때와는 전혀 다른 괴력이었다.

"당신 설거지하기 싫어서 이러는 거면, 알았어, 내가 할게."

"좋아. 당신은 설거지해. 나는 계속 술 마실 테니까."

옥신각신하던 우리를 지켜보던 산이 벌떡 일어나 싱크대로 갔다. 은이는 모른 척 고개를 돌렸다. 그럴 때 보면 장남밖에 없다는 생각이 든다. 아들딸 구분하지 말라지만 하는 짓이 원체 다르다. 사실 아들딸 구분 짓고 차별하는 건 남편이지 나는 아니다. 남편은 싹수도 안 되는 산이한테 일류대에 가야 한다며 벌써부터 잔소리를 해댄다. 친구들과 게임방 다녀오는 것도 이해하지 못하는 꼰대다. 나는 우리 애들이 공부에 재능이 없어 오히려 다행이라고 여긴다. 두 애들 학원비면 시시때때로 놀러 다니고 수시로 외식하며 살 수 있다. 푼돈 모아 부자 되겠다는 생각이나, 머리 나쁜 애 일류대 보내겠다는 생각이나, 한심하기 짝이 없다. 나는 언제나 현재를 즐기고 싶은 사람이다. 꽉 막힌 데다 머리까지 나쁜 남편이 이런 나를 이해할 리 없다. 당장 다른 수가 없으니 나는 참고 산다. 그렇다 쳐도 내가 먹는 술을 아까워하다니. 저런 걸 남편이라고 믿고 살아가야 하나 싶어 울화가 치미는데 내 등짝에 뭔가 달라붙었다.

"엄마, 앞으론 내가 엄마 잘 도울게."

은이 등 뒤에서 나를 안으며 얼굴을 비비고 있다. 은이도 내가 지금 설거지 때문에 이런다고 생각하는 걸 보면 우리 애들 공부 못하는 건 제 아빠 내림인 게 틀림없다.

산이

이번 여행은 유난히 지겨웠다. 매사 자기 뜻대로만 하는 아빠, 터뜨려야 할 때는 참고 참아야 할 때는 터뜨리는 엄마, 개싸가지에 잔대가리 은이. 이십사 시간 내내 가족들과 붙어 지내다 보니 돌 거 같았다. 여행인지 체험학습인지 체력단련인지, 우리는 쉴 틈 없이 박물관과 올레길과 폭포를 다녔다. 은이는 차에서 스마트폰을 하며 기다리기도 했으나 나는 빠질 수 없었다. 다 큰 게, 장남이 돼가지고, 사내새끼가 등등 아빠의 잔소리를 듣고 싶지 않았다. 은이는 아빠가 나한테 더 많은 걸 해준다며 불만이지만 그만큼 아빠의 요구가 많다는 것까지는 생각하지 못한다. 아빠 생각과 달리 앞으로 육 년이 아니라 계속 가족여행은 없다. 내가 스무 살 넘어서까지 이런 꼴을 보면서 가족여행을 따라다닐 거라고 생각하는 아빠는 세상 제일 답답한 꼰대다.

여행 마지막 날 저녁을 앞두고 있었다. 회를 먹고 싶다는 엄마 말에 어쩐 일로 호탕하게 대답한 아빠가 차를 몰고 간 곳은 큰 시장이었다. 차 뒷좌석에서 뒤통수만 보고도 나는 엄마가 얼마나 화났는지 알 수 있었다. 아빠가 먼저 차에서 내리자 엄마는 우리들에게 그대로 있으라고 하더니 재빨리 운전석으로 옮겨갔다. 당황한 아빠가 도로 차로 다가오자 엄마는 잠금 버튼을 눌러버렸다.

"횟집 가자, 우리끼리."

이제 겨우 열여섯 살 먹은 나는 이럴 때 어떻게 해야 할지 알 수 없

내가 아직 살아있을 때

지만 장남에 사내새끼인 나는 이럴 때 무슨 말이라도 해야 했다.

"나는 포장해다 먹어도 괜찮은데."

"너도 내려."

화낼 때의 엄마는 친엄마 같지 않다. 내가 머뭇거리자 빨리 안 내리냐는 엄마의 호통이 벼락을 쳤다. 장남 노릇 하랄 때는 언제고 장남 권위를 이렇게 무너뜨리다니. 나도 더 이상 엄마 비위를 맞추기 싫어 차 문을 연 순간 아빠가 나를 몸으로 밀치며 재빨리 차에 올라탔다.

"대체 뭐가 불만이야. 회 먹고 싶다면서."

"남이 차려주는 걸로 먹고 싶다고. 횟집에서!"

"그럼 그렇게 말을 하지, 사람도."

엄마는 대답 없이 내비게이션에 주소를 찍더니 시동을 걸었다. 아빠가 입맛을 쩝쩝 다셨다. 아빠는 엄마가 제대로 말을 안 해서 몰랐던 게 아니었다. 싸게 때워보려고 했다는 걸, 우리 모두 알고 있었다. 쪼잔하게 굴지나 말든지, 가족여행을 가자고 하지를 말든지. 나중에 커서 내 가족이 생기면 난 절대 아빠처럼 굴지 않을 거다.

은이

횟집에서 먹은 회는 비싸기만 했지 맛이 없었다. 돈 아깝다고 아빠가 구시렁거렸고 엄마는 그런 아빠가 창피하다고 소주를 마셔댔다. 그렇게 시작된 부모님의 싸움은 숙소에서까지 계속됐다. 나는 방에 들어와 이어폰을 꽂고 음악을 들었다. 멍청한 산이 새끼는 부부싸움을 말리겠다고 옆에서 알짱거리다 욕만 얻어먹었다. 부모님을 보면 왜 같이 사는지 이해가 안 간다. 어차피 내 알 바는 아니다. 나는 중학교에 들어가면 학원비를 빼돌릴 계획이다. 육 년간 학원비를 모으면 나 혼자 간지 나게 살 집 정도는 구할 수 있다. 그렇게 스무 살에 독립하면 오빠는 물론 부모님하고도 연락을 끊어버릴 거다. 신나는 상상을 하다 나는 잠이 들어버렸다. 아침이 되니 부모님은 짐을 싸느라 더 싸울 정신이 없어 보였다. 아빠가 체크아웃하는 사이 우리는 로비에서 점심 메뉴를 고민하고 있었다. 목소리가 점점 커지던 아빠는 우리 모두를 불렀다.

"접시 하나가 없대. 누구 접시 깬 사람 있어?"

"깼으면 말을 했겠지. 처음부터 하나 빠져있었던 거 아니에요?"

"쓰레기통 뒤져보면 아시겠네요."

"별꼴이야. 우리 가족을 뭘로 보고."

우리 네 식구가 모두 말을 보태자 콘도 직원은 입을 헤, 벌린 채 대답을 못 했다.

"접시가 몇 개인지 우리가 그거까지 확인하고 콘도를 써야 합니까?"

"연락처 있잖아요. 다시 확인해 보고 연락하든지 해요. 비행시간 늦겠네, 진짜."

"사람들이 다 쳐다보잖아요. 쪽팔리게 이러셔야 돼요?"

"그런 접시, 줘도 안 가져가겠다."

또다시 우리 네 식구가 말 폭탄을 던지자 결국 직원은 다시 확인하고 연락주기로 했다. 이럴 때 보면 우리가 가족 같긴 하다. 보통의, 평범하고, 정상적인 가족만이 가능한 것들이 있다고 부모님은 자주 말했다. 예를 들면 기차표 가족 할인이라든가, 4인 가족 세트 메뉴의 서비스라든가, 가장 종류가 많고 가격도 저렴한 4인 가족용 식탁이라든가, 하는. 4인 가족이 똘똘 뭉쳐 우기면 웬만한 사람은 혼자 우리를 이길 수 없다는 것도 포함된다는 걸 이번에 깨달았다.

차에 올라 룸미러로 아빠 표정을 봤다. 뭔가 찜찜한 듯한 표정을 보니 3일 내내 술을 마신 아빠가 취해서 접시를 바깥으로 던져버린 게 아닌지 의심이 되었다. 다음으로 엄마를 봤다. 뭔가 재밌어하는 표정을 보니 아무래도 엄마가 접시를 훔친 것 같기도 했다. 오빠는 눈을 감은 채 입맛을 쩝쩝 다셨다. 접시도 씹어 먹을 놈이라 정말 먹어버렸을 수도 있었다.

"은이, 너 정말 접시 행방 모르는 거지?"

"어제 왜 발바닥 아프다고 했어?"

"절대 이런 일에 안 나서는 애가 열심히 거든 거 보니 진짜 수상해."

아빠, 엄마, 오빠가 한꺼번에 몰아대니 나는 빡쳐서 가만히 있을 수가 없었다.

"아 진짜 뭐 이런 가족이 다 있어. 가족끼리는 믿는 거래매!"

서로 눈치를 보던 아빠, 엄마, 오빠는 앞다투어 나를 믿는다고 말했다. 그러면서 웃는 표정이 어쩐지 꺼림칙했다. 모두 자신의 범죄를 숨기려고 나에게 뒤집어씌우려다 실패한 것만 같은 표정이었다. 셋 다 수상해서 대체 누가 접시를 해 먹었는지 짐작하기 쉽지 않았다.

"근데 진짜 콘도에서 전화 오면 어떡하지?"

엄마가 묻자,

"안 받으면 되지!"

아빠, 오빠, 내가 동시에 대답했다. 그 순간만큼은 우리 가족이 마음 잘 맞는 진짜, 제대로 된, 정상의 가족 같았다.

11. 삼총사

전철역 입구에 도착한 순이 할매와 서울대 할매 그리고 나는 서로 눈치를 봤다. 우리 쪽 입구는 에스컬레이터 없는 계단이었다. 반대편으로 돌아가면 에스컬레이터가 있지만 땡볕을 조금도 더 쬐고 싶지 않았다.

"운동 삼아 계단으로 올라가자."

두 할매가 동시에 나를 봤다.

"일 층 사니 계단 무서운 줄 모르는구만."

"얼굴은 할맨데 관절은 청춘인갑지."

"계단이 그늘이래 봤자 여름 계단이 겨울 계단 되냐."

"해 받은 평지 몇 걸음이 낫지, 아무렴."

입질만큼은 청춘을 찜 쪄 먹을 두 할매를 이길 재간은 나에게 없었다. 몇 걸음 더 걷고는 말할 기력도 없는지 할매들은 에스컬레이터에 올라 더운 숨만 뿜어냈다. 조금만 더 참으면 된다. 아무도 말은 안 했지만 같은 심정이었다. 한가한 시간을 노리고 나왔는데도 전철에는 앉아있는 사람보다 서있는 사람이 많았다.

"전철도 덥네. 사람이 많아 그런가."

"1호선이 더워. 열차가 오래 돼가지고."

"열차도 늙으면 기력이 달리는가 보네, 사람처럼."

"경로사상도 없어, 지옥도 아닌데 이놈의 전철 세상은."

할매들은 앉을 자리를 찾으려 두리번거리면서도 입질을 쉬지 않았다. 젊은 사람들은 우리 시선을 피했다.

"요즘 젊은것들은⋯⋯."

나는 순이 할매의 옷깃을 잡아당겼다. 젊은것들도 사는 게 피곤하다더라. 내 귓속말에 순이 할매는 더 이상 투정을 부리지 않았다.

이름이 순이라서 순이 할매는 성정이 악착같았다. 아파트 화단 빈 곳에다 채소를 기르고 시간만 나면 폐지나 공병을 주웠다. 전기세 아낀다고 세탁기 두고도 손빨래를 했고 오줌만 누었을 땐 물을 내리지 않아 변기가 늘 누렜다. 서울대 할매가 얼마나 부자 되려고 그러냐, 이죽거려도 순이 할매는 끄떡도 하지 않았다. 평생 세 살던 순이 할매는 환갑에 이십 년이 넘은 18평형 주공아파트를 샀다. 연금도 나오겠다, 자리 잡은 자식들도 보태겠거니, 대출을 끼었다. 얼마 지나지 않아

속절없이 영감이 가버리고 자식들은 이른 나이에 명예퇴직을 했다. 주택 담보 대출은 순이 할매 혼자 오롯이 짊어지는 짐이 되어버렸다. 늙어 셋집 구하는 건 몸도 힘들지만 마음도 상하는 일이어서 순이 할매는 어떻게든 버텨내었다. 그런 사정을 서울대 할매도 알고 있지만 순이 할매 얌체 짓이 심한 편이다 보니 말이 곱게 나가지 않는 모양이었다. 서울대 근처에 오래 살았대서 이름이 서울대가 된 서울대 할매는 말하는 모양새만큼이나 성격도 걸걸했다. 뻔한 형편에 씀씀이까지 화통한 서울대 할매가 순이 할매보다 나는 더 걱정되었다. 들리는 소문에는 돈 많은 영감 후처로 살다 주공아파트 한 채 먹고 떨어진 거라고 했다. 그 영감이 만수무강하고 있다면 용돈이라도 쥐여주겠거니, 나 편하게 생각하고 말았다. 괜한 말이라도 얹었다가 그 입심에 나가떨어지기 싫었다. 나이 들어도 꾸며야 여자라며 서울대 할매는 외출할 땐 눈두덩이에다 노랑, 파랑 새도를 칠하고 빨간 매니큐어에 검은 선글라스에, 체통머리는 안중에도 없었다. 잘 때나 입을 법한 옷을 입고 잘도 나다니는 순이 할매와 서울대 할매는 입성이 그리 다른데도 짝짜꿍이 잘 맞았다. 입담을 주고받을 때도, 싸움질을 할 때도. 둘 다 성정이 불같아서 싸울 때마다 일 층 할매인 한정숙, 내가 없었다면 셋이서 이렇게 잘 지내지 못했을 게 분명했다. 사람들은 우리더러 삼총사라 불렀다. 맨 쌈질만 했다는 삼총사라니, 나는 좀 억울했다. 내 성정은 순하고 차분한데 순이 할매, 서울대 할매와 어울려 다녀 오해를 받았다.

신도림역에서 2호선으로 갈아타는 건 몇 번을 해봐도 어려웠다. 사람은 왜 그렇게 많고 표지판은 왜 그토록 복잡한지, 서울대 할매가 아니었다면 한참 헤맸을지도 몰랐다. 열차 문이 열리자마자 순이 할매가 먼저 치고 들어갔다. 내리려던 사람들이 순이 할매를 노려봤다. 나는 순이 할매가 부끄러웠지만 노약자석 세 자리를 통째 차지한 건 기분 좋았다. 우리 셋은 나란히 앉아 서로를 쳐다보며 낄낄거렸다. 소녀적으로 돌아간 기분까지 들었다. 시원한 에어컨 바람이 삼총사에게 훅, 불어왔다.

"세상, 천국일세."

집에서는 선풍기도 1단으로만 트는 순이 할매에겐 천국 같을 수밖에. 말은 안 하지만 서울대 할매 표정도 만만찮았다. 형편이 여의치 않은지 이번 여름엔 에어컨 한번을 안 틀었다고 했다. 나 역시 돈 쌓아놓고 사는 사람은 아닌지라 에어컨을 틀고 싶을 때도 웬만하면 찬물 샤워를 했다. 이번 해 폭염은 유난스러웠다. 없이 사는 노인들은 더위를 피하려 우체국이나 마트에서 어슬렁거리곤 했다. 그마저도 우체국은 눈치가 보였고 마트는 앉을 곳이 마땅찮았다. 노인들 사이에서 농담처럼 지하철 피서 이야기가 나왔다. 자리 차지하기 쉽고, 눈치 주는 사람 없고, 더구나 우리 같은 노인들에겐 공짜였다. 죽을 날 받아놓은 것처럼 늘어져 있던 삼총사는 계획을 짜기 시작했다. 나는 1호선 종점까지 갔다 오자고 했다. 그 정도면 한낮 더위는 날 수 있겠다는 계산이었다. 서울대 할매는 순환하는 2호선을 타자고 했다. 열대

내가 아직 살아있을 때

야가 연일 지속되고 있는데 기왕 날 잡는 거, 종일 에어컨 바람을 쐴 수 있는 방법이라 했다.

"시원한 데 있으면 입맛이 돌 텐데, 배고파서 버텨질라나."

순이 할매가 초를 치자 서울대 할매의 눈이 가늘어졌다.

"중간에 밥을 먹으면 되잖아."

둘이 또 싸울까 봐 나는 급하게 끼어들었다. 두 할매의 눈빛이 여름 날 태양처럼 이글이글 타올랐다.

"지하철에서 커피도 마시고 과자도 먹잖아. 도시락 먹지 말란 법은 없지."

서울대 할매가 운을 떼우자,

"우리 같은 노인네들 당 떨어지면 큰일 나지, 아무렴."

순이 할매가 장단을 맞췄다.

"도시락 말고 잠깐 내려……."

운도 장단도 안 맞아 사 먹자는 말은 차마 하지 못했다. 도시락을 뭘 싸 갈지 의논하고 옷도 맞춰 입자며 낄낄대고, 우리는 소풍을 준비하는 것처럼 들떴다.

전철 안에 있던 사람들 시선이 바깥을 향했다. 한강 철교 위였다. 우리 삼총사도 같이 몸을 돌려 강을 구경했다.

"한강이 참 커."

"물놀이하고 놀던 시절이 그립네."

"말도 마. 개울에서 빤스만 입고 물놀이를 하다 울 아부지한테 걸려 가지고는……."

옛날이야기에 신이 난 만큼 삼총사 목소리가 높아졌다. 거 노인네들 어지간히 시끄럽네. 나만 들었나 싶어 두 할매를 살펴보았다. 눈빛이 흔들렸지만 두 할매는 목소리를 낮추지 않았다. 우리한테는 소풍인데, 우리한테만 소풍이었다. 나는 두 할매한테 손짓으로 목소리를 낮추라 일렀다. 젊은 사람들 눈치를 볼 줄 알아야 늙어도 사람대접받는 법이었다. 돈 몇 푼이라도 뜯어가려고 집을 팔아라, 수시로 채근하는 자식밖에 없는 순이 할매도, 그런 자식조차 없는 서울대 할매도, 내 이런 말을 질색했다. 자식한테 용돈 받아 사는 사람이나 눈치 보고 살라며 내게 퉁바리를 줬다. 늙는 것도 서러운데 눈치까지 보고는 못 산다고도 했다. 나는 두 할매들과 일행 아닌 척, 다른 곳으로 시선을 돌렸다. 맞은편 노약자석에 앉은 할배가 정신 놓고 쳐다보고 있는 쪽으로 나는 다시 시선을 옮겼다. 그곳엔 젊은 여자가 겨자색 원피스를 입고 서있었다. 미친 영감탱이가 어디 딸 같은, 아니 손녀 같은 여자를. 내 자식, 내 손주를 생각하니 그대로 두고 볼 수가 없었다.

"늙으면 죽어야 해. 나이 먹고 할 일 없으니 젊은 여자나 훑고 말이야."

막상 할배를 쳐다볼 용기는 없어 나는 두 할매를 보며 말했다. 뭔소리여, 누구 얘기여, 두리번거리던 할매들은 내 고갯짓에 금세 범인을 찾아냈다.

"썩은 동태 눈깔에 뵈기나 할라나."

"눈깔만 썩은 게 아니라 정신머리까지 썩었으니 먼 길 동행하실 사자님이 곧 찾아오시겠네."

그제야 눈치챈 젊은 여자가 경멸 어린 눈빛으로 할배를 쳐다본 후 자리를 옮겼다. 아쉬운 입맛을 다시며 우리 쪽으로 시선을 돌린 할배 얼굴엔 비웃음이 서려있었다.

"저거 부끄러운 줄도 모르네. 잡혀가 봐야 정신을 차릴려나. 가만, 어디 신고할 전화번호가……."

"법보다 주먹이 빠르다는 말 몰라? 확 눈구녕을 쑤셔버리지 뭐."

"깜빵은 서울대 할매가 먼저 가겠는데?"

"학교[19] 가면 밥 줘, 재워 줘, 생활비 안 들어. 세상 좋지 뭘."

서울대 할매가 엉거주춤 자리에서 일어서자 할배는 헛기침을 하며 노약자석을 벗어나 출입문 앞에 바짝 다가섰다.

"어라? 눈구녕 쑤셔질까 무섭다고 똥구녕을 대주네."

"눈구녕 쑤시려는 년이 똥꾸녕은 못 쑤실까."

서울대 할매가 두 손의 깍지를 낀 후 검지를 치켜올리자 여기저기서 웃음이 터져 나왔다. 때마침 출입문이 열렸고 할배는 도망치듯 열차에서 빠져나갔다.

전철이 서울 시내를 한 바퀴 돌아 다시 신도림을 지나쳐 갔다. 수많은 사람이 타고 내렸지만 우리 삼총사처럼 계속 타고 있는 사람은 없

---

19 학교: (속어로) 감옥

었다. 남은 날이 많지 않을 노인들에겐 이렇듯 시간이 남아돌았다.

"좀 허출하지 않어?"

"말이 많으니 배도 빨리 꺼지나 보네."

입장단 주고받느라 바쁜 두 할매 대신 내가 먼저 가방을 뒤적여 참외를 꺼냈다.

"후식 먼저 먹을라고?"

"일 층 할매는 서양식 좋아하잖아."

두 할매가 또다시 장단을 맞추는 사이 나는 슬그머니 참외가 든 통을 김치볶음밥이 든 통으로 바꿨다. 출출할 땐 역시 밥이었다. 두 할매도 도시락을 꺼냈다. 늘 먹던 밥에 밑반찬이었지만, 상도 없이 무릎 위에 그릇을 놓고 먹었지만, 소풍 도시락처럼 꿀맛이었다.

"어우, 냄새."

"뭐 하는 거야."

"미쳤나 봐."

삼총사는 말소리가 나는 쪽으로 고개를 돌렸다. 우리를 향해있는 건 젊은 사람들의 시선뿐만이 아니었다. 스마트폰에 달린 카메라가 수도 없이 우리를 찍고 있었다.

"뭐 어쩌라고. 치킨, 피자 들고 타는 사람들도 수두룩한데, 별."

순이 할매가 먼저 운을 띄웠다.

"노인들한테도 지하철 요금 받아야 돼."

내가 아직 살아있을 때

젊은 사람 중 하나가 삼총사의 시선을 피하며 말했다.

"늙으면 지하철 공짜라고 제일 좋아할 것들이, 엠병."

서울대 할매가 장단을 맞췄다.

"그래도 식사는 좀 심하죠."

이번엔 다른 젊은이가 삼총사를 똑바로 처다보며 말했다. 대답이 궁색해진 두 할매가 내게로 시선을 돌렸다. 내가 추임새를 넣을 차례였다. 미안해요, 배가 고파서 그만. 내 이성은 이렇게 말해야 된다고 했다.

"노인네들이 밥 굶어 정신이라도 잃으면, 그렇게 황천길이라도 가면, 책임질 거여? 송장은 치워보고 지금 우리를 가르치려 드는 거여?"

내 감정은 이렇게 말해버렸고 두 할매는 놀랐는지 눈이 휘둥그레졌다가 이내 키득거렸다.

"열차 내에서 식사를 하고 있다는 신고가 들어왔습니다."

갑작스러운 안내방송에 우리 삼총사는 일제히 얼굴이 굳어버렸다.

"승객 여러분께서는 쾌적한 환경을 위하여……."

"쾌적하구만 뭘."

순이 할매가 운을 띄웠다.

"얼마나 쾌적한지 여기서 여름내 살고 싶네."

서울대 할매가 장단을 맞췄다.

"쾌적한 데서 먹고 죽은 귀신 때깔 구경 좀 시켜주자."

나는 남은 밥을 입에 쑤셔 넣으며 추임새를 넣었다. 우리 삼총사는 서로 눈빛을 교환하다 동시에 웃음보를 터뜨렸다.

내가
아직 살아있을
때

초판 1쇄 발행 2024. 5. 27.

지은이 박무진
펴낸이 김병호
펴낸곳 주식회사 바른북스

편집진행 박하연
디자인 배연수

등록 2019년 4월 3일 제2019-000040호
주소 서울시 성동구 연무장5길 9-16, 301호 (성수동2가, 블루스톤타워)
대표전화 070-7857-9719 | **경영지원** 02-3409-9719 | **팩스** 070-7610-9820

•바른북스는 여러분의 다양한 아이디어와 원고 투고를 설레는 마음으로 기다리고 있습니다.
이메일 barunbooks21@naver.com | **원고투고** barunbooks21@naver.com
홈페이지 www.barunbooks.com | **공식 블로그** blog.naver.com/barunbooks7
공식 포스트 post.naver.com/barunbooks7 | **페이스북** facebook.com/barunbooks7

ⓒ 박무진, 2024
ISBN 979-11-93879-87-0 03810